KB247465

위대한 개츠비

위대한 개츠비
The Great Gatsby

프랜시스 스콧 피츠제럴드 장편소설

한애경 옮김

THE GREAT GATSBY
by FRANCIS SCOTT KEY FITZGERALD (1925)

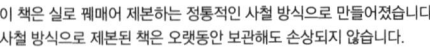

이 책은 실로 꿰매어 제본하는 정통적인 사철 방식으로 만들어졌습니다.
사철 방식으로 제본된 책은 오랫동안 보관해도 손상되지 않습니다.

다시 한 번
젤다에게

위대한 개츠비

9

그때 황금 모자를 써라, 그녀를 감동시킬 수만 있다면.
높이 뛸 수 있다면, 또한 그녀를 위해 뛰어 보아라.
그녀가 이렇게 외칠 때까지. 「연인이여,
황금 모자를 쓰고 높이 뛰어오르는 연인이여,
내 반드시 그대를 차지하고 말리라!」

토머스 파크 딘빌리어스*

* Thomas Parke D'Invilliers. 피츠제럴드의 첫 장편소설 『낙원의 이쪽 *This Side of Paradise*』의 등장인물 이름이기도 하다. 매슈 J. 브루콜리, 『위대한 개츠비』(케임브리지: 케임브리지 대학 출판부, 1991)의 〈주석〉에서 인용. 이 책의 주석 중 많은 부분은 피츠제럴드 연구의 권위자이자 사우스캐롤라이나 대학의 교수인 브루콜리의 연구를 바탕으로 하였다.

제1장

지금보다 쉽게 상처받던 젊은 시절, 아버지가 내게 해주신 충고를 나는 지금까지도 마음 깊이 되새기고 있다.

「혹여 남을 비난하고 싶어지면 말이다, 이 세상 사람 전부가 너처럼 혜택을 누리지 못한다는 걸 기억해라.」 아버지께서는 이렇게 말씀하셨다.

말씀이라곤 그것뿐이었지만, 우리는 서로 말을 많이 하지 않아도 늘 신기하게 통했기 때문에, 아버지의 짧은 말씀에 그보다 깊은 뜻이 함축되어 있다는 걸 나는 알고 있었다. 이후 내게는 매사에 판단을 잠시 유보하는 습성이 생겼다. 그덕에 세상에는 별별 희한한 성격의 사람들이 많이 있다는 것을 알게 되었을 뿐 아니라, 때로는 몇몇 재미없는 사람들의 따분한 이야기를 다 들어 주어야 했지만 말이다. 정상적인 사람에게 비정상적인 면이 보이면, 비정상적인 사람들은 재빨리 알아채고 착 달라붙게 마련이다. 그래서 대학 시절 억울하게 정치적인 놈이라는 비난을 사기도 했다. 별로 친하지도 않은 그만그만한 사람들의 슬픈 사연까지 은밀히 알게 되었으니까. 일부러 알려고 한 적은 한 번도 없었다. 사람들이 은밀한 비밀을 털어놓을 낌새가 분명하다 싶으면 종종 자는 척하거나, 다른 일로 바쁜 척하거나, 잔인하긴 하지만 입 싼 놈인 척하곤 했다. 젊은 사람들이 털어놓는 은밀한 고백이나 적어도 그런 고백을 할 때의 말투란 대개 자신들의 것이 아닌 다른 사람들의 것이게 마련이고, 그런 사실을 감추려다 보니 늘 허점투성이였다. 판단을 유보한다는 것은 무한한 희망을 갖게 된다는 뜻이다. 아버지께서 마치 세상 이치를 다 깨우친 사람처럼 해주신 말씀을 나도 다시 아는 척 되풀이하자면, 사람이 마땅히 지녀야 할 품격이란 날 때부터 서로 다른 법이다. 이런 사실을 깜빡 잊어 인생에서 중요한 무언가를 놓치게 될까 두렵다.

이렇게 관대한 태도를 자랑했지만, 이런 내 관대함에도 한계가 있음을 인정할 수밖에 없다. 인간의 행위는 단단한 바위 같은 것이나 물이 가득한 습지 같은 데 그 기반이 있지만, 어느 단계가 지나면 그 행위의 기반이 어디 있느냐는 세상 사람들의 관심 밖에 있게 마련이다. 지난가을 동부에서 고향으로 돌아온 후 나는 이 세상이 군인처럼 제복을 갖춰 입고, 영원히 도덕적인 〈차렷〉 자세를 취했으면 좋겠다고 생각했다. 사람들의 마음속을 들여다보는 특별하지만 번잡한 일탈은 더는 하고 싶지 않았던 것이다. 단, 이 책의 제목이 된 개츠비란 인물만은 예외다. 개츠비는 내가 대놓고 경멸하는 모든 것을 대변하는 존재였다. 그러나 인간의 성격이란 것이 성공적인 제스처의 연속이라면, 그에게는 뭔가 멋진 게 있었다. 마치 1만 5천 킬로미터 밖에서 발생한 지진을 계측하는 저 정교한 지진계에 연결된 것처럼, 그의 내면에는 인생의 가능성을 감지하는 고도의 감수성이 내재되어 있었다. 그의 이런 감수성은 〈창조적인 기질〉이라는 이름으로 미화되는 저 구태의연한 감수성과는 전혀 다른 것이었다. 희망을 포기하지 않는 비상한 재능, 일찍이 어느 누구에게서도 본 적이 없었던, 앞으로도 영원히 보지 못할 낭만적인 감수성이었다. 그래, 결국 개츠비가 옳았다. 내가 사람들의 쓰라린 슬픔과 숨 가쁜 환희에 잠시나마 흥미를 잃어버린 이유는 바로 개츠비를 삼켜 버린 것들, 그의 꿈이 지나간 자리를 떠도는 더러운 먼지 때문이었다.

우리 집안은 삼대째 이곳 중서부 지역에서 살아온 부유한 명문가다. 캐러웨이 가문은 제법 뼈대 있는 집안으로 버클루 공작의 후예라는 설도 있지만, 우리 가문의 실제 조상은 우리 할아버지의 형님이다. 그분은 1851년에 이곳에 정착하셨고 남북 전쟁이 일어나자 다른 사람을 대신 전쟁터에 내보내고 철물 도매업을 시작하셨다. 아버지가 그 일을 이어받아 지금까지 해오고 있다.

비록 큰할아버지를 직접 뵌 적은 없지만, 내가 그분과 닮았다는 생각이 든다. 아버지 사무실에 걸려 있는, 어딘지 무뚝뚝한 모습의 초상화를 보면 더욱. 나는 아버지가 졸업하신 지 정확히 25년 뒤인 1915년에 뉴헤이븐에 있는 대학[1]을 졸업했다. 그로부터 얼마 뒤 1차 세계 대전이라 알려진, 때늦은 튜턴인들의 대이동에 참가했다. 미국의 반격에 너무나 흥분한 나머지 고향에 돌아온 뒤에도 좀처럼 마음이 진정되질 않았다. 고향인 중서부는 이제 열정적인 세계의 중심이 아니라 초라한 변두리처럼 답답하게 느껴졌다. 그래서 나는 동부로 가서 증권업을 배워 보기로 마음먹었다. 당시는 내가 아는 사람들이 모두 증권업에 종사하던 시절이라 증권업계에서 젊은 총각 하나쯤 더 먹여 살리는 데 아무 문제도 없을 거라고 생각했던 것이다. 집안 친척들은 하나같이 마치 내게 맞는 사립 고등학교를 정하기라도 하듯 진지하게 의논을 하셨고, 마침내 자못 엄숙한 표정으로 마지못해 〈그래…… 괘……앤……찮겠지〉라고 말씀하셨다. 아버지께서 1년간 생활비를 대주시기로 했다. 이런저런 사정으로 몇 번이나 출발을 연기하다 1922년 봄에야 비로소 아주 정착할 요량으로 동부로 향했다.

뉴욕 시내에 거처를 구하는 게 편리했겠지만 아직 따뜻한 계절인 데다 넓은 잔디밭과 정든 나무가 있는 고향 시골을 막 떠나온 터라, 출퇴근 거리에 있는 교외에 집 한 채를 얻어 같이 살자는 직장 동료의 제안이 아주 그럴듯하게 들렸다. 그 친구는 월세 80달러짜리 낡고 허름한 집을 하나 구했는데, 이사를 코앞에 두고 워싱턴으로 발령받는 바람에 나 혼자 그곳으로 이사해야 했다. 나는 그 집에서 개 한 마리, ─ 녀석이 도망갈 때까지 적어도 며칠간은 데리고 있었다 ─

---

1 미국 코네티컷 주에 있는 명문 사립대인 예일 대학교를 가리킨다.

도지[2] 중고 자동차, 핀란드인 가정부와 함께 지냈다. 가정부는 잠자리를 봐주고 아침 식사를 차려 주었으며, 전기난로 곁에서 핀란드 속담을 혼자 중얼거리곤 했다.

하루 이틀쯤인가 외로이 지냈다. 그러던 어느 날 아침, 나보다 늦게 이사 온 사람이 길에서 나를 불러 세우고는 길을 물었다.

「웨스트에그[3] 마을 가는 길 아세요?」 그의 질문에서 막막함이 묻어났다.

길을 알려 주고 나서 계속 걷다 보니 더는 외롭지 않았다. 나는 이미 안내자이자 길잡이며 토박이가 된 셈이었다. 의도하지는 않았겠지만 그 사람 덕분에 나는 그 마을 사람이라는 특별한 신분을 부여받은 것이다.

그래서 고속 촬영된 영화에서 순식간에 식물이 자라듯, 무럭무럭 돋아나는 나뭇잎과 햇빛 속에서, 그 여름과 더불어 내 인생이 다시 시작되었다는 사실을 나는 의심 없이 믿었다.

우선 읽어야 할 책이 아주 많았다. 맑고 신선한 공기를 마시며 건강한 몸도 만들어야 했다. 은행과 신용 대출, 증권 투자에 관한 책을 열 권도 넘게 샀다. 책들은 조폐 공사에서 갓 찍어 낸 새 화폐처럼 붉은색과 황금색으로 번쩍이며 내 서가에 꽂혔고, 미다스 왕과 모건,[4] 그리고 마이케나스[5]만이 알

2 Dodge. 1900년 도지 형제가 설립한 자동차 브랜드.
3 웨스트에그와 이스트에그라는 이 작품 속의 지명은 롱아일랜드와 퀸스버러 지역에 있다. 매슈 J. 브루콜리, 『위대한 개츠비』〈주석〉에서 인용.
4 J. P. Morgan(1837~1913). 미국의 금융 자본가.

고 있는 그 눈부신 비밀을 알려 주겠노라 내게 약속했다. 그 밖에 다른 책도 많이 읽을 계획이었다. 대학 시절에는 나도 글깨나 쓰는 청년이었다. 어느 해인가에는 「예일 뉴스」라는 대학 신문에 제법 엄숙하고 명쾌한 논설을 기고하기도 했다. 나는 그 모든 경험들을 내 삶에 되살려 숱한 전문가들 중에서도 보기 드물게 〈균형 잡힌〉 사람이 되고 싶었다. 인생이란 결국 하나의 창으로 보아야 훨씬 잘 보인다는 말은 한낱 경구에 그치지 않는다.

내가 북미 대륙에서 가장 특이한 동네 중 하나라 할 만한 곳에 집을 얻게 된 것은 아주 우연한 일이었다. 그 집은 뉴욕 시에서 정동쪽으로 뻗은, 떠들썩하고 길쭉한 섬에 자리 잡고 있었는데, 그 섬에는 신기한 자연 현상이라 할 만큼 기이하게 생긴 두 지역이 있었다. 거대한 달걀 모양의 두 지역은 뉴욕 시에서 30킬로미터 정도 떨어져 있었는데, 겉모습이 아주 똑같았다. 만이라 부르기에는 너무 작은 만을 사이에 두고 나뉘어 서반구에서 가장 많이 개발된, 거대한 롱아일랜드 해협의 앞마당 쪽으로 툭 튀어나와 있었다. 이 두 지역은 정확히 타원형은 아니었지만, 콜럼버스의 달걀처럼 서로 접한 양 끝 면이 납작했다. 모양이 너무나 비슷해서 그 위를 날아다니는 갈매기들도 번번이 헷갈릴 게 분명했다. 새가 아닌 인간이 보기에는 모양과 크기만 빼곤 모든 게 다르다는 것이 더 흥미로운 현상이었지만.

5 Gaius Maecenas (B.C. 70?~B.C. 8). 고대 로마의 정치가로, 문화와 예술의 보호자로서 호라티우스와 베르길리우스를 후원하였다.

나는 웨스트에그에 살고 있었는데, 뭐랄까, 두 지역 중에서 상류 사회 분위기가 비교적 덜 나는 곳이었다. 하지만 이런 표현은 두 지역간의 기이하고도 다소 불길한 차이를 제대로 나타내기에는 지극히 피상적인 꼬리표다. 내가 사는 집은 달걀 모양 지역에서 정확히 끝에 있었고, 롱아일랜드 해협에서 대략 50미터밖에 떨어져 있지 않았는데, 1만 2천이나 1만 5천 달러를 줘야 한 철 빌릴 수 있는 거대한 두 저택 사이에 끼어 있었다. 오른쪽 집은 누가 봐도 엄청나게 큰 저택이었다. 실은 노르망디 시청을 그대로 모방한 것으로, 한쪽에는 가는 수염 같은 담쟁이덩굴에 뒤덮인 새로 세운 탑과 대리석 수영장, 40에이커[6]가 넘는 잔디밭과 정원이 딸려 있었다. 바로 개츠비의 대저택이었다. 아니, 아직 개츠비가 누구인지 몰랐으니 개츠비라는 신사가 사는 저택이라고 해야겠다. 내가 사는 집이 걸림돌인 셈이었지만 워낙 작아서 보지 않고 넘어갈 수 있었다. 그리하여 나는 바다와 이웃집 잔디밭을 일부 조망할 수 있었고, 백만장자들 가까이 산다는 자부심도 느낄 수 있었다. 한 달에 단돈 80달러면 이 모든 것을 누릴 수 있었다.

이름만 만인 좁은 만의 건너편에서는 이스트에그의 새하얗고 궁전 같은 호화 저택들이 해변을 따라 반짝였다. 사실 그해 여름의 이야기는 내가 톰 뷰캐넌 부부와 함께 저녁을 먹으러 그곳으로 차를 몰고 가던 그날 저녁부터 시작된다. 데이지는 먼 친척 여동생이었고, 톰과는 대학 시절부터 알고

6 1에이커는 약 4,047제곱미터로, 40에이커는 약 16만 2천 제곱미터이다.

지내던 사이였다. 전쟁이 끝난 직후 시카고에서 그들과 이틀 밤을 함께 보낸 적도 있었다.

데이지의 남편은 여러 운동에 능했는데, 무엇보다 뉴헤이븐의 미식축구 역사상 가장 뛰어난 엔드[7] 중 한 명이었다. 미국 전역에 어느 정도 알려진 인물이었지만, 스물한 살에 이미 인생의 정상에 도달해서 그 이후로는 모든 게 내리막길이라는 인상이 드는, 그런 인물이기도 했다. 그의 집안은 엄청난 부자였다. 대학 시절부터 무분별한 씀씀이 때문에 비난을 받을 정도였는데, 이제는 시카고를 떠나 보는 이가 움찔 놀랄 만큼 화려한 모습으로 동부를 찾은 것이다. 가령 그는 폴로 경기를 하겠다고 레이크포리스트[8]에서 폴로 경기용 말을 한 떼나 끌고 왔다. 내 나이 또래가 그런 무모한 짓을 할 만큼 부자라는 것은 좀처럼 믿기 어려운 일이었다.

그들이 왜 동부로 왔는지 나는 모른다. 그들은 이렇다 할 이유도 없이 프랑스에 가서 1년 동안 빈둥댔고, 그러고 나서는 사람들이 폴로 경기를 하거나 부자들이 모이는 곳이라면 어디나 찾아다니며 즐겼다. 데이지는 전화할 때마다 매번 〈이번이 마지막 이사야〉라고 말했지만, 나는 그 말을 믿지 않았다. 데이지의 속마음을 들여다볼 수는 없었지만, 톰이 다시는 맛볼 수 없는 미식축구 경기의 짜릿한 흥분을 찾아 영원히 떠돌 거라는 생각이 들었던 것이다.

7 〈타이트 엔드Tight end〉를 말한다. 미식축구 공격 측 포지션의 하나로, 상황에 따라 패스 캐치와 블록 모두를 수행한다.

8 Lake Forest. 특정 계급의 부유층만 모여 사는 시카고 교외의 주택 지역. 피츠제럴드의 연인이었던 지네브러 킹이 여기 살았다.

그래서 어느 따스한 바람이 부는 저녁, 잘 알지도 못하는 두 옛 친구를 만나러 이스트에그로 차를 몰고 가는 일이 벌어졌다. 그들이 사는 저택은 생각보다 훨씬 더 공들여 지은 집이었다. 붉은색과 흰색으로 장식된 조지 왕조의 식민지풍 대저택이 만을 굽어보고 있었다. 해변에서 시작된 잔디밭은 현관을 향해 약 5백 미터나 이어져, 중간의 해시계와 벽돌이 깔린 산책로, 햇볕에 불타는 정원을 지나, 마침내 저택에 도달해 달려온 관성 때문인 듯 밝은 덩굴이 되어 저택 옆 면을 타고 올라갔다. 저택의 정면에는 프랑스식 창문이 한 줄로 붙어 있었는데, 햇빛에 반사되어 황금빛으로 빛나는 창들이 오후의 따뜻한 바람을 맞으며 활짝 열려 있었다. 승마복 차림의 톰 뷰캐넌이 다리를 벌린 채 현관에 서 있었다.

　그는 뉴헤이븐 시절과는 달라져 있었다. 몹시 고집스러워 보이는 입술과 건방진 매너, 지푸라기 같은 머리카락을 지닌 서른 살의 건장한 남자가 되어 있었다. 거만하게 빛나는 두 눈이 그의 얼굴에서 두드러졌는데, 그 때문에 늘 덤빌 듯 몸을 앞으로 수그린 인상을 주었다. 승마복의 여성적인 우아함마저도 그의 체구에 깃든 막강한 힘을 감추지는 못했다. 반짝이는 승마 부츠는 맨 위쪽 끈까지 팽팽하게 쥘 정도로 그득 채워진 듯했고, 어깨를 움직일 때마다 얇은 코트 밑으로 거대한 근육 덩어리가 움직이는 게 보였다. 한마디로 말해서 거대한 지렛대의 힘을 지닌, 무지막지한 체격이었다.

　거칠면서도 톤이 높은 허스키한 목소리가 성깔 있다는 느낌을 더해 주었다. 그의 목소리에는 심지어 자기가 좋아하는 사람조차 마치 아랫사람 대하듯 경멸하는 태도가 깃들어 있었다. 그런 까닭에 뉴헤이븐 시절에는 그를 싫어하는 사람들도 있었다.

「이 문제들에 있어서 반드시 내 의견을 따르라는 건 아니야.」 그는 그렇게 말하는 듯했다. 「내가 자네들보다 더 힘세고 남자답다고 해도 말이지.」 우리는 4학년 때 같은 클럽에 속해 있었다. 친하게 지내지는 않았지만 늘 나를 인정하는 눈치였고, 특유의 거칠고 도전적인 태도에도 불구하고 내가 호감을 가져 주길 바란다는 걸 알 수 있었다.

우리는 햇빛 비치는 베란다에서 잠시 담소를 나눴다.

「여기 멋진 집을 얻었어.」 톰이 주위를 열심히 살피며 말했다.

톰은 한쪽 팔로 내 몸을 돌려 세우더니 크고 넓적한 손을 들어 눈앞에 펼쳐진 풍경을 가리켰다. 그곳에는 주변보다 낮은 곳에 이탈리아식 정원과 반 에이커에 달하는 향기 짙은 장미 꽃밭이 자리 잡고 있었고, 바닷가 쪽으로는 앞이 뭉툭한 모터보트 한 척이 파도가 치는 대로 일렁이고 있었다.

「이 집은 석유 재벌 드메인의 소유였지.」 톰은 점잖게 말하는 한편 갑작스럽게 다시 내 몸을 돌려 세웠다. 「이제 안으로 들어가지.」

우리는 천장이 높은 복도를 지나, 양 끝에 달린 프랑스식 창문들에 의해 집에 가까스로 붙어 있는 밝은 장밋빛 방으로 들어갔다. 창들은 살짝 열려 있었고, 웃자라 집 안으로 살짝 들어온 것 같은 신선한 바깥 잔디와 대비되어 하얗게 반짝였다. 방 안으로 불어온 미풍이 커튼 한쪽 끝은 안으로, 다른 끝은 밖으로 빛바랜 깃발처럼 펄럭이며 설탕 입힌 웨딩 케이크 같은 천장 쪽으로 말아올렸다. 그러고는 바다 위로 부는 바람처럼 와인색 카펫 위에 물결을 일으키며 그림자를 드리웠다.

그 방 안에 단 하나 꼼짝하지 않는 물건이 있다면, 그것은 아주 커다란 소파뿐이었다. 그 소파에는 젊은 여자 둘이 단단히 묶어 둔 열기구를 탄 것처럼 둥실 떠 있었다. 여자들은 하얀 드레스를 입고 있었는데, 열기구를 타고 집 안을 잠시 둘러보다 이제 막 내린 것처럼 드레스 자락에 잔물결이 일며 팔랑거렸다. 나는 커튼이 펄럭이는 소리와 벽에 걸린 그림이 달그락거리는 소리를 또렷이 들으며 잠시 서 있었다. 톰 뷰캐넌이 쾅 하고 뒤창을 닫아 방에 갇힌 바람이 가라앉자, 커튼과 카펫, 두 젊은 여자도 서서히 바닥으로 내려앉았다.

두 여자 중 어린 쪽은 초면이었다. 그녀는 긴 소파 끝까지 온몸을 쭉 뻗은 채 손가락 하나 까딱하지 않았다. 턱을 살짝 추켜올린 모습이 곧 떨어질 듯한 물건을 턱 위에 올려놓고 균형을 잡고 있는 것 같았다. 곁눈질로 나를 보았겠지만 전혀 내색하지 않았다. 나는 하마터면 갑자기 방에 들어와 미안하다고 작은 소리로 사과할 뻔했다.

또 다른 여자, 데이지가 의자에서 일어나려 했다. 그녀는 진지한 표정으로 몸을 앞으로 살짝 기울이곤 바보 같지만 매력적인 미소를 지어 보였고, 나도 웃으면서 방 안으로 성큼 들어섰다.

「너무 행복해서 몸이 마, 마비될 지경이에요.」

데이지는 대단히 재치 있는 말이라도 한 것처럼 다시 웃음을 터뜨렸고, 내 손을 잠깐 잡더니 이 세상에 당신만큼 보고 싶은 사람은 없었다는 표정으로 내 얼굴을 쳐다보았다. 그녀는 늘 이런 식이었다. 그녀는 귀엣말로, 턱을 들어 균형을 잡고 있는 여자의 성이 베이커라고 일러 주었다. (데이지가 소곤거리는 게 상대방이 자기에게 몸을 기울이게 하려는 작전이라는 얘길 들은 적이 있다. 당치 않은 험담이지만, 그렇다고 해서 그 귀엣말의 매력이 줄어드는 건 아니었다.)

어쨌든 베이커 양은 입술을 실룩이며 보일 듯 말 듯 고개를 끄덕이고는 재빨리 머리를 다시 뒤로 기댔다. 턱 위에 올려놓고 확실히 균형을 잡고 있던 물체가 살짝 흔들리자 자못 놀랐다는 듯이. 또다시 내 입으로 미안하다고 사과할 뻔했다. 이렇듯 거의 완벽한 자신감을 보이면 나는 늘 넋이 나가 찬사를 보내게 된다.

나는 사촌 여동생을 다시 바라보았다. 그녀는 내 가슴을 뛰게 하는 낮은 목소리로 이것저것 묻기 시작했다. 그녀는 다시는 연주되지 못할 음표를 배열한 것처럼 한 마디 한 마디 귀를 오르락내리락하며 따라 들어야 하는 그런 목소리를 지녔다. 그녀의 얼굴은 빛나는 두 눈과 밝고 열정적인 입술 같은 눈부신 그 무엇 때문에 슬프고도 사랑스러워 보였지만, 그녀의 목소리에는 그녀를 좋아했던 남자라면 잊기 어려운 자극적인 그 무엇이 들어 있었다. 즉 노래하고 싶은 충동, 〈자, 잘 들어봐요〉라는 속삭임, 그리고 방금 즐겁고 신나는 일을 했으니 곧 즐겁고 신나는 일이 다시 일어날 거라는 약속 같은 것이 들어 있었던 것이다.

동부로 이사 오던 길에 시카고에 들러 하룻밤 묵었었는데, 그때 열 명도 넘는 사람들이 그녀에게 안부를 전해 달라고 부탁했다는 이야기를 그녀에게 전해 주었다.

「날 보고 싶어 하던가요?」 감격한 그녀가 외쳤다.

「온 시내가 다 황량해졌지. 차란 차는 다 왼쪽 뒷바퀴를 장례식 화환처럼 온통 까맣게 칠하고 다니고, 노스쇼[9] 거리에서는 밤새 울부짖는 소리가 그치질 않더군.」

「정말 굉장하네요! 돌아가요, 톰, 내일 당장요!」 그러고 나서 그녀는 엉뚱하게 덧붙였다. 「우리 아기 봐야죠.」

「보고 싶어.」

「딸 앤 자고 있어요. 세 살이에요. 여태 한 번도 못 봤죠?」

「아직 못 봤지.」

「그럼, 꼭 봐야죠. 그 앤……」

끊임없이 방을 서성이던 톰 뷰캐넌이 발길을 멈추고 내 어깨에 손을 얹었다.

「닉, 요즘 뭐 하나?」

「증권 일 하지.」

「누구랑?」

나는 동료 이름을 말해 주었다.

「한 번도 못 들어 본 이름인데.」 톰이 단호하게 말했다.

9 North Shore. 미시간 호 근처의 시카고 거리로, 부유층의 고급 주택들이 즐비해 있다.

그의 이런 말투에 나는 화가 났다.

「앞으로 듣게 되겠지.」 나는 짤막하게 대답했다. 「계속 동부에 머문다면 듣게 될 거야.」

「아, 동부에 머물 테니 걱정 말게.」 그는 뭔가 경계하듯 데이지를 힐끔 쳐다보더니 다시 내 쪽으로 고개를 돌렸다. 「바보가 아니라면 딴 데선 살 수 없지.」

바로 그때 베이커 양이 난데없이 〈물론이죠!〉라고 맞장구를 쳐서 나를 놀라게 했다. 내가 그 방에 들어선 후 그녀가 처음으로 내뱉은 말이었다. 하품을 하다가 벌떡 자리에서 일어선 걸 보니 분명 그녀도 자기 말에 나만큼이나 놀란 모양이었다.

「몸이 뻣뻣해졌어.」 베이커 양이 투덜거렸다. 「저 소파에 너무 오래 누워 있었나 봐.」

「나 쳐다보지 마.」 데이지가 항의했다. 「오후 내내 뉴욕 시내에 데려가려고 했었어.」

「안 마실래요.」 베이커 양이 주방에서 막 내온 칵테일 넉 잔을 보며 말했다. 「훈련 중이거든요.」

톰이 믿을 수 없다는 듯 그녀를 쳐다보았다.

「그렇지!」 톰은 칵테일이 딱 한 방울밖에 남지 않은 것처럼 잔을 쭉 들이켰다. 「당신 같은 여자가 어떻게 그런 일을 해내는지!」

나는 베이커 양을 쳐다보면서 그녀가 〈해내는〉 일이 뭘까 궁금해졌다. 그녀를 바라보니 기분이 좋아졌다. 날씬한 몸매에 가슴이 작았고, 젊은 사관생도처럼 어깨를 뒤로 쫙 펴서

꼿꼿한 자세가 더욱 두드러졌다. 그녀는 햇빛에 지친 회색 눈으로 나를 바라보았다. 창백하고 매력적이지만 어딘지 불만스러운 표정에는 내 시선에 화답하듯 점잖은 호기심이 서려 있었다. 불현듯 어디선가 그녀를 보았거나, 그녀의 사진을 본 것 같다는 생각이 들었다.

「웨스트에그에 사시죠.」 그녀가 깔보듯 말했다. 「제가 아는 사람도 거기 살아요.」

「저는 한 명도 모르는데……」

「개츠비란 사람은 알 텐데요.」

「개츠비라고?」 데이지가 물었다. 「어떤 개츠비 말이야?」

내 이웃이라고 미처 대답하기도 전에, 저녁 식사가 준비되었다는 소리가 들렸다. 톰 뷰캐넌이 억센 팔로 내 팔을 붙잡고 마치 체스 판에서 말을 다른 자리로 옮기듯, 방에서 나를 억지로 끌고 나갔다.

젊은 여자들은 엉덩이에 손을 가볍게 얹더니 가냘프고 나른하게, 지는 석양 쪽으로 열린 장밋빛 베란다를 향해 앞장서 걸어갔다. 식탁에 놓인 네 개의 촛불이 좀 전보다 약해진 바람에 흔들렸다.

「웬 촛불?」 데이지가 얼굴을 찡그렸다. 그녀는 손가락으로 잽싸게 촛불을 껐다. 「두 주 뒤면 1년 중 낮이 제일 긴 하지가 돼요.」 그녀는 밝은 얼굴로 모두를 바라보았다. 「1년 내내 늘 그날을 기다리다가 막상 그날이 되면 깜빡 잊어버리지 않나요? 1년 내내 항상 그날을 기다리다가 깜빡 잊어버린다니까요.」

「뭔가 계획을 세워야죠.」 베이커 양은 하품을 하며 마치 잠자리에 들 것 같은 모습으로 식탁에 앉았다.

「좋아요.」 데이지가 말했다. 「뭘 할까요?」 그녀는 난감한 듯 나를 쳐다보았다. 「다른 사람들은 도대체 무슨 계획을 세우죠?」

내가 미처 대답하기도 전에 놀란 데이지의 시선이 그녀의 새끼손가락에 고정되었다.

「이것 좀 봐요!」 데이지가 투덜댔다. 「여길 다쳤어요.」

모두가 쳐다보았다. 그녀의 손가락 마디에 시퍼런 멍이 들어 있었다.

「당신 때문이에요, 톰. 일부러 그러지 않았다는 건 알지만, 당신이 그랬어요. 이게 다 짐승 같은 남자, 어마어마하고 무지막지한 남자랑 결혼했기 때문이에요……」

「그 무지막지하다는 말 듣기 싫어.」 톰이 인상을 썼다. 「아무리 농담이라도 말이야.」

「무지막지한 걸 어떡해요.」 데이지도 지지 않았다.

데이지와 베이커 양은 가끔 얘기를 나눴는데, 별다른 주제도 없이 시시하게 주고받는 대화라 잡담이라고도 할 수 없었다. 그 대화는 그들이 입은 흰 드레스나 아무 욕망도 없는 무심한 시선처럼 싸늘했다. 그들은 거기서, 톰과 나를 받아들이며, 그저 자리에 앉아 예의 바르고 유쾌하게 대접하고 대접받을 뿐이었다. 이제 곧 저녁 식사가 끝나고, 조금 뒤면 저녁 시간 또한 끝날 것이고, 그러면 모든 게 그저 지나가 버린다는 걸 그들은 알고 있었다. 서부와는 아주 달랐다. 서부의 저녁은 끊임없이 기대를 좌절시키거나, 아니면 끝나는 순간 자체를 아주 초조하게 두려워하면서 한 단계 한 단계 끝을 향해 나아가다 훌쩍 지나가 버리니 말이다.

「너랑 있으니 어째 내가 야만인 같구나, 데이지.」 나는 코르크 냄새가 나지만 꽤 괜찮은 와인을 두 잔째 마시면서 고백했다. 「농작물 재배나 뭐 그런 얘길 해볼까?」

특별한 의도로 한 말은 아니었지만, 이 말은 엉뚱하게 받아들여졌다.

「문명이 산산조각 나고 있어!」 톰이 느닷없이 격분했다. 「난 지독한 비관론자가 됐어. 자네, 고다드라는 사람이 쓴 『유색 인종 제국의 출현』[10]이라는 책 읽어 봤나?」

「아니, 못 읽었는데.」 나는 톰의 말투에 깜짝 놀라며 대답했다.

「저런, 좋은 책인데. 모두 읽어야 해. 책 내용은 우리가 주의하지 않으면 백인종이 몽땅 끝장나 버릴 거란 얘기야. 모두 과학적인 얘기지. 다 증명됐다고.」

「톰이 아주 심각해지고 있어요.」 데이지가 무심하고도 슬픈 표정으로 말했다. 「이 사람은 긴 단어가 나오는 어려운 책만 읽어요. 그게 무슨 단어였더라, 우리가……」

10 *The Rise of the Colored Empires*. 이 책은 로스롭 스토더드Lothrop Stoddard의 『유색의 밀물*The Rising Tide of Color*』(뉴욕: 스크리브너스, 1920)을 암시하지만, 피츠제럴드는 정확한 제목과 작가를 밝히고 싶지 않았던 것 같다. 로스롭 스토더드는 『스토더드 강연집*Stoddard's Lectures*』의 존 L. 스토더드John L. Stoddard와 혼동하지 말아야 한다. 위의 책, 〈주석〉에서 인용.

「글쎄, 모두 과학적인 책이래도.」톰은 조바심이 나는 듯 그녀를 바라보며 거듭 주장했다. 「그 친구가 다 파헤쳤어. 우리에게 달렸다는 거야. 우리 백인 지배층이 정신을 바짝 차려야 한다는 거지. 아니면 다른 인종이 세계를 지배하게 된다고.」

「그들을 짓밟아 버려야 해요.」데이지가 뜨거운 태양이 눈부신 듯 맹렬히 눈을 깜빡이며 속삭였다.

「두 사람은 캘리포니아에 살아야겠어요……」베이커 양이 이렇게 말을 시작했지만, 톰이 육중한 몸을 고쳐 앉으며 그녀의 말을 가로챘다.

「이 책에서 주장하는 건 우리가 가장 우수한 북유럽 인종이라는 거야. 나도, 자네도, 또 당신도, 그리고……」아주 잠깐 망설이더니 그는 고개를 끄덕이며 데이지까지 포함시켰다. 그녀가 다시 나를 보며 눈을 깜빡였다. 「……그리고 문명을 이룬 이 모든 걸 우리가 만들어 냈다는 거야…… 아, 과학과 예술, 그 밖에 다른 모든 것도. 알아듣겠어?」

톰은 예전보다 더욱 충만해진 자만심만으로는 충분치 않은 듯 열변을 토했는데, 그런 그의 모습에는 어딘가 서글픈 구석이 있었다. 그때 집 안에서 전화벨이 울려 집사가 베란다를 떠났고, 데이지가 잠시 얘기가 중단된 틈을 놓치지 않고 내 쪽으로 몸을 기울였다.

「우리 집 비밀 한 가지 말해 줄게요.」그녀는 신이 나서 속삭였다. 「집사의 코 얘기인데요. 집사의 코 이야기 들어 볼래요?」

「오늘 밤 바로 그 얘길 들으러 온 거야.」

「근데 말이에요, 저 사람이 원래 집사는 아니었어요. 뉴욕에서 은식기 닦는 일을 했는데, 거기 사장이 2백 사람분의 은식기를 갖고 있었대요. 아침부터 밤까지 식기를 닦아야 했는데, 결국 그게 코에 영향을 미쳐서……」

「상태가 더 악화됐구나.」 베이커 양이 끼어들었다.

「그런 셈이지. 증상이 악화돼서 결국 그 일을 그만둬야 했대요.」

그녀의 빛나는 얼굴에 잠깐 비친 마지막 석양이 낭만적이었다. 귀를 기울이자 그녀의 목소리가 나를 숨 가쁘게 끌어당겼다. 해 질 녘 아쉽게도 즐거운 거리를 떠나야 하는 아이들처럼, 석양빛이 그녀의 얼굴을 잠시 비추다가 이윽고 사라졌다.

집사가 돌아와 톰의 귀에 입을 바짝 대고 뭐라고 속삭였고, 톰은 얼굴을 찡그리며 의자를 뒤로 빼더니 말없이 안으로 사라졌다. 그가 사라지자 뭔가에 자극된 듯 데이지가 다시 몸을 앞으로 기울였고, 흥분한 목소리가 노래하듯 흘러나왔다.

「오빠, 우리 집에서 오빠를 만나고 싶었어요. 오빠를 보면…… 장미, 순수한 장미꽃이 생각나요. 그렇지 않니?」 데이지가 베이커 양 쪽으로 고개를 돌려 동의를 구했다. 「순수한 장미꽃 말이야.」

이 말은 사실이 아니었다. 나는 장미꽃과 전혀 닮지 않았다. 그저 즉흥적으로 꾸며 낸 말이었지만, 그녀에게서 사람을 감동시키는 따뜻함이 우러나왔다. 숨 가쁘게 떨리는 말

한마디에 감춰 둔 그녀의 마음이 튀어나올 듯했다. 그러더니 그녀는 갑자기 냅킨을 식탁 위로 집어 던졌고, 실례한다고 말하더니 집 안으로 들어가 버렸다.

베이커 양과 나는 의식적으로 별 의미 없는 시선을 잠시 교환했다. 내가 뭔가 말하려 하자, 그녀가 잽싸게 일어나 내게 〈쉿!〉 하고 주의를 주었다. 안쪽 방에서 두 사람의 억제되고 격앙된 소리가 들려오자, 베이커 양은 부끄러운 줄도 모르고 몸을 앞으로 기울여 엿들었다. 수군거리는 소리가 알아들을 만했다가 가라앉았고, 다시 격앙되더니 뚝 그쳐 버렸다.

「아까 말한 그 개츠비 씨가 이웃집에 살아요……」 내가 말을 꺼냈다.

「잠깐만요. 안에서 무슨 일이 벌어지는지 좀 들어 보게요.」

「무슨 일인데요?」 아무것도 모르는 내가 물었다.

「정말 모르세요?」 베이커 양이 정말 의아하다는 듯 물었다. 「다 아는 줄 알았는데.」

「모르는데요.」

「저……」 망설이던 그녀가 말했다. 「뉴욕에 톰의 정부가 있어요.」

「정부요?」 나는 멍하니 그녀의 말을 따라 했다.

베이커 양이 고개를 끄덕였다.

「저녁 식사 중에는 전화하지 않는 게 예의 아닌가요? 안 그래요?」

그녀의 말뜻을 미처 깨닫기도 전에 드레스 펄럭이는 소리와 가죽 신발이 저벅거리는 소리가 들리더니, 톰과 데이지가 식탁으로 돌아왔다.

「피치 못할 사정이 있었어요!」 데이지가 애써 쾌활하게 외쳤다.

그녀는 자리에 앉아 베이커 양과 내 표정을 연이어 살피더니 이렇게 말했다. 「잠시 밖을 내다보니 아주 낭만적이에요. 잔디밭에 나이팅게일 한 마리가 있는데 틀림없이 커나드 회사나 화이트스타 해운 회사 배를 타고 온 것 같아요. 그 새가 노래를 부르며 날아갔어요……」 그녀의 목소리는 노랫소리 같았다. 「정말 낭만적인 것 같지 않아요, 톰?」

「정말 낭만적이야.」 톰은 그렇게 대답하더니 침울한 목소리로 내게 말했다. 「저녁 식사를 한 뒤에도 환하면 자네에게 마구간을 보여 주고 싶어.」

갑자기 집 안에서 전화벨이 울렸다. 데이지가 톰을 향해 단호하게 고개를 젓자 마구간 얘기는 물론이고 실상 모든 화제가 허공 속으로 사라졌다. 식탁 앞에서 최후의 5분간 토막토막 있었던 일 중에서 하릴없이 촛불만 다시 켰던 게 지금도 생생하다. 모두를 똑바로 보고 싶었지만 나는 의식적으로 시선을 피했다. 데이지와 톰이 무슨 생각을 하는지 짐작할 수 없었지만, 어떤 회의적인 상황에서도 잘 버틸 것 같은 베이커 양조차 이 다섯 번째 불청객의 다급한 소리를 머릿속에서 완전히 지울는지 의심스러웠다. 기질에 따라서는 이 상황이 흥미로울지 모른다. 내 본능을 따른다면 당장 경찰에 전화를 걸었을 것이다.

말할 것도 없이 말을 보러 가자는 이야기는 다시 나오지 않았다. 톰과 베이커 양은 몇 발자국 거리를 두고 석양빛을 받으며 서재로 어슬렁어슬렁 걸어갔다. 손에 닿을 거리에 시체를 두고 밤샘이라도 하러 가는 듯한 얼굴이었다. 한편 나는 귀가 잘 안 들리는 척, 애써 즐거운 내색을 하며 베란다를 돌아 정문 현관까지 데이지를 따라갔다. 우리는 깊은 어둠 속에 잠겨 고리버들로 만든 긴 의자에 나란히 앉았다.

데이지는 아름다운 자기 얼굴의 윤곽을 느껴 보려는 듯 손으로 얼굴을 감쌌고, 벨벳처럼 부드러운 황혼으로 서서히 시선을 옮겼다. 격한 감정에 휩싸인 그녀의 모습에 마음을 가라앉혀 줄 요량으로 딸 이야기를 물었다.

「우린 서로 잘 모르는 것 같아요, 오빠.」데이지가 불쑥 말했다. 「사촌간인데도 말이에요. 내 결혼식에 안 왔잖아요.」

「전쟁터에 있었으니까.」

「맞아요.」그녀가 머뭇거렸다. 「그런데, 아주 힘들었어요, 오빠. 난 매사에 아주 냉소적인 사람이 됐어요.」

분명 그럴 만한 이유가 있었을 것이다. 기다렸지만, 그녀는 아무 말도 하지 않았다. 잠시 후 나는 할 수 없이 그녀의 딸에게로 화제를 돌렸다.

「이제 말도 하고…… 밥도 먹고 별거 다 하겠네.」

「네, 그럼요.」그녀는 나를 멍하니 쳐다보았다. 「오빠, 그 애가 태어날 때 내가 무슨 말을 했는지 얘기해 줄게요. 들어 볼래요?」

「물론이지.」

「이 얘기 들으면 내가…… 매사에 왜 이렇게 됐는지 알게 될 거예요. 글쎄 애 낳고 한 시간도 안 됐는데, 톰이 어디 있는지 도무지 알 수가 없는 거예요. 마취에서 깨어났는데 정말이지 버림받은 기분이더라고요. 맨 먼저 간호사한테 아들인지 딸인지 물어봤죠. 딸이라더군요. 그래서 고개를 돌리고는 울었어요. 〈괜찮아.〉 난 이렇게 말했어요. 〈딸이라 다행이야. 그 애가 커서 바보가 되면 좋겠어. 이런 세상에서는 예쁘고 귀여운 바보가 되는 게 최고지.〉」

확신에 찬 데이지가 계속 말을 이었다. 「모두 그렇게 생각하죠…… 가장 앞섰다는 사람들도요. 그리고 난 알아요. 난안 가본 데라곤 없고, 보지 못한 것도, 안 해본 것도 없어요.」그녀는 꼭 톰처럼 도전적인 태도로 눈을 번뜩이며 주위를 둘러보더니 오싹한 경멸조로 웃음을 흘렸다. 「닳았죠. ……맙소사, 진짜 닳아빠졌다니까요!」

데이지가 억지로 내 관심이나 신뢰를 얻으려 하지 않고 말을 그친 그 순간, 그녀가 한 말이 위선에서 비롯된 것이 아닌지 의심이 들었다. 저녁 시간 전체가 나를 상대로 자기에게 유리한 감정을 이끌어 내려는 모종의 속임수같이 느껴지며 마음이 편치 않았다. 나는 다음 얘기를 기다렸다. 아니나 다를까 잠시 후에 그녀는 사랑스러운 얼굴에 눈에 띄게 과한 웃음을 지어 보이며 나를 바라보았다. 마치 자신과 톰이 아주 유명한 비밀 단체에 속한 회원임을 자랑이라도 하려는 것처럼.

....

방으로 들어서자, 진홍색 방 안이 밝은 조명을 받아 아주

환했다. 톰과 베이커 양은 긴 소파의 양 끝에 걸터앉아 있었
고, 베이커 양이 톰에게 『새터데이 이브닝 포스트』지를 크게
읽어 주고 있었다. 속삭이듯 내뱉는 높낮이 없는 단어들이
달래는 듯한 어조로 이어졌다. 톰의 부츠는 밝게, 가을 낙엽
처럼 노란 그녀의 머리카락은 흐릿하게 비추던 램프 불빛이,
그녀가 날렵한 팔을 움직여 페이지를 넘길 때마다 종이에 반
사되어 반짝였다.

우리가 들어서자 베이커 양이 손을 들어 잠시 조용히 해
달라고 청했다.

「바로 다음 호에……」 베이커 양이 테이블 위로 잡지를 던
졌다. 「계속됩니다.」

그녀는 무릎을 불안하게 들썩이면서 몸을 펴더니 자리에
서 벌떡 일어났다.

「10시예요.」 천장에 걸린 시계를 똑바로 쳐다보며 베이커
양이 말했다. 「이 착한 아가씨는 잘 시간이에요.」

「조던은 내일 경기가 있대요.」 데이지가 설명했다. 「웨스
트체스터에서요.」

「아, 당신이 바로 조던 베이커[11]군요.」

나는 그제야 그녀의 얼굴이 낯익었던 이유를 알게 되었

---

11 〈조던 베이커Jordan Baker〉라는 이름은 두 개의 자동차 제조 회사,
즉 활동적인 〈조던 모터 카 컴퍼니Jordan Motor Car Company〉와 고풍스
러운 〈베이커 일렉트릭Baker Electric〉의 이름을 합쳐 만든 것이다. 1923년
여성 골프 챔피언이 된 이디스 커밍스Edith Cummings를 모델로 베이커를
그렸다고, 피츠제럴드는 편집자 맥스웰 퍼킨스Maxwell Perkins에게 밝힌
바 있다. 위의 책, 〈주석〉에서 인용.

다. 유쾌하지만 남을 무시하는 듯한 그 표정을 핫스프링스, 팜비치에서 선수로 뛰던 시절 찍은 사진에서 본 적이 있었던 것이다. 그녀에 관한 비난과 별로 유쾌하지 않은 소문도 들었던 것 같지만, 그게 뭔지는 오래전에 잊어버렸다.

「잘 자요.」 조던이 부드러운 목소리로 말했다. 「8시에 깨워 줘요. 알았죠?」

「일어나면.」

「일어날 거예요. 캐러웨이 씨도 안녕히 주무세요. 또 만나요.」

「물론 또 보게 될 거야.」 데이지가 확신에 차서 말했다. 「실은 내가 중매를 설까 했거든요. 자주 와요, 오빠. 뭐랄까……내가 두 사람을, 음, 맺어 줄 테니까요. 아시죠. ……예기치 않게 두 사람을 리넨 옷장에 넣고 가둬 버린다든가, 보트를 태워 바다에 보낸다든가, 뭐 그런 거 있잖아요……」

「잘 자요!」 계단에서 베이커 양이 외쳤다. 「아무 말도 못 들은 걸로 하겠어요.」

「멋진 여자야.」 잠시 후에 톰이 말했다. 「그녀가 이런 식으로 전국을 떠돌게 하면 안 되는데.」

「누가 그럼 안 된다는 건데요?」 데이지가 냉정하게 물었다.

「가족들이지.」

「가족이래야 천 살쯤 된 이모뿐이에요. 그건 그렇고 앞으로 조던을 돌봐 줄 거죠, 오빠? 올여름에 조던은 주말마다 여기 와서 머물 거예요. 가족적인 분위기가 저 애한테 아주 좋은 영향을 줄 것 같아요.」

데이지와 톰은 잠시 말없이 서로 쳐다보았다.

「뉴욕 출신이야?」 내가 재빨리 물었다.

「루이빌 출신이에요. 거기서 순진한 소녀 시절을 함께 보냈어요. 아름답고 순진했던……」

「당신, 베란다에서 닉한테 너무 솔직하게 얘기한 건 아니겠지?」 톰이 갑자기 물었다.

「내가요?」 그녀가 나를 보았다. 「기억은 잘 안 나지만, 북유럽 인종 얘길 한 거 같은데요. 맞아요, 확실히 그랬어요. 그 인종이 우리에게 서서히 다가오고 있으니, 우리가 먼저 알아둘 건……」

「들은 얘길 다 믿진 말게, 닉.」 톰이 충고했다.

나는 아무 말도 못 들었다고 가볍게 대꾸하고는, 잠시 후에 집에 가려고 일어났다. 그들은 문간까지 따라와 아름다운 불빛 속에 나란히 서서 나를 배웅해 주었다. 차가 출발할 무렵, 데이지가 결심한 듯 〈잠깐만요!〉 하고 외쳤다.

「뭐 하나 물어보려다 깜빡 잊었는데, 중요한 거예요. 서부에 있을 때 어떤 아가씨와 약혼했다는 얘길 들었어요.」

「맞아.」 톰도 친절하게 거들었다. 「약혼 소식을 들었지.」

「헛소문이야. 내겐 그럴 만한 돈이 없어.」

「하지만 분명히 들었다니까요.」 다시 꽃처럼 환하게 피어나 나를 놀라게 하면서 데이지가 계속 주장했다. 「세 사람한테 들었으니, 틀림없어요.」

물론 나는 그들이 무슨 말을 하는지 알았지만, 약혼 같은 건 한 적이 없었다. 교회에서 결혼 예고를 했다는 소문이 돌았는데, 바로 그 때문에 내가 동부로 온 것이다. 어처구니없는 소문 때문에 오랜 친구와 관계를 끊을 수도 없고, 그렇다고 소문 때문에 결혼할 의사도 없었던 것이다.

나는 오히려 그들의 관심에 감동했고, 그들이 부자이긴 해도 나와 그리 멀지 않다고 느꼈다. 그럼에도 불구하고 차를 몰고 가는 동안 혼란스럽기도 했고 좀 역겹기도 했다. 내가 보기에 데이지는 당장 아이를 안고 그 집에서 뛰쳐나와야 할 것 같았다. 하지만 그녀에게는 전혀 그럴 생각이 없어 보였다. 톰으로 말하자면, 실은 〈뉴욕에 정부가 있다〉는 말보다 그가 책을 읽고 나서 우울해졌다는 사실이 더 놀라웠다. 강인한 몸에 대한 자만심 때문에 더 이상 성격이 단호해지지 못한 것처럼, 무엇 때문인지 그는 이제 진부한 사상의 가장자리를 갉아먹고 있었다.

여관 지붕들과 붉은 새 주유기들이 불빛을 받으며 앉아 있는 길가 주유소 앞은 이미 여름이 한창이었다. 웨스트에그에 있는 집에 도착한 나는 차를 차고에 넣고 마당에 버려져 있는 잔디 롤러 위에 잠시 걸터앉았다. 시끄럽고 환한 밤 속에서 바람이 불어왔고, 나무들 사이에서 날개 부딪치는 소리와 계속 이어지는 풍금 소리가 들려왔다. 대지가 한껏 풀무질을 해서 개구리들에게 충만한 생명을 불어넣어 준 것 같았다. 지나가는 고양이의 그림자가 달빛에 어른거렸다. 그 모습을 보려고 고개를 돌리면서 나는 혼자가 아니라는 사실을 깨달았다. 10여 미터쯤 떨어진 곳에, 이웃 저택의 그림자 속에서 나타난 누군가가 두 손을 주머니에 찔러 넣고, 은빛 후

춧가루처럼 빛나는 별들을 바라보며 서 있었다. 왠지 모르게 여유 있는 동작과 잔디를 밟고 선 안정적인 자세는 그가 우리 마을 위 하늘 가운데 어디까지가 자기 구역인지 보러 나온 개츠비라고 일러 주었다.

나는 그를 부르려 했다. 베이커 양이 저녁 식사를 하면서 그에 대한 얘기를 했고, 그것으로 충분히 소개를 받은 것 같았다. 그러나 갑자기 그가 혼자 있고 싶다는 뜻을 내비쳤고, 나는 그를 부르지 않았다. 그는 이상한 방식으로 두 팔을 어두운 바다 쪽으로 뻗었는데, 멀리 떨어져 있긴 했지만 분명 몸을 부르르 떨고 있었다. 나도 모르게 바다 쪽을 바라보았지만, 저 멀리에는 부두 끝에 비추는 것 같은 자그마한 초록 불빛 말곤 아무것도 눈에 띄지 않았다. 다시 한 번 개츠비를 찾았을 때 그는 이미 사라지고 없었다. 나는 어수선한 어둠 속에 다시 홀로 남겨졌다.

제2장

웨스트에그와 뉴욕 시 중간쯤에는 황량한 지역을 피하려는 듯, 차도가 철로와 서둘러 만나 5백 미터쯤 나란히 뻗어 있는 곳이 있다. 바로 그곳이 재의 골짜기[12]다. 재가 밀처럼 무럭무럭 자라나 산등성이와 언덕, 기이한 정원으로 변하는 멋진 농장이다. 그곳에서 재는 집과 굴뚝과 피어오르는 연기 모양이 되고, 놀라운 노력으로 마침내 잿빛 인간들의 형상이 된 후, 먼지 많은 대기 속에서 희미하게 움직이다 곧 부서져 버린다. 가끔 잿빛 자동차들이 보이지 않는 길을 따라 일렬로 기어가다가 끽 소리를 내곤 잠잠해진다. 이윽고 잿빛 인간들이 납으로 된 삽을 들고 몰려들어 들여다볼 수 없는 먼지 구름을 일으키고, 이 먼지 구름은 알 수 없는 그들의 작업을 시야에서 가려 버린다.

그러나 잠시 후, 상공을 끝없이 떠도는 흐린 먼지와 잿빛 대지 위로, 커다란 광고판에 그려진 안과 의사 T. J. 에클버

---

12 재와 쓰레기, 거름이 가득한 늪 지역으로, 퀸스버러의 코로나 쓰레기 하치장을 모델로 했다. 위의 책, 〈주석〉에서 인용.

그의 두 눈을 볼 수 있다. 의사 T. J. 에클버그의 눈은 푸르고 거대하다. 눈의 망막[13] 지름이 약 1미터나 된다. 얼굴은 없고 눈만 있는데, 보이지 않는 코에 걸린 거대한 노란 안경 너머로 이쪽을 바라본다. 몹시 익살맞은 안과 의사가 퀸스[14] 자치구에서 돈을 좀 벌어 보려고 광고판을 세우고 나서, 그 자신은 영원히 장님이 되어 버렸거나, 아니면 광고판을 잊어버리고 어디론가 이사를 가버린 게 틀림없다. 오랜 세월 새로 페인트칠을 하지 않아 햇빛과 비에 조금 낡았지만, 그 눈은 생각에 잠긴 듯 엄숙하게 재의 골짜기를 내려다보고 있었다.

재의 골짜기 한쪽에는 작고 더러운 강이 접해 있는지라 화물선이 지나가도록 개폐교를 들어 올리면 기차 승객은 반 시간가량 기다리면서 그 우울한 풍경을 바라볼 수밖에 없다. 그곳에 이르면 늘 적어도 1분 동안 기차가 정지하는데, 바로 그 때문에 나는 톰 뷰캐넌의 정부를 처음 만나게 되었다.

톰에게 정부가 있다는 사실은 그가 알려진 어디서나 화제였다. 사람들은 톰이 정부와 함께 인기 있는 카페에 나타나 그녀를 테이블에 남겨 둔 채 돌아다니다가, 아는 사람을 만나면 누구든 붙잡고 떠든다는 사실을 언짢게 여겼다. 나 또한 호기심이 없지는 않았지만, 그렇다고 만나고 싶지도 않았다. 하지만 그녀를 만나게 되었다. 어느 날 오후 톰과 함께 기차를 타고 뉴욕에 가고 있을 때였다. 기차가 그 재의 골짜

---

13 *retinas*. 망막은 눈의 안쪽에 있어서 보이지 않는다. 홍채나 동공(눈동자)을 의미하는 듯하다. 위의 책, 〈주석〉에서 인용.

14 Queens. 미국 뉴욕의 5개 자치구 중 하나.

기 옆에 멈추자 톰이 자리에서 벌떡 일어나더니 내 팔을 잡고 기차에서 강제로 내리게 했다.

「여기서 내려야 해. 자네한테 내 애인을 소개해 줄게.」

나는 그가 점심 식사를 하며 술을 많이 마셨다고 생각했다. 나를 데리고 가겠다는 그의 결심은 폭력에 가까웠다. 오만하게도 일요일 오후에 내게는 별로 할 일이 없을 거라 단정한 모양이었다.

나는 석회를 하얗게 바른 나지막한 철로 울타리를 넘어 그를 따라갔다. 우리는 안과 의사 에클버그가 끈질기게 바라보는 가운데 길을 따라 백 미터쯤 되돌아갔다. 시야에 들어오는 건물이라고는 그 황무지 끝에 있는 노란 벽돌 건물뿐이었다. 그곳이 황무지의 중심가 역할을 하는 셈인데, 주변에는 아무것도 없었다. 건물에는 가게가 세 개 있었는데, 하나는 임대하려고 내놓았고, 다른 하나는 재의 골짜기에 접한 밤새 영업하는 식당이었다. 세 번째 가게는 자동차 정비소로, 〈정비. 조지 B. 윌슨. 자동차 사고 팝니다〉라는 팻말이 붙어 있었다. 나는 톰을 따라 그 정비소 안으로 들어갔다.

장사가 잘 되지 않는지 정비소 안은 텅 비어 있었다. 눈에 띄는 자동차라고는 어두컴컴한 구석에 처박혀 먼지를 뒤집어쓴 중고 포드 한 대뿐이었다. 이 어두운 자동차 정비소는 틀림없이 위장된 것이며 2층에 낭만적인 아파트가 숨어 있는 모양이라고 생각할 즈음, 주인이 헝겊 조각에 손을 닦으며 사무실 문 앞에 나타났다. 금발 머리의 남자로 빈혈에 걸린 듯 생기가 없었지만 얼마쯤 잘생겨 보였다. 우리를 보자 그의 연푸른색 눈동자에 어렴풋이 희망이 떠올랐다.

「잘 있었나, 윌슨.」톰은 반갑게 인사하며 그의 어깨를 툭 쳤다.「장사는 잘 되나?」

「그저 그래요.」윌슨이 시큰둥하게 대답했다.「그 차는 언제 파실 거예요?」

「다음 주에. 지금 우리 정비사가 손보고 있거든.」

「그 친구, 아주 느리네요. 그렇지 않아요?」

「아니야, 느리지 않아.」톰이 차갑게 대꾸했다.「그렇게 생각한다면, 다른 데 파는 게 낫겠어.」

「그런 뜻이 아니고요.」윌슨이 재빨리 변명했다.「전 그저……」

윌슨은 말끝을 흐렸고 톰은 초조한 듯 정비소 주위를 살폈다. 이윽고 계단을 내려오는 발소리가 들렸고, 곧이어 뚱뚱한 여자가 사무실 문으로 들어오는 빛을 가로막고 섰다. 그녀는 30대 중반으로 약간 뚱뚱했지만, 특별한 여자들이 그러듯 풍만한 몸을 육감적으로 움직였다. 물방울무늬의 짙푸른 실크 드레스를 걸친 그녀의 얼굴에는 아름다운 구석이라곤 없었지만, 온몸의 신경으로 끊임없이 연기를 내뿜듯 주위로 발산하는 생기만은 즉시 알아차릴 수 있었다. 그녀는 서서히 미소를 짓고는 마치 유령이라도 되는 듯 남편을 지나쳐서, 톰의 눈을 똑바로 바라보며 악수를 나눴다. 그러고는 입술을 축이면서 남편 쪽으로 몸도 돌리지 않고, 나지막하고 거친 목소리로 말했다.

「이분들 앉게 의자 좀 가져와요. 앉게 해드려야죠.」

「그래야지.」 윌슨은 황급히 말하면서 작은 사무실로 향하더니 이내 시멘트 색깔의 벽에 섞여 사라졌다. 뿌연 재가 근처의 모든 것을 가려 버리듯, 그의 검은 옷과 윤기 없는 머리카락도 역시 재로 덮였다. 하지만 톰에게 가까이 다가가는 그의 아내의 몸에는 재가 묻어 있지 않았다.

「보고 싶었어.」 톰이 뜨거운 목소리로 말했다. 「다음 기차를 타.」

「알았어요.」

「지하 신문 가판대에서 만나지.」

조지 윌슨이 사무실에서 의자 두 개를 갖고 나타나자, 그녀가 고개를 끄덕이더니 톰에게서 떨어졌다.

우리는 길 쪽으로 내려가 눈에 띄지 않는 데서 그녀가 내려오길 기다렸다. 7월 4일 독립 기념일의 바로 며칠 전인지라 창백하고 깡마른 이탈리아계 아이들이 철로를 따라 폭죽을 한 줄로 늘어놓고 있었다.

「끔찍한 곳이야, 그렇지 않나.」 에클버그 의사와 찡그린 표정을 주고받으며 톰이 말했다.

「그렇군.」

「여기서 도망치는 게 그녀한테도 좋아.」

「남편이 반대하지 않을까?」

「윌슨 말이야? 그 친구는 아내가 뉴욕에 사는 여동생을 만나러 가는 줄 알아. 너무 모자라서 자기가 살아 있는지도 모른다니까.」

그래서 톰 뷰캐넌과 그의 정부, 나는 함께 뉴욕으로 갔다.

아니, 정확히 말하자면 함께는 아니었다. 윌슨 부인이 눈치껏 다른 칸을 이용했기 때문이다. 톰은 같은 기차를 탔을지도 모르는 이스트에그 사람들의 감정을 그 정도는 배려했던 것이다.

그녀는 갈색 무늬가 있는 모슬린 드레스로 갈아입고 있었다. 톰이 뉴욕 역 플랫폼에서 부축해 내릴 때 그 옷은 커다란 그녀의 엉덩이에 딱 달라붙어 있었다. 그녀는 신문 가판대에서 『타운 태틀』[15] 한 권과 영화 잡지를 샀고, 역의 구내 약국에서 콜드크림과 작은 향수 한 병을 샀다. 그런 다음 지상으로 올라가서 시끄러운 소음이 가득한 차도에서 택시를 네 대나 보내고 나서야 회색 시트를 씌운 라벤더색 새 택시를 골라 탔다. 택시에 탄 우리는 붐비는 역을 빠져나와 햇살이 찬란한 거리로 미끄러져 들어갔다. 그녀는 재빨리 창에서 시선을 돌려 앞으로 몸을 숙이더니 앞 유리를 두드렸다.

「강아지 한 마리 갖고 싶어요.」 그녀가 진지하게 말했다. 「아파트에서 기를 강아지요. 강아지. 기르면 좋잖아요.」

우리는 우스꽝스럽게도 존 D. 록펠러를 닮은 백발 노인 쪽으로 차를 후진시켰다. 그 노인의 목에 걸린 바구니에는 갓 태어난 품종을 알 수 없는 새끼 강아지 열두어 마리가 웅크리고 있었다.

「종자가 뭐예요?」 노인이 택시 창문으로 다가옴과 동시에 개들에게 완전히 몰입한 윌슨 부인이 물었다.

15 *Town Tattle*. 1920년대의 가십 잡지.

「온갖 종류가 다 있죠. 어떤 종자를 원하세요, 부인?」

「경찰견을 한 마리 갖고 싶어요. 그런 종자는 없겠죠?」

노인은 바구니를 미심쩍게 들여다보다가 손을 넣어 버둥거리는 강아지를 잡아 올렸다.

「그건 경찰견이 아닌데.」 톰이 말했다.

「예, 정확히 경찰견은 아니에요.」 노인이 실망한 목소리로 말했다. 「에어데일 종[16]에 가깝죠.」 노인은 갈색 수건 같은 강아지의 등을 쓰다듬었다. 「이 털 좀 보세요. 대단한 털이죠. 감기에 걸려 귀찮게 하는 일은 없을 겁니다.」

「예뻐요.」 윌슨 부인이 푹 빠져서 말했다. 「얼마죠?」

「이놈요?」 노인은 감탄하는 눈길로 강아지를 바라보았다. 「10달러입니다.」

놀랄 만큼 다리가 희긴 했지만, 분명 강아지는 어딘가 에어데일 종과 관련이 있어 보였다. 에어데일 강아지는 주인이 바뀌어 윌슨 부인의 무릎에 놓였고, 부인은 추위를 타지 않는다는 그 강아지의 털을 황홀한 듯 쓰다듬었다.

「암놈이에요, 수놈이에요?」 그녀가 꼬치꼬치 물었다.

「그놈요? 수놈입니다.」

「암놈이야.」 톰이 단호하게 말했다.

「자, 여기 돈, 그 돈이면 딴 데 가서 열 마리는 더 살 거요.」

우리는 차를 몰고 5번가로 향했다. 한여름 일요일 오후는 거의 목가적이라고 할 만큼 따뜻하고 부드러워서, 모퉁이를

---

16 *airedale*. 테리어의 변종.

도는 흰 양 떼의 무리를 본다 해도 놀라지 않았을 것이다.

「잠깐만. 그만 내려야겠어.」내가 말했다.

「아니, 안 돼.」톰이 재빨리 가로막았다.「자네가 아파트까지 가지 않으면 머틀이 섭섭해할 거야. 그렇지, 머틀?」

「가세요.」그녀가 졸랐다.「여동생 캐서린한테 전화할게요. 주변 사람들은 다들 그 앨 보고 미인이라고 해요.」

「글쎄, 가고야 싶지만……」

우리는 센트럴파크를 지나 웨스트 100번대를 향해 계속 달렸다. 158번가에 이르러 흰 케이크처럼 길게 늘어선 아파트 중 하나 앞에 차를 세웠다. 윌슨 부인은 왕궁에 귀환한 여왕처럼 당당하게 이웃을 바라보면서, 강아지와 다른 물건을 들고 거만하게 안으로 걸어 들어갔다.

「맥키 부부를 부를 거예요.」엘리베이터를 탔을 때 그녀가 말했다.「물론 여동생한테도 전화를 해야죠.」

둘의 아파트는 꼭대기 층이었다. 작은 거실과 식당, 작은 침실과 욕실이 하나씩 있었다. 거실에는 지나치게 큰 태피스트리를 씌운 가구 한 세트가 문간까지 꽉 들어차 있어서, 돌아다니다 보면 태피스트리에 수놓인 베르사유 정원의 그네 타는 귀부인들에 계속 걸려 넘어질 정도였다. 벽에 걸린 그림이라고는 지나치게 확대한 사진뿐으로 흐릿한 바위에 앉아 있는 암탉을 찍은 것이 분명했다. 한데 멀리서 바라보니 그 닭은 부인용 모자처럼 보였고, 뚱뚱한 노부인의 얼굴이 방을 환하게 내려다보고 있는 게 보였다. 낡은 『타운 태틀』지 몇 권이 『베드로라 불리는 시몬』[17] 한 권과 주로 브로드웨이의 가십으로 채워진 잡지 몇 권과 함께 테이블에 널려 있었다. 처음에 윌슨 부인은 강아지에게 푹 빠져 있었다. 엘리베이터 보이는 마지못해 짚이 잔뜩 깔린 박스와 우유를 사러 나갔다가, 박스와 우유 외에 자진하여 크고 딱딱한 개 비스킷 한 통도 사갖고 왔다. 비스킷 한 개가 오후 내내 우유가 담긴 접시 속에서 무심히 녹아내렸다. 그사이 톰은 잠겨 있던 옷장에서 위스키 한 병을 꺼내 왔다.

내 평생 술에 취한 일은 딱 두 번뿐인데, 두 번째가 바로 그날 오후였다. 아파트에는 8시 이후까지 유쾌한 햇살이 가득했지만, 그날 일은 모두 희미하고 몽롱했다. 톰의 무릎에 걸터앉은 윌슨 부인은 지인 몇 사람에게 전화를 걸었다. 담배가 떨어져서 나는 모퉁이 약국으로 담배를 사러 갔다. 내가 돌아왔을 무렵, 두 사람은 사라지고 보이지 않았다. 그래서 나는 조용히 거실에 앉아 『베드로라 불리는 시몬』을 읽었다. 책 내용이 형편없었는지, 위스키 때문에 머리가 몽롱했는지 모르겠지만, 무슨 내용인지 도무지 알 수가 없었다.

톰과 머틀이(첫 잔을 마신 뒤로 윌슨 부인과 나는 서로 이름을 부르기로 했다) 다시 나타나자, 아파트에 사람들이 속속 도착하기 시작했다.

캐서린이라는 머틀의 여동생은 서른 살쯤 된 날씬한 속물이었다. 숱 많은 붉은 단발머리에 얼굴에는 허옇게 화장을

17 *Simon Called Peter*. 1921년 로버트 키블Robert Keable이 쓴 대중소설로, 피츠제럴드는 이 소설을 〈부도덕〉하다고 평했다. 이 소설의 주인공은 열정적인 에피소드에 연루된 군목이다. 위의 책, 〈주석〉에서 인용.

하고 있었다. 그녀는 눈썹을 뽑고 멋지게 다시 그렸지만, 원래 있던 자리에 다시 눈썹이 나서 얼굴이 지저분해 보였다. 그녀가 움직일 때마다 팔에 낀 도기 팔찌들에서 끊임없이 짤랑거리는 소리가 났다. 마치 주인인 양 황급히 들어와 자기 집처럼 가구를 둘러보기에, 혹시 그녀가 여기 사는 게 아닐까 궁금해졌다. 그러나 내가 여기 사느냐고 묻자, 그녀는 호탕하게 웃으며 내 질문을 큰 소리로 반복하더니 자기는 친구와 함께 호텔에 산다고 대답했다.

맥키 씨는 아래층 아파트에서 올라온, 창백한 여자 같은 남자였다. 광대뼈에 흰 비누 거품 자국이 있는 것으로 보아 막 면도를 끝낸 모양이었는데, 가장 점잖게도 방 안에 있는 모든 사람에게 인사하고 있었다. 그는 나에게 자기가 〈예술적인 작업〉을 하는 중이라고 말했다. 나중에야 그가 사진작가이며 벽에 걸려 있는, 유령처럼 배회하는 머틀 어머니를 찍어 확대한 흐릿한 사진을 만들어 낸 장본인임을 알았다. 그의 아내는 날카로운 목소리에 기운이 없었고, 예쁘긴 했지만 기분 나쁜 여자였다. 그녀는 결혼 후 남편이 자기 사진을 무려 127번이나 찍었다고 자랑했다.

바로 좀 전에 옷을 갈아입었던 머틀이 이제는 크림색 시폰의 화려한 야회복을 걸치고 있었다. 옷으로 방을 쓸고 다녀서 계속 옷자락 스치는 소리가 났다. 옷의 영향 때문인지 그녀의 성격도 바뀌었다. 정비소에서 그렇게 두드러졌던 격렬한 활기가 아주 거만하게 바뀐 것이다. 그녀의 웃음과 제스처, 말투는 시간이 지날수록 더욱 가식적으로 변했다. 그녀의 존재가 커질수록, 그녀 주변 공간은 점점 더 좁아졌다. 그러다 마침내 그녀의 모습이 자욱한 연기 속, 시끄럽게 삐걱거리는 회전축 위에서 빙빙 도는 것처럼 보였다.

「애,」 머틀이 점잔을 빼며 큰 소리로 여동생을 불렀다. 「이 사람들은 대부분 늘 널 속여 먹을 거야. 이들은 돈이 전부라고 생각해. 지난주에 내가 발 좀 봐달라고 어떤 여자를 불렀는데, 그녀가 내민 청구서를 보면 내가 맹장 수술이라도 한 줄 알 거야.」

「그 여자 이름이 뭔데요?」 맥키 부인이 물었다.

「에버하트 부인. 사람들 집을 다니면서 발을 봐주는 여자야.」

「옷이 멋진데요.」 맥키 부인이 말했다. 「아주 멋져요.」 머틀은 경멸하듯 눈썹을 추켜올리며 그 찬사를 무시했다.

「무지 헌 옷인데.」 머틀이 말했다. 「외모에 신경 안 쓸 때 가끔 걸치는 거야.」

「하지만 아주 잘 어울려요. 제 말이 무슨 뜻인지 아시죠.」 맥키 부인이 계속 말했다. 「체스터가 당신의 그런 포즈를 담아내면 뭔가 멋진 작품이 될 거예요.」

모두 말없이 머틀을 바라보았다. 그녀는 눈 위로 머리카락을 쓸어 올리고는 환하게 미소 지으며 다시 우리 쪽을 바라보았다. 맥키 씨가 한쪽으로 고개를 돌린 채 열심히 그녀를 바라보더니, 자기 얼굴 앞에서 손을 앞뒤로 천천히 움직여 각도를 잡아 보았다.

「조명을 바꿔야겠어요.」 곧이어 그가 말했다. 「이목구비의 입체감을 부각시키고 싶어요. 뒷머리카락도 전부 살릴 거예요.」

「조명 바꿀 생각은 못 했네요!」 맥키 부인이 소리쳤다. 「제 생각엔……」

그녀의 남편이 〈쉿!〉 하고 말하자, 우리 모두는 다시 모델을 바라보았다. 톰 뷰캐넌은 다 들리게 하품을 하더니 자리에서 일어났다.

「맥키 부부는 뭘 좀 마셔요.」 톰이 말했다. 「머틀, 모두 잠들기 전에 얼음이랑 탄산수 좀 갖다 줘.」

「저 애한테 얼음 가져오라고 시켰는데.」 머틀은 게으른 하류 계급 사람들이 짜증 난다는 듯 눈썹을 추켜올렸다. 「이 사람들! 내내 잔소리를 해야 한다니까.」

그녀는 나를 보더니 별 의미 없이 웃었다. 그러고 나서 강아지에게 달려가 열렬히 입을 맞추고는, 열 명도 넘는 요리사가 자기 명령을 기다린다는 듯 부엌으로 달려갔다.

「롱아일랜드에서는 멋진 사진을 찍었죠.」 맥키 씨가 그렇게 주장했다.

톰이 멍하니 맥키 씨를 쳐다봤다.

「그중 두 개는 액자에 끼워 아래층에 걸어 놨어요.」

「뭐가 두 개라고요?」 톰이 물었다.

「작품 말이에요. 하나는 〈몬타우크포인트[18] — 갈매기〉, 다른 하나는 〈몬타우크포인트 — 바다〉라고 제목을 붙였지요.」

18 Montauk Point. 롱아일랜드 동쪽 지역의 이름.

머틀의 여동생 캐서린이 내 옆 소파에 앉았다.

「당신도 롱아일랜드에 사세요?」그녀가 물었다.

「웨스트에그에 삽니다.」

「정말요? 한 달 전에 거기서 열린 파티에 갔었는데. 개츠비라는 사람 집요. 그 사람을 아세요?」

「바로 옆집에 살죠.」

「근데, 사람들 말로는 그 사람이 카이저 빌헬름의 조카라든가 사촌이래요. 그의 돈이 모두 거기서 나온대요.」

「정말요?」

그녀가 고개를 끄덕였다.

「난 그 사람이 무서워요. 그 사람이 나한테 관심 갖는 게 정말 싫어요.」

갑자기 맥키 부인이 캐서린을 가리키는 바람에, 내 이웃에 관한 이 재미난 정보가 중단되고 말았다.

「체스터, 내 생각엔 당신이 이분에게 뭔가 멋진 작품을 만들어 줄 수 있을 것 같은데요.」그녀가 끼어들었지만, 맥키 씨는 지겨운 듯 고개만 끄덕이고는 톰을 주목했다.

「할 수만 있다면 롱아일랜드에서 더 일하고 싶어요. 시작만 하게 해주시면요.」

「머틀에게 부탁해 보시죠.」머틀이 쟁반을 갖고 들어오자, 톰이 큰 소리로 웃어 젖히며 말했다.

「그녀가 당신에게 소개장을 써줄 거예요, 그렇지, 머틀?」

「뭘 써준다고요?」그녀가 놀라 물었다.

「당신 남편을 모델로 작품을 찍도록 맥키 씨한테 소개장을 써주라고.」제목을 생각하는 동안 그의 입술이 소리 없이 달싹였다.「〈주유기 앞의 조지 B. 윌슨〉, 뭐 그런 제목으로 말이야.」

캐서린이 내 쪽으로 바짝 몸을 기울이더니 귀엣말로 속삭였다.

「저 사람들은 자기 배우자를 못 견뎌 해요.」

「뭘 못 한다고?」

「배우자를 견디질 못 한다고요.」그녀는 머틀을 바라보다가 톰 쪽을 보았다.「제 말은, 배우자를 못 견디겠다면서 왜 계속 사냐 이거예요. 나라면 당장 이혼하고 재혼해 버리겠어요.」

「윌슨 부인도 윌슨을 싫어하나요?」

이에 대한 대답은 뜻밖이었다. 그 질문을 엿들은 머틀이 직접 싫다고 대답했는데, 그 대답이 격렬하고도 저속했다.

「보셨죠.」캐서린이 의기양양하게 외쳤다. 그녀가 다시 목소리를 낮추었다.「두 사람이 계속 떨어져 있는 건 실은 톰의 아내 때문이죠. 톰의 아내가 가톨릭교도라 이혼할 수 없대요.」

데이지는 가톨릭교도가 아닌지라 이 그럴싸한 거짓말은 꽤나 충격적이었다.

「그들이 결혼하면,」캐서린이 말을 이었다.「조용해질 때까지 당분간 서부에 가서 살 거래요.」

「유럽으로 가는 게 더 나을 텐데요.」

「아, 유럽을 좋아하세요?」그녀가 놀라서 소리쳤다.「전

몬테카를로[19]에서 막 돌아왔어요.」

「그렇군요.」

「바로 작년에요. 친구와 함께 갔었죠.」

「오래 머물렀나요?」

「아뇨, 그냥 몬테카를로만 들렀다 왔어요. 마르세유를 경유해서 갔죠. 출발할 때는 천 2백 달러 넘게 갖고 갔는데, 사설 도박장에서 이틀 만에 몽땅 다 잃었어요. 돌아오는데 얼마나 고생했는지 몰라요. 맙소사, 그 도시라면 끔찍해요!」

늦은 오후의 하늘이 잠시 지중해의 푸른 바다처럼 창문에 화려하게 비쳤다. 이윽고 맥키 부인의 날카로운 목소리가 나를 다시 방으로 불러들였다.

「저도 하마터면 실수할 뻔했어요.」 그녀가 힘차게 말했다. 「몇 년 동안 저를 쫓아다니던 키 작은 촌뜨기랑 결혼할 뻔했거든요. 그 남자가 저보다 못하다는 건 알고 있었어요. 모두 다 그렇게 말했거든요. 〈루실, 저 남잔 너보다 못해!〉 하지만 체스터를 만나지 못했다면, 틀림없이 그 촌뜨기가 저를 차지했을 거예요.」

「그래.」 머틀 윌슨이 고개를 위아래로 끄덕였다. 「그래도 그 남자랑 결혼하진 않았잖아.」

「결혼하진 않았죠.」

「난 그런 남자랑 결혼했다고.」 머틀이 애매하게 말했다. 「그게 너하고 내가 다른 점이야.」

---

19 Monte Carlo. 모나코 해안의 카지노로 유명한 도시.

「왜 결혼했어, 언니?」캐서린이 물었다. 「아무도 강요 안 했잖아.」

머틀은 잠시 생각에 잠겼다.

「신사인 줄 알고 그랬지.」머틀이 생각 끝에 말했다. 「교양 있는 신사라고 생각했는데, 내 신발을 핥을 자격도 없었어.」

「한동안 그에게 미쳤었잖아.」캐서린이 말했다.

「그에게 미쳤었다고!」머틀이 믿을 수 없다는 듯 외쳤다. 「누가 미쳤었다고 그래? 저기 저 사람한테 안 미친 것처럼 그 인간한테도 미친 적 없어.」

머틀은 갑자기 나를 가리켰고 모두가 비난의 눈초리로 나를 쳐다보았다. 나는 그녀의 과거와 아무 관계도 없다는 사실을 표정으로 전달하려 했다.

「그 인간한테 미쳤던 건 막 결혼했을 때뿐이야. 곧 내 실수를 깨달았지. 결혼식 날 남편은 누군가한테 예복을 빌려 입고 나한텐 한마디도 안 했어. 어느 날 남편이 외출한 틈에 누가 그 예복을 찾으러 왔더라고. 난 말했지. 〈아, 그게 당신 양복이었나요? 그 말을 처음 들어서요.〉하지만 그 예복을 돌려주고 오후 내내 자빠져서 엄청 울었어.」

「언니는 정말 형부한테서 도망쳤어야 했는데.」캐서린이 다시 나에게 말했다. 「언니 부부는 11년 동안 그 정비소에 살았어요. 그리고 톰은 언니의 첫 번째 애인이고요.」

이제 〈마시지 않아도 마신 것처럼 기분이 그만인〉캐서린만 빼고, 방 안에 있는 사람은 모두 위스키 병을, 두 번째 병을 계속 찾았다. 톰은 심부름꾼을 불러 그것만으로도 충분히 요기가 되는 유명한 샌드위치를 사 오게 했다. 나는 밖에 나가 해가 뉘엿뉘엿 지는 부드러운 황혼 속에서 동쪽 공원을 향해 거닐고 싶었다. 하지만 나가려고 할 때마다 나를 로프로 묶어 의자에 다시 앉히다시피 하는 귀에 거슬리는 엉뚱한 논쟁들에 휘말렸다. 그러나 도시 위에 높이 줄지어 있는 노란 창문들은 어두워지는 거리에서 무심히 고개를 든 사람에게 틀림없이 인간의 비밀을 알려 주었을 것이다. 나도 하늘을 올려다보며 궁금해하는 사람 가운데 하나였다. 끝없이 다양한 인생에 이끌리는 동시에 혐오감을 느끼면서, 나는 집 안에 있는 동시에 집 밖에 있는 것 같았다.

머틀은 자기 의자를 내 의자 가까이 끌고 오더니, 갑자기 더운 입김을 뿜으며 처음에 그녀가 톰을 어떻게 만났는지 이야기하기 시작했다.

「기차에는 항상 마지막까지 남는 자리가 있는데, 좌석 두 개가 마주 보는 자리죠. 난 여동생을 만나 함께 밤을 보내려고 뉴욕으로 가던 중이었어요. 그이는 신사복에 에나멜가죽 구두를 신고 있었는데, 난 그이한테서 눈을 뗄 수가 없었죠. 하지만 그이가 나를 쳐다볼 때마다 난 그이 머리 위에 붙어 있는 광고를 보는 척해야 했어요. 역에 들어섰을 때 그이는 내 옆으로 왔고, 흰 셔츠의 앞가슴을 내 팔에 밀착시켰죠. 나는 경찰을 부르겠다고 했지만, 그인 내 말이 거짓말이란 걸 알았죠. 얼마나 흥분했던지 그이랑 택시를 타고도 지하철을 안 탄 것도 몰랐어요. 머릿속에는 〈넌 영원히 살 수 없어, 넌 영원히 살 수 없어〉 하는 생각뿐이었죠.」

머틀은 맥키 부인 쪽으로 돌아섰고, 그녀의 가식적인 웃음이 방 안을 가득 채웠다.

「이봐!」 머틀이 외쳤다. 「이 옷 벗자마자 자기한테 줄게. 내일 다른 옷을 사야 하거든. 사야 할 물건 목록을 다 적을 거야. 마사지 기계랑 파마 기계, 개 목걸이랑 스프링 달린 앙증맞고 예쁜 재떨이, 어머니 무덤에 놓아 드릴 여름 내내 시들지 않는 검은 실크 리본 달린 화환……. 잊어버리지 않게 할 일을 모두 적어야겠어.」

9시였다. 금방 다시 시계를 보았을 때는 벌써 10시였다. 맥키 씨는 움직이는 사람을 찍은 사진처럼 불끈 쥔 주먹을 무릎 위에 올려놓고 의자에 앉은 채 잠이 들었다. 나는 손수건을 꺼내 오후 내내 신경에 거슬렸던, 그의 뺨 위에 말라붙은 비누 거품 자국을 닦아 주었다.

테이블에 앉은 작은 강아지는 잘 보이지도 않는 눈으로 담배 연기 가득한 방 안을 둘러보며 가끔 조그맣게 낑낑댔다. 사람들은 사라졌다가 다시 나타났고, 어디론가 갈 계획을 세우다 서로 잃어버리고는, 다시 서로 찾아다니다가 몇 걸음 떨어진 곳에서 찾아냈다. 자정이 되어 갈 무렵, 톰 뷰캐넌과 머틀 윌슨은 얼굴을 맞대고 서서, 머틀이 데이지의 이름을 언급할 권리가 있는지 없는지에 관해 열띤 말다툼을 벌이고 있었다.

「데이지! 데이지! 데이지!」 머틀이 외쳤다. 「원하면 언제든지 데이지라고 부를 거야! 데이지! 데이……」

톰 뷰캐넌이 그 즉시 능숙하게 손을 뻗어 머틀의 코를 세

차게 후려쳤다.

그러고는 화장실 바닥에 떨어진 피 묻은 수건과 비난하는 여자들의 목소리, 이런 혼란보다 훨씬 큰 소리로 아프다고 울부짖는 소리가 오랫동안 들려왔다. 잠에서 깬 맥키 씨가 몽롱한 상태에서 문 쪽으로 달려갔다. 그는 반쯤 달려가다 말고 돌아서서 그 광경을 바라보았다. 자기 아내와 캐서린이 구급약을 들고 비좁은 가구들 사이에서 이리저리 비틀거리며 서로 비난하고 위로하는 장면, 소파 위에서 피를 철철 흘리면서 베르사유 풍경을 짜 넣은 태피스트리를 망치지 않으려고 그 위에 『타운 태틀』지를 펼치는 머틀의 절망적인 모습. 돌아선 맥키 씨는 계속 문 쪽으로 갔다. 나도 샹들리에에 걸었던 모자를 집어 들고 따라 나섰다.

「언제 점심 먹으러 오세요.」 엘리베이터를 타고 한숨 돌리려는데 맥키 씨가 제안했다.

「어디로요?」

「아무 데로나요.」

「손잡이에서 손 떼세요.」 엘리베이터 보이가 딱 잘라 말했다.

「죄송합니다.」 맥키 씨가 점잖게 말했다. 「건드린 줄도 몰랐어요.」

「좋습니다. 기꺼이 가지요.」 나는 그의 점심 초대에 응했다.

……나는 그의 침대 옆에 서 있었고, 그는 속옷 바람으로 침대에 앉아 두 손에 커다란 포트폴리오를 들고 있었다.

「〈미녀와 야수〉……〈고독〉……〈식료품 가게의 늙은 말〉……

〈브루클린 다리〉……」

어느 틈엔가 나는 펜실베이니아 역의 차가운 지하 대합실에 누워, 반쯤 졸면서, 조간지 「트리뷴」을 보며 새벽 4시발 기차를 기다리고 있었다.

제3장

여름 내 밤마다 이웃집에서 음악 소리가 흘러나왔다. 개츠비의 푸른 정원에서는 속삭임과 샴페인, 그리고 별빛 아래 남자와 여자들이 나방처럼 오갔다. 한낮의 만조 때가 되면 나는 개츠비의 손님들이 다이빙대에서 뛰어내리거나 해변의 뜨거운 모래 위에서 일광욕하는 모습을 지켜보았다. 그러는 동안 개츠비의 모터보트 두 대가 수상 스키를 끌고 폭포 같은 포말로 해협을 갈랐다. 개츠비의 롤스로이스는 주말이면 아침 9시부터 자정 넘어까지 시내에서 파티장으로 손님들을 모시는 전용 버스가 되었다. 한편 그의 스테이션왜건은 기차로 오는 손님들을 맞이하느라 노란 딱정벌레처럼 바삐 움직였다. 그리고 월요일이면 특별 채용된 정원사를 포함한 하인 여덟 명이 걸레, 바닥 닦는 솔, 망치와 정원용 가위를 들고 간밤에 망가진 폐허를 온종일 수리했다.

매주 금요일 뉴욕에 있는 과일 가게에서 오렌지와 레몬이 다섯 광주리씩 배달되었다. 매주 월요일이면 똑같은 오렌지와 레몬이 알맹이는 없이 껍질만 반이 잘린 채로 뒷문 밖에 피라미드처럼 수북이 쌓였다. 부엌에는 집사가 엄지손가락으로 작은 버튼을 2백 번만 누르면 30분 만에 오렌지 주스 2백 잔을 만들어 주는 기계가 자리 잡고 있었다.

적어도 2주에 한 번씩은 몇백 미터의 야외용 천막과 형형색색 전구를 든 군단이 몰려와 개츠비의 거대한 정원에서 크리스마스트리를 장식했다. 뷔페 테이블에는 화려한 전채 요리와 알록달록 색깔을 맞춘 샐러드, 양념해 구운 햄과 돼지고기 페이스트리, 짙은 황금색으로 구운 칠면조 요리가 가득 차려져 있었다. 중앙 홀에는 진짜 청동 레일이 달린 바가 세워졌고, 진과 리큐어, 코르디얼이 준비되어 있었다. 코르디얼은 너무 오래전에 잊힌 술인지라 어린 여자 손님들은 대부분 알아보지 못했다.

7시경에 오케스트라가 도착했다. 다섯 가지 악기로 구성된 악단이 아니라, 오보에와 트롬본, 색소폰, 비올라와 코넷, 피콜로, 저음과 고음 드럼까지 갖춘 완벽한 오케스트라였다. 마지막까지 해변에 머무르며 수영을 하던 손님이 이제야 돌아와 위층에서 옷을 갈아입었다. 뉴욕에서 달려온 차들이 저택 안의 도로 깊숙이 다섯 줄로 주차했고, 홀과 살롱, 베란다는 원색 옷을 입고 이상한 최신 스타일의 머리에 카스티야[20]산 (産)보다 더 비싼 고급 숄을 두른 여자들로 벌써 북적였다. 바 분위기는 절정에 달했고, 칵테일의 파도가 바깥 정원까지 이어지자 잡담과 웃음소리, 즉흥적인 풍자로 분위기가 달아올

20 Castile. 스페인 중부의 옛 왕국.

랐다. 그 자리에서 사람을 소개받고도 금방 잊어버리는가 하면, 서로 이름도 모르는 여자들끼리 신나게 떠들어 댔다.

지구가 태양으로부터 기울어지면 불빛은 점점 더 환해진다. 이제 오케스트라가 선정적인 칵테일 음악을 연주하고 사람들의 오페라 같은 고음의 목소리가 한층 더 높아진다. 시간이 지날수록 맹랑한 말 한마디에도 까르르 웃음을 터뜨린다. 대화를 나누는 그룹은 한층 신속하게 바뀌고, 새 손님이 도착하면서 빠르게 흩어졌다가 모인다. 사람들은 벌써 이리저리 돌아다니는가 하면, 자신만만한 여성들은 술에 잘 취하지 않는 사람들 사이로 이리저리 돌아다닌다. 그녀들은 짜릿하게 즐거운 순간 그룹의 중심이 되었다가, 승리감에 취해 계속 바뀌는 조명 아래, 계속 바뀌는 얼굴과 목소리와 색깔의 바다 사이를 미끄러지듯 누비고 다닌다.

그때, 찰랑이는 오팔로 꾸민 집시 같은 여자 하나가 용기를 뽐내고 싶은지 공중에서 칵테일 잔을 잡아채 바닥에 술을 쏟아 버렸고, 프리스코[21]처럼 손을 움직이며 천막 무대에서 홀로 춤을 추었다. 잠시 침묵이 흘렀다. 오케스트라 지휘자는 감사하게도 그녀의 춤에 맞춰 리듬을 바꾸었다. 그녀가 「시사 풍자극」[22]에 나오는 질다 그레이[23]의 임시 대역이라는

21 Joe Frisco(1890?~1958). 〈블랙 보텀*black bottom*〉이라는 춤을 만들어 낸 미국의 코미디언이자 댄서. 위의 책, 〈주석〉에서 인용.

22 Follies. 1907년부터 해마다 공연된 브로드웨이 뮤지컬. 감독인 플로렌츠 지그펠트Florenz Ziegfeld의 이름을 따서 〈지그펠트 시사 풍자극〉이라 불린다.

23 Gilda Gray(1901?~1959). 〈시미*shimmy*〉라는 춤을 만들어 낸 「지그펠트 시사 풍자극」의 유명 배우. 위의 책, 〈주석〉에서 인용.

뜬소문이 돌자, 장내가 한바탕 술렁였다. 파티가 시작된 것이다.

내가 개츠비의 집을 처음 찾은 날 밤, 나는 정식으로 초대받은 몇 안 되는 손님 중 하나였을 것이다. 대부분은 초대장 없이 그냥 파티에 왔다. 롱아일랜드로 데려다 주는 자동차를 탄 뒤 좌우간에 개츠비 집 문간에서 내린 것이다. 일단 거기서 개츠비를 아는 누군가가 소개해 주면, 그 후에는 놀이 공원의 규칙에 따라 행동하면 됐다. 가끔 그들은 개츠비를 만나지도 않고 그냥 왔다 가기도 했는데, 그런 단순한 마음이야말로 파티에 지참해야 할 초대권이었다.

나는 정식으로 초대받은 손님이었다. 토요일 이른 아침에 개똥지빠귀처럼 푸른 제복을 입은 기사가 주인의 공식 깜짝 초대장을 들고 내 잔디밭으로 건너왔다. 초대장에는 내가 그날 밤 그의 〈보잘것없는 파티〉에 참석해 준다면 대단히 영광스러운 일일 거라고 적혀 있었다. 그는 나를 몇 번 본 적이 있으며 오래전부터 나를 만나러 오고 싶었지만 복잡한 사정 때문에 그러지 못했다고 했다. 그 아래에는 위엄 있는 필체로 〈제이 개츠비〉라고 서명되어 있었다.

7시가 조금 지나서 나는 흰 플란넬 양복을 입고 그의 잔디밭으로 건너갔고, 드나드는 낯모르는 사람들 사이에서 좀 불편한 마음으로 서성거렸다. 하긴, 출근 기차에서 본 얼굴들이 군데군데 있긴 했다. 곧 곳곳에 보이는 꽤 많은 젊은 영국인들이 나를 놀라게 했다. 그들은 모두 잘 차려입고 있었지만 조금 배고파 보였고, 믿음직하고 부유한 미국인들에게 진지하고 낮은 목소리로 이야기하고 있었다. 증권이나 보험, 자동차 같은 뭔가를 팔고 있는 게 분명했다. 적어도 그들은 주변에서 손쉽게 돈을 벌 수 있다는 사실을 고통스러울 만큼 잘 알고 있었고, 말만 몇 마디 잘하면 그 돈이 자기 돈이 될 거라고 확신하고 있었다.

도착하자마자 나는 나를 초대한 주인을 찾아보려 했다. 하지만 내 질문에 두세 명이 깜짝 놀란 얼굴로 아는 바 없다고 딱 잘라 말했고, 나는 그만 칵테일 테이블로 슬그머니 도망치고 말았다. 그곳이야말로 혼자 온 사람이 할 일 없어 보이거나 혼자라는 사실을 들키지 않고도 머물 수 있는 정원의 유일한 장소였다.

조던 베이커가 집 안에서 나와 대리석 계단 꼭대기에 섰을 때, 나는 너무나 어색해서 술이나 마셔 볼까 생각하던 참이었다. 그녀는 몸을 뒤로 기댄 채 경멸과 흥미가 뒤섞인 눈길로 정원을 내려다보았다.

환영을 받든 못 받든, 지나가는 사람에게 인사를 건네려면 우선 누군가와 함께 있어야 한다는 걸 깨달았다.

「안녕하세요!」 나는 조던에게 다가가며 외쳤다. 내 목소리는 정원을 가로질러 부자연스러울 정도로 크게 울려 퍼지는 것 같았다.

「여기 올지도 모른다고 생각했죠.」 내가 다가가자 그녀가 멍한 표정으로 대답했다. 「옆집에 산다는 사실이 기억났거든요.」

그녀는 곧 나를 잘 돌봐 주겠다고 약속하듯 불쑥 내 손을 잡더니, 쌍둥이처럼 똑같이 노란 드레스를 입고 계단 밑에 서 있는 두 여자의 말에 귀 기울였다.

「안녕하세요!」 두 여자가 함께 소리쳤다. 「당신이 이기지 못해 유감이에요.」

골프 경기 얘기였다. 그녀는 지난주에 열린 결승전에서 패했던 것이다.

「우리가 누군지 모를 거예요.」 노란 드레스를 입은 두 여자 중 한 명이 말했다. 「하지만 우린 한 달쯤 전에 여기서 당신을 만났어요.」

「그 후에 머리를 염색했군요.」 조던이 이렇게 말했을 때 나는 이미 발걸음을 옮기고 있었다. 여자들 역시 무심히 걸어가는 바람에 조던의 말은 바구니에서 꺼내기 무섭게 사라지는 뷔페 요리처럼, 일찍 떠오른 달을 향해 날아가 버렸다. 조던은 황금색으로 그을린 날씬한 팔로 내 팔짱을 꼈고, 우리는 계단을 내려가 정원을 산책했다. 황혼 속에서 칵테일 쟁반이 우리에게 전해졌고, 우리는 노란 드레스를 입은 두 여자와 자기 이름을 분명히 밝히지 않은 세 남자와 함께 테이블에 앉았다.

「이런 파티에 가끔 오시나요?」 조던이 옆에 앉은 여자에게 물었다.

「지난번에 당신을 만난 파티가 마지막이었어요.」 여자는 민첩하고 자신 있는 목소리로 이렇게 대답했다. 그러고는 친구를 향해 돌아섰다. 「너도 그렇지 않니, 루실?」

루실도 그렇다고 했다.

「전 이런 파티가 좋아요.」루실이 말했다.「행동에 신경 쓰지 않아도 되니 늘 즐겁죠. 지난번에 여기 왔을 때 의자에 걸려 가운이 찢어졌는데, 그분이 제 이름과 주소를 물었어요. 일주일도 안 돼서 크루아리에 의상실의 새 이브닝 드레스가 소포로 배달됐죠.」

「그 옷을 받았나요?」조던이 물었다.

「물론이죠. 오늘 밤에 그걸 입으려고 했는데, 가슴 부분이 너무 커서 줄여야 해요. 라벤더색 구슬이 달린 엷은 푸른색 드레스예요. 265달러나 하더라고요.」

「그렇게까지 하다니, 그 사람도 좀 웃긴 것 같아요.」다른 여자가 신이 나서 말했다.「그 사람은 누구하고든 말썽을 일으키는 걸 원치 않아요.」

「누구 말인가요?」내가 물었다.

「개츠비 씨요. 누구 말로는……」

두 아가씨와 조던은 허물없이 가까이 다가앉았다.

「누구 말로는 사람도 죽였대요.」

우리는 모두 전율을 느꼈다. 몸을 앞으로 기울인 〈웅얼웅얼 씨〉 세 명도 열심히 듣고 있었다.

「난 그렇게까진 생각하지 않아요.」루실이 의심스럽다는 듯 말했다.「그가 전쟁 당시 독일 스파이였다는 말이 더 맞는 거 같아요.」

세 남자 중 한 명이 확인해 주듯 고개를 끄덕였다.

「그에 관한 일이라면 뭐든 다 아는 사람한테 들었어요. 독일에서 같이 자랐대요.」그가 우리에게 장담하고 나섰다.

「어머, 아니에요.」첫 번째 아가씨가 말했다. 「그럴 리가 없어요. 그는 전쟁 동안 미군 소속이었어요.」 귀가 얇은 우리가 그녀 말에 솔깃해하자, 신이 난 그녀는 몸을 앞으로 기울였다. 「가끔 아무도 안 쳐다보는 것 같을 때 그의 표정을 보세요. 틀림없이 사람을 죽였을 거예요.」

그녀는 눈살을 찌푸리며 몸서리를 쳤다. 루실도 몸서리를 쳤다. 우리는 모두 고개를 돌려 개츠비를 찾아보려 주위를 살폈다. 좀처럼 수군대지 않는 사람들까지 그에 관해 수군거리는 것은 그가 세상 사람들에게 그만큼 낭만적인 추측을 불러일으킨다는 증거였다.

이제 첫 번째 저녁 식사가 나왔고, ── 자정이 지나면 저녁 식사가 한 번 더 나올 것이다 ── 조던은 정원의 다른 쪽 테이블에 자리 잡은 자기 일행이랑 함께 식사하자고 했다. 다른 부부 세 쌍과 조던을 에스코트하겠다고 따라온 남자가 있었다. 그는 끝없이 제멋대로 빈정거리는 대학생이었는데, 조만간 조던이 어떤 식으로든 자기에게 굴복할 거라 확신하는 눈치였다. 이 일행은 여기저기 돌아다니지 않고 한결같이 품위를 유지하면서 자기 동네의 차분한 품위를 대변하는 역할을 맡은 듯했다. 이스트에그 사람들은 웨스트에그 사람들을 겸손하게 대하면서도 그들의 화려한 쾌락을 조심스레 경계하고 있었다.

「나가요.」 뭔가 쓸데없이 어색한 분위기에서 반 시간쯤 보낸 뒤 조던이 속삭였다. 「너무 점잖은 자리 같아요.」

우리는 같이 일어났다. 그녀는 대학생에게 집주인을 찾아

보겠노라고 했다. 그러면서 내가 집주인을 한 번도 만난 적이 없기 때문이라고 덧붙였는데, 그 말에 마음이 좀 불편해졌다. 대학생은 우울하고도 냉소적인 표정으로 고개를 끄덕였다.

먼저 살펴본 바 쪽은 사람들로 붐볐지만, 개츠비는 거기 없었다. 계단이나 베란다에도 보이지 않았다. 그러다 우리는 중요해 보이는 문을 열고 천장이 높은 고딕식 서재로 들어가게 되었다. 영국산 참나무 조각으로 장식된 것이 외국의 어느 유적을 몽땅 옮겨 놓은 것 같았다.

커다란 부엉이 안경을 낀 건장한 중년 남자가 술에 취해 커다란 테이블 끝에 앉아 있었다. 그는 책이 꽂힌 서가를 불안정한 시선으로 응시하고 있었다. 우리가 들어가자 재미있다는 듯 의자를 돌려 머리부터 발끝까지 조던을 훑어보았다.

「어떻게 생각해?」 그가 불쑥 물었다.

「뭘 말입니까?」

그는 손을 들어 서가 쪽을 가리켰다.

「저것들. 진짜인지 가짜인지 확인할 필요 없어. 내가 벌써 다 확인해 봤거든. 저건 다 진짜야.」

「책들요?」

그가 고개를 끄덕였다.

「완벽한 진짜야. 속지도 있고 모두 다 있어. 혹시 마분지로 만든 멋진 장식용 서적이 아닐까 생각했는데. 근데 하나같이 완벽한 진짜더라고. 속지도……. 아! 내 보여 주지.」

우리가 의심하는 게 당연하다는 듯, 그는 책장으로 달려가서 『스토더드 강연집』[24]의 첫 권을 들고 왔다.

「봐!」 그가 의기양양하게 외쳤다. 「이건 진짜야. 처음엔 속았지. 이 집 주인은 진짜 벨라스코[25] 같은 사람이라니까. 정말 대단해. 얼마나 완벽한지! 엄청난 리얼리즘이랄까! 자제할 줄도 알아서 읽으면서 자르게 되어 있는 책장을 아직 자르지도 않았어. 그런데 왜 들어왔지? 뭘 찾나?」

그는 내 손에서 책을 빼앗아 서둘러 서가에 꽂았다. 한 권이라도 없어지면 서재가 전부 무너질지도 모른다고 중얼거리면서.

「누가 데려왔나?」 그가 물었다. 「그냥 혼자 왔나? 난 누굴 따라왔는데. 대부분 누군가를 따라오더군.」

조던은 아무 말 없이 재미있다는 듯 그를 주의 깊게 쳐다보았다.

「루스벨트라는 여자를 따라왔지.」 그가 말을 이었다. 「클로드 루스벨트 부인 말이야. 그 부인 아나? 어젯밤 그 부인을 어디선가 만났지. 나는 오늘로 일주일쯤 술에 취한 셈인데, 서재에 앉아 있으면 술이 좀 깰지 모르겠다 생각했지.」

「술이 깼나요?」

「좀 깬 것 같아. 아직 확실친 않지만. 여기 들어온 지 한 시간밖에 안 됐으니까. 책 얘기 했던가? 저 책들은 진짜야.

24 *Stoddard Lectures*. 미국의 저술가 존 L. 스토더드가 〈존 L. 스토더드의 강연집〉이라는 제목으로 1897년부터 출간한 15권에 이르는 강연집. 실제로는 삽화가 들어간 여행기다. 위의 책, 〈주석〉에서 인용.
25 David Belasco(1854~1931). 사실주의 전통에 따라 현실과 흡사한 무대 장치를 쓰기로 유명한 브로드웨이의 연극 감독. 위의 책, 〈주석〉에서 인용.

저 책들은……」

「벌써 말씀하셨어요.」

우리는 조용히 그와 악수하고 나서 다시 밖으로 나왔다.

이제 정원 천막에서는 사람들이 춤을 추고 있었다. 나이든 남자들이 계속 원을 그리며 젊은 아가씨들을 무례하게 밀어냈고, 춤 솜씨가 뛰어난 커플들은 비틀대면서도 구석에서서로 껴안고 멋지게 춤을 췄다. 많은 여자들이 파트너 없이혼자 춤을 췄고 오케스트라의 밴조나 타악기 연주자의 수고를 잠깐씩 덜어 주기도 했다. 자정이 되자 더 흥겨워졌다. 유명한 테너 가수가 이탈리아어로 노래를 불렀고, 악명 높은알토 가수가 재즈 곡을 불렀다. 사람들은 정원 곳곳에서 〈묘기〉를 부렸다. 한편, 행복하지만 공허한 웃음소리가 여름 하늘에 울려 퍼졌다. 무대에 오른 쌍둥이들은 노란 드레스를입은 아까 그 아가씨들이었다. 둘은 무대 의상을 입고 아기흉내를 냈다. 핑거볼보다 더 큰 잔으로 샴페인을 돌렸다. 달은 두둥실 떠올라 삼각형의 은빛 비늘 조각이 되어 해협 위에 떠 있었는데, 잔디밭에서 작게 울리는 서툰 밴조 리듬에맞춰 조금씩 흔들리고 있었다.

나는 아직 조던 베이커와 함께 있었다. 우리는 내 또래 남자, 별것 아닌 농담에도 엄청나게 깔깔대는 시끄러운 아가씨와 함께 테이블에 앉아 있었다. 이제는 나도 즐거웠다. 핑거볼만 한 잔에 담긴 샴페인을 두 잔 들이켰더니, 눈앞의 광경이 뭔가 중요하고, 단순하고, 심오해졌다.

연회가 잠잠해질 무렵, 어떤 남자가 나를 보며 미소 지었다.

「낯익은 얼굴인데요.」 그가 점잖게 말했다. 「전쟁 때 제1사단에 있지 않았나요?」

「아, 네. 제28 보병 대대에 있었죠.」

「저는 1918년 6월까지 제16 보병 대대에 있었어요. 전에 어디선가 본 것 같더라고요!」

우리는 잠시 프랑스의 작고 습한 잿빛 마을에 관해 이야기를 나눴다. 얼마 전 수상 비행기[26]를 샀는데 아침에 시승해 볼 거라는 얘기를 들으니, 그는 분명히 이 근처에 사는 모양이었다.

「친구,[27] 같이 타볼래요? 요 근처 바닷가에서요.」

「언제요?」

「언제든, 당신 좋을 때요.」

그의 이름을 물어보려던 찰나, 조던이 돌아보며 미소를 지었다.

「이제 즐거워졌나 봐요?」 그녀가 물었다.

「훨씬 나아졌어요.」 나는 다시 새 친구에게 돌아섰다. 「이런 파티에 익숙하지 않아서요. 집주인도 못 만났거든요. 저는 저 건너에 살아요.」 나는 손을 들어 저 멀리 보이지 않는 울타리를 가리켰다. 「개츠비라는 사람이 운전기사 편에 초대장을 보냈더라고요.」

내 말을 못 알아들은 듯 그가 잠시 나를 바라보았다.

26 hydroplane. 1920년대에 이 단어는 모터보트와 수상 비행기를 둘 다 가리켰다. 개츠비는 수상 비행기를 소유하고 있었다. 위의 책, 〈주석〉에서 인용.

27 old sport. 동류의식을 강조하기 위한 표현인 듯하다.

「내가 바로 개츠비예요.」 그가 불쑥 말했다.

「뭐라고요!」 나는 소리를 지르고 말았다. 「아, 실례했습니다.」

「아는 줄 알았죠, 친구. 내가 집주인 노릇을 제대로 못 한 것 같군요.」

그는 다 안다는 듯한 미소를 지었다. 아니 다 안다는 것 이상의 의미가 담긴 미소였다. 그 미소는 영원히 변치 않을, 평생 네다섯 번이나 볼까 싶은 아주 보기 드문 미소였다. 영원한 세계를 잠시 보았거나 보는 듯한 미소, 당신을 위해, 당신에게 온 정신을 다해 집중하겠다는 미소였다. 당신이 이해받고 싶어 하는 만큼 당신을 이해하며, 당신이 믿고 싶어 하는 만큼 당신 자신을 믿어 주며, 당신이 전하고 싶어 하는 최고의 인상을 정확히 받았다고 확인해 주는 그런 미소였다. 정확히 바로 그때 그 미소가 사라졌다. 나는 서른한두 살 정도 되어 보이는 우아하지만 거친 젊은이를 바라보았다. 공들여 격식을 갖춘 그의 말투는 겨우 어리석음을 면할 만한 수준이었다. 그가 자기 소개에 앞서 단어를 신중하게 골랐다는 인상을 강하게 받았으니 말이다.

그가 자기가 바로 개츠비라고 밝힌 순간, 집사가 급히 들어오더니 시카고에서 전화가 왔다고 전했다. 그는 우리 한 사람 한 사람에게 살짝 고개를 숙이며 양해를 구했다.

「필요한 게 있으면 뭐든 말해요, 친구.」 그는 나를 보며 힘줘 말했다. 「그럼 실례. 곧 돌아올게요.」

그가 나간 뒤 나는 즉시 조던 쪽으로 눈길을 돌렸다. 내가 얼마나 놀랐는지 그녀에게 확인시켜야 할 것 같았다. 나는 개츠비 씨가 뚱뚱하고 혈색 좋은 중년 신사일 거라고 짐작했던 것이다.

「누구죠?」 내가 물었다. 「뭐 아는 거 있어요?」

「그냥 개츠비라는 사람이죠.」

「내 말은, 어디 출신이냐고요. 직업은 뭐죠?」

「이제 당신도 그 주제를 논하기 시작했군요.」 그녀가 엷게 미소를 지으며 대답했다. 「글쎄요, 언젠가 자기 입으로 옥스퍼드 출신이라 하던데요.」

희미한 배경이 그의 뒤에서 모습을 드러내는 것 같더니, 그녀의 다음 말에 사라져 버렸다.

「하지만, 난 그 말 안 믿어요.」

「왜죠?」

「모르겠어요.」 그녀가 힘주어 말했다. 「그냥 거기 다닌 것 같지가 않아요.」

그녀의 말투가 〈그가 사람을 죽인 것 같아요〉라는 다른 여자의 말을 상기시켜 호기심이 발동했다. 개츠비가 루이지애나의 늪지 출신이거나 뉴욕의 이스트사이드 아래쪽 출신이라 해도 나는 의심하지 않고 믿었을 것이다. 그럴듯한 일이었으니까. 하지만 젊은 사람은 — 적어도 촌스럽고 세상 물정 모르는 나라고 하면 — 어딘지 모르는 곳에서 흘러 들어와서 뻔뻔하게 롱아일랜드 해협에 궁궐 같은 집을 사지는 않는다.

「어쨌든 그는 성대한 파티를 열어요.」 조던은 구체적인 것을 싫어하는 도시인답게 화제를 돌렸다. 「그리고 난 성대한 파티가 좋아요. 아주 은밀하잖아요. 작은 파티에서는 사생활이 보장되지 않거든요.」

드럼이 쾅 하고 울리더니 시끄러운 정원 위로 오케스트라 지휘자의 목소리가 갑작스레 울려 퍼졌다.

「신사 숙녀 여러분!」 지휘자가 소리쳤다. 「개츠비 씨의 요청으로 블라디미르 토스토프 씨의 최신곡을 연주해 드리겠습니다. 이 작품은 지난 5월 카네기 홀에서 크게 주목받은 곡입니다. 신문을 읽었다면 이 곡이 얼마나 대단한 센세이션을 일으켰는지 아실 겁니다.」 그는 공손하고도 유쾌하게 미소를 짓고는 〈엄청난 센세이션이었죠!〉라고 덧붙였다. 그 말에 모두 웃음을 터뜨렸다.

「블라디미르 토스토프의 〈세계 재즈의 역사〉라는 곡입니다!」 그가 즐겁게 마무리했다.

토스토프 씨 곡의 특성이 어떤지는 파악하기 어려웠다. 음악이 시작된 후 대리석 계단에 혼자 서서 곳곳에 모인 사람들을 흐뭇하게 바라보는 개츠비에게 시선이 고정되었기 때문이다. 햇볕에 그을린 피부가 보기 좋게 팽팽했고, 짧은 머리는 매일 손질하는 것처럼 단정했다. 그에게 사악한 구석이라고는 전혀 없었다. 그가 술을 안 마시기 때문에 다른 손님과 구별되는 게 아닌가 싶었다. 유쾌한 분위기가 무르익을수록 그는 점점 더 빈틈없어 보였던 것이다. 「세계 재즈의 역사」라는 곡의 연주가 끝나자 아가씨들은 남자들 어깨에 강아지처럼 친밀하게 머리를 기대거나, 누군가 받쳐 주겠지 하고 남자들 팔로, 심지어 사람들 가운데로 장난스럽게 몸을 젖혔다. 그러나 아무도 개츠비에게는 몸을 기대지 않았으며, 프랑스식 단발머리를 한 아가씨들은 아무도 개츠비의 어깨를 건드리지 않았고, 노래하는 무리 중 그 누구도 그와 함께 노래하지 않았다.

「실례합니다.」

개츠비의 집사가 어느새 우리 옆에 서 있었다.

「베이커 양이시죠?」 집사가 물었다. 「실례합니다만, 개츠비 씨가 단둘이 이야기를 나누고 싶어 하십니다.」

「저하고요?」 조던이 놀라서 외쳤다.

「네, 그렇습니다.」

그녀는 깜짝 놀란 듯 나를 보며 눈썹을 추켜올렸고, 천천히 일어나 집 쪽으로 집사를 따라갔다. 나는 그제야 그녀가 이브닝드레스를 입고 있다는 걸 알았는데, 무슨 옷이든 그녀가 입으면 다 운동복 같았다. 맑고 서늘한 아침에 처음 골프를 배우는 사람처럼, 그녀의 동작은 경쾌했다.

나는 다시 혼자 남았고, 이제 거의 새벽 2시였다. 얼마 동안 테라스 위 창문이 많은 기다란 방에서 시끄럽지만 흥미로운 소리가 들려왔다. 조던과 함께 온 대학생이 코러스 걸 둘과 산부인과 이야기를 하면서 함께 어울리자고 하기에, 그를 피할 요량으로 집 안으로 들어갔다.

큰 방에는 사람들이 꽉 차 있었다. 노란 드레스의 아가씨 한 명이 피아노를 연주하고 있었고, 유명한 합창단 출신이자 붉은 머리에 키가 큰 젊은 부인이 그녀 옆에 서서 노래를 부르고 있었다. 그 젊은 부인은 샴페인을 꽤 많이 마셨다. 그녀는 노래를 부르는 동안 어리석게도 온 세상이 아주, 아주 슬프다고 결론을 내렸다. 그녀는 노래만 하는 게 아니라 흐느꼈다. 노래를 쉴 때마다 숨을 헐떡이며 울음을 삼키고는, 다시 떨리는 소프라노를 이어 나갔다. 뺨을 타고 눈물이 흘러내렸지만 주루룩 흐르지는 않았다. 짙게 칠한 속눈썹에 닿아 화장이 번지면서 마치 검은 실개천처럼 서서히 흘러내렸던 것이다. 얼굴에 그려진 악보대로 노래하는 모양이라고 누군가 농담을 했다. 이 농담과 동시에 그녀는 양손을 번쩍 들고 의자에 파묻힌 채 취기로 인한 깊은 잠에 빠져들었다.

「저 여자, 자기가 저 여자 남편이라던 작자랑 싸웠나 봐.」 바로 옆의 아가씨가 설명해 주었다.

나는 주위를 둘러보았다. 남아 있는 여자들은 대부분 자칭 남편이라는 자들과 싸우고 있었다. 이스트에그에서 온 두 쌍의 부부, 그러니까 조던의 일행도 의견 차이로 뿔뿔이 흩어졌다. 남편 중 하나가 강한 호기심에 사로잡혀 젊은 여배우에게 말을 걸었고, 그의 아내는 처음에는 대수롭지 않은 듯 품위 있게 웃어넘기려다가 측면 공격을 하기 시작했다. 말이 끊어진 사이에 그녀가 날카로운 다이아몬드처럼 갑자기 남편 곁에 나타나 남편 귀에 대고 〈안 그러기로 약속했잖아요!〉라고 소리를 질렀던 것이다.

제멋대로인 남자들만 집에 가기 싫어하는 게 아니었다. 애석하게도 술에서 깨어난 두 남자와 몹시 화가 난 아내들이 홀을 점령하고 있었다. 아내들은 격앙된 목소리로 서로를 위로하고 있었다.

「내가 좀 재미있어 하면 남편은 집에 가려고 한다니까요.」

「그렇게 이기적인 얘긴 생전 처음 들어 보네요.」

「늘 우리가 맨 먼저 떠난다니까요.」

「우리도 그래요.」

「그래도, 오늘 밤은 우리가 거의 마지막 손님인데.」 두 남자 중 하나가 소심하게 말했다. 「오케스트라는 벌써 반 시간 전에 떠났어.」

도대체 그게 말이나 되냐며 아내들이 입을 모았지만, 언쟁은 짧은 몸부림으로 끝나 버렸다. 두 아내는 들쳐 업혀 발버둥을 치며 어둠 속으로 끌려 나갔다.

홀에서 모자를 갖다 주기를 기다리는데, 서재 문이 열리더니 조던 베이커가 개츠비와 함께 나왔다. 개츠비는 마지막으로 뭔가 말하려 했지만 몇몇 사람이 그에게 작별 인사를 하자 열정적인 태도가 갑자기 식어 공식적인 태도로 바뀌었다.

조던 일행이 참지 못하고 현관에서 그녀를 불렀지만, 그녀는 악수하느라 잠시 더 지체했다.

「방금 아주 놀라운 얘기를 들었어요.」 그녀가 속삭였다. 「우리가 거기 얼마나 오래 있었죠?」

「글쎄, 한 시간 정도.」

「정말…… 정말 놀라운 얘기예요.」 그녀가 멍한 표정으로 되풀이했다. 「하지만 말하지 않기로 약속했으니, 이쯤에서 당신을 애태워야겠네요.」 그녀는 내 얼굴에 대고 우아하게 하품을 했다. 「꼭 만나러 오세요……. 전화번호부에서…… 시고니 하워드 부인이란 이름으로…… 제 이모님이에요……」

그녀는 말처럼 서둘러 떠났다. 문간에 서 있는 일행 쪽으로 사라지며 갈색 손을 경쾌하게 흔들었다.

처음 파티에 와서 그렇게 늦게까지 남아 있는 게 좀 부끄러웠지만, 나는 마지막까지 남아 개츠비를 둘러싸고 있는 손님들의 무리에 합류했다. 개츠비에게 이른 저녁부터 그를 찾아다녔다고 설명하고 정원에서 미처 알아보지 못해 미안하다고 사과하고 싶었다.

「천만에요.」 그는 진심으로 말했다. 「너무 걱정 말아요, 친구.」 그 〈친구〉라는 친근한 말투보다 안심시키려는 듯 내 어깨를 쓰다듬는 그의 손길이 더욱 다정하게 느껴졌다. 「그리고 내일 아침 9시에 수상 비행기 타기로 한 거 잊지 말아요.」

그때 그의 등 뒤에서 집사가 말했다.

「필라델피아에서 전화가 왔는데요.」

「알았어, 곧 갈게. 곧 간다고 전해 줘…… . 잘 가요.」

「잘 있어요.」

「잘 가요.」 그가 미소를 지었다. 갑자기 그 미소는 그가 늘 바라던 대로 내가 마지막 손님으로 남아 주어 무척 기쁘다고 말하는 것 같았다. 「잘 가요, 친구…… 안녕.」

그러나 계단을 내려가면서 나는 그날 밤이 아직 끝나지 않았다는 것을 알았다. 문에서 15미터쯤 떨어진 곳에서 헤드라이트 10여 개가 이상하고 소란스러운 광경을 비추고 있었다. 개츠비의 차고에서 나온 지 2분도 안된 신형 쿠페[28]

28 *coupé*. 문이 두 개인 2~5인승 승용차.

승용차가 길가 도랑에 처박혀 있었다. 오른쪽이 들리고 바퀴 하나가 떨어져 나간 채로. 벽의 날카롭게 튀어나온 부분에 차바퀴가 걸려 빠진 모양이었는데, 호기심 많은 대여섯 명의 운전자가 아주 열심히 구경하고 있었다. 그러나 길을 가로막은 차들 때문에 뒤에 있는 차들이 한동안 경적을 울려 댔고, 그 바람에 이미 정신없는 광경이 한층 더 혼란스러워졌다.

긴 외투를 걸친 남자가 부서진 자동차에서 내리더니, 도로 한복판으로 가서, 자동차와 타이어, 타이어와 구경꾼을 당황스럽지만 즐거운 표정으로 번갈아 쳐다보았다.

「봐!」 그가 외쳤다. 「차가 도랑에 빠졌어.」

그 사실이 그에게는 아주 놀라운 모양이었다. 처음에는 놀라는 모습이 기이하다고 생각하며 바라보다가 곧 그 사람이 누군지 알아봤다. 좀 전에 개츠비의 서재에서 만났던 그 단골손님이었다.

「어떻게 된 겁니까?」

그가 어깨를 으쓱했다.

「기계치야.」 그가 단호하게 말했다.

「아무리 그래도 이게 웬일입니까? 벽으로 달렸나요?」

「묻지 마셔.」 모든 책임을 회피하며 부엉이 눈이 말했다. 「운전은 꽝이야. 문외한이라고나 할까. 어쨌든 이리 됐고, 그게 내가 아는 전부라고.」

「운전을 못 하면 야간 운전을 하지 말아야죠.」

「운전할 생각 없었어!」 그가 화를 내며 소리쳤다. 「운전할 생각 없었다고.」

구경꾼들도 놀랐는지 조용해졌다.

「자살할 셈이었나요?」

「바퀴 하나만 빠져서 다행이에요! 운전도 못 하는 사람이 운전할 생각도 없었다니!」

「이해를 못 하는군!」 범인으로 몰린 그가 설명했다. 「내가 운전한 게 아니야. 차에 다른 사람이 있다고.」

사람들은 그 말에 충격을 받았고, 쿠페의 자동차 문이 천천히 열리면서 〈아 ─!〉 하는 긴 신음소리가 났다. 군중은 ─ 이제는 진짜 군중이 되었다 ─ 무의식적으로 뒤로 물러났다. 자동차 문이 활짝 열리자 유령이라도 본 듯 모두 멈칫했다. 창백한 사람 하나가 비틀거리며 아주 천천히 부서진 차에서 걸어 나왔고, 발에 맞지 않는 커다란 무용 슈즈를 신고 시험하듯 땅을 디뎠다.

그 유령 같은 사람은 밝은 헤드라이트 빛에 눈이 부신 듯했고, 계속 울리는 경적 소리에 정신이 나간 채로 한동안 비틀대며 서 있었다. 그러다 비로소 긴 외투 입은 남자를 알아보았다.

「무슨 일이지요오?」 그가 차분히 물었다. 「연료가 떨어진 건가아?」

「저기 좀 보세요!」

대여섯 명이 떨어져 나간 바퀴를 손가락으로 가리켰다. 그는 잠깐 그 바퀴를 물끄러미 바라보더니 그것이 하늘에서 떨어진 게 아닌가 의심하듯 하늘을 쳐다봤다.

「바퀴가 빠졌어요.」 누군가가 설명해 주었다.

그는 고개를 끄덕였다.

「처음에는 차가 서 버린 줄도 모올랐어요.」

잠시 침묵이 흘렀다. 이윽고 그는 심호흡을 하며 어깨를 펴더니 결연한 목소리로 말했다.

「주유우소가 어디 있는지 말해 줄 사람 있어요오?」

적어도 열 명도 넘는 사람들이, 그들 중에는 그 사람보다 나을 게 없는 사람도 있었지만, 바퀴가 이제 차에 연결되어 있지 않다고 설명해 주었다.

「차를 뒤로 빼봅시다.」 잠시 후 그가 제안했다. 「차를 후진시켜 봐요.」

「하지만 바퀴가 빠졌다니까요!」

그는 망설였다.

「해본다고 손해 볼 건 없잖아요.」 그가 말했다.

빵빵대는 경적 소리가 점점 더 커지자 나는 돌아서서 잔디밭을 가로질러 집으로 향했다. 나는 다시 한 번 뒤를 돌아봤다. 웨이퍼 과자 같은 달빛이 개츠비의 저택을 비추며 전처럼 멋진 밤을 만들었고, 아직까지 빛나는 정원의 말소리나 웃음소리보다 더 오랫동안 남아 있었다. 갑자기 창문과 큰 문에서 공허감이 밀려드는 듯했고, 현관에 서서 정중히 작별 인사를 하려 손을 흔드는 집주인의 모습이 아주 고독해 보였다.

....

지금까지 내가 썼던 글을 읽어 보면서, 지난 몇 주간 띄엄띄엄 일어난 그 사흘 밤의 사건들이 나를 온통 사로잡았다는 인상을 주었다는 걸 깨달았다. 하지만 그 사건들은 번잡한 여름에 일어난 보통 일이었을 따름이고, 한참 뒤까지도 나는 아주 개인적인 일에 더 몰두했다.

나는 대부분의 시간을 일을 하며 지냈다. 프로비티 신탁 회사를 향해 뉴욕 남쪽의 흰 고층 빌딩 사이로 급히 내려갈 때면, 이른 아침의 태양이 서쪽으로 내 그림자를 드리웠다. 나는 다른 사무원들이나 젊은 증권업자와 친해졌고 그들과 함께 북적이는 어두운 식당에서 작은 돼지고기 소시지와 으깬 감자와 커피로 점심 식사를 했다. 저지 시에 살면서 회계 과에서 일하는 어떤 아가씨와 잠깐 사귀었지만, 그녀의 오빠는 나를 그리 곱게 보지 않았다. 그래서 그녀가 7월에 휴가를 떠날 때 조용히 관계를 끝내 버렸다.

나는 보통 예일 클럽에서 저녁을 먹었다. 몇 가지 이유로 그때가 하루 중 가장 우울한 시간이었다. 그러고 나선 2층 도서관으로 올라가 한 시간 동안 착실히 투자와 유가 증권에 관해 공부했다. 식당 주변에는 보통 시끄럽게 소란을 피우는 사람들이 더러 있었지만, 그들이 도서관으로 올라오는 일은 없었기 때문에 공부하기에 아주 좋았다. 그런 다음 날씨가 좋으면 매디슨 가를 따라, 유서 깊은 머리 힐 호텔을 지나, 33번가 너머의 펜실베이니아 역으로 걸어갔다.

뉴욕이 좋아지기 시작했다. 활기 있고 멋진 밤의 분위기, 쉬지 않고 명멸하는 남자와 여자, 자동차들이 호기심 어린 눈에 주는 만족감이 좋아졌다. 나는 5번가로 걸어 올라가서 군중 속에서 낭만적인 여자들을 골라 몇 분 동안 그들의 삶

속으로 들어가는 상상을 즐겼다. 아무도 모르고, 반대하지도 않을 일이었다. 가끔은 마음속으로 후미진 뒷골목 모퉁이에 있는 아파트까지 여자들을 따라가서는 그녀들이 뒤돌아서 내게 미소 지은 뒤 문을 열고 따뜻한 어둠 속으로 사라지는 모습을 상상해 보기도 했다. 매력적인 대도시의 황혼 속에서 나는 가끔 고독했고, 동시에 다른 사람에게서도 고독을 느꼈다. 쇼윈도 앞을 서성이며 식당에서 외로이 저녁을 먹을 시간이 될 때까지 기다리는 가난한 젊은 사무원들, 인생과 밤의 가장 강렬한 순간을 낭비하고 있는 어스름 속의 그 젊은 사무원들에게서 말이다.

또다시 저녁 8시가 되어 40번가의 어두운 골목에 극장가로 향하는 택시들이 부릉거리며 다섯 줄로 늘어설 무렵, 나는 가슴이 내려앉는 느낌이었다. 택시에 탄 사람들은 기다리면서 서로 몸을 기대거나 노래를 불렀고, 잘 들리지 않는 농담에 웃음을 터뜨렸고, 불붙인 담뱃불이 택시 안의 희미한 동작을 비춰 주었다. 나도 즐거운 곳으로 서둘러 가고 있으며 그들의 은밀한 흥분을 나 역시 느낀다고 상상하면서, 나는 그들의 행복을 빌었다.

한동안 조던 베이커를 만나지 못하다가 한여름이 되어서야 다시 만났다. 처음에는 우쭐한 기분에 그녀와 함께 돌아다녔다. 그녀는 골프 챔피언이고 모두가 그녀의 이름을 알았기 때문이다. 그러다가 그 이상의 뭔가가 생겼다. 사실 그녀를 사랑하진 않았지만, 다정한 호기심 같은 것은 느꼈다. 세상을 향해 지루하다고 말하는 듯한 그녀의 오만한 표정에는 뭔가가 감춰져 있었다. 처음에는 그렇지 않았다 해도 흔히 말하는 듯한 가식에는 결국 뭔가 숨어 있는 법이다. 어느 날 나는 그게 뭔지 알아냈다. 워릭에서 열린 하우스 파티[29]에 함께 갔을 때, 그녀는 빌린 차의 뚜껑을 연 채 빗속에 세워 두고는 그 일에 대해 거짓말을 했다. 문득 데이지의 집에 갔던 날 밤에 미처 생각나지 않았던 그녀에 관한 소문이 떠올랐다. 그녀가 처음 참가했던 큰 골프 경기에서 신문에 날 뻔한 소동이 벌어졌었다. 준결승전에서 그녀가 치기 어려운 곳에 떨어진 공을 옮겨 놓았다는 혐의가 있었던 것이다. 그 일은 추문으로 확대되다 곧 진정되었다. 캐디가 증언을 취소했고, 유일한 다른 목격자는 잘못 본 것 같다고 한 발 물러섰던 것이다. 하지만 그 사건은 그녀의 이름과 함께 내 마음속에 남아 있었다.

조던 베이커는 영리하고 약삭빠른 남자들을 본능적으로 피했다. 이제 와 생각해 보니 그녀는 어떤 규범에서 벗어날 생각을 전혀 못 하는 남자들이 더 안전하다고 느낀 것 같다. 그녀는 구제불능일 만큼 정직하지 못했다. 자신에게 불리한 상황을 견디지 못했고, 원치 않은 상황이 벌어지면 세상을 향해 그 차갑고 오만한 미소를 유지하기 위해, 단단하고 멋진 신체의 욕구를 충족시키기 위해 어렸을 때부터 줄곧 속임수를 쓰기 시작했던 것 같다.

그렇다고 내 마음이 달라진 건 아니었다. 여자들의 부정

---

29 *house party.* 별장 따위에 손님을 초대하여 며칠씩 같이 지내는 파티.

직이란 그리 심하게 비난할 일이 못 된다. 나는 그저 유감스러웠고, 그러고 나서는 곧 잊어버렸다. 바로 그 하우스 파티에서 우리는 자동차 운전에 대해 별난 대화를 나누게 되었다. 그녀가 지나가는 노동자들 곁으로 차를 너무 바싹 붙여 몰다 우리 차의 펜더가 어떤 남자의 코트 단추를 살짝 건드렸을 때, 그 대화가 시작되었다.

「운전 솜씨가 형편없군요.」내가 다그쳤다.「좀 더 주의하든지, 아니면 아예 운전하지 말아야겠어요.」

「조심하고 있어요.」

「아니, 당신은 조심하지 않아요.」

「그럼, 다른 사람들이 조심하겠죠.」그녀는 가볍게 대꾸했다.

「그게 무슨 말이죠?」

「다른 사람들이 날 피하겠죠.」그녀는 자기 주장을 굽히지 않았다.「사고는 쌍방이 일으키는 거잖아요.」

「당신처럼 부주의한 사람을 만나면 어쩌죠?」

「그런 일이 없길 바라야죠.」그녀가 대답했다.「부주의한 사람은 싫어요. 그래서 당신을 좋아하는 거예요.」

뜨거운 햇빛에 지친 회색 시선은 정확히 정면을 향했지만, 그녀는 의도적으로 우리 관계를 변화시킨 것이다. 나는 잠시 그녀를 사랑한다고 생각했다. 그러나 나는 생각이 느린데다 욕망을 억제하는 내면의 규칙도 많았고, 고향 여자와의 연애 사건을 확실히 정리하는 게 급선무임을 알고 있었다. 나는 한 주에 한 번 편지를 쓰고는 편지 끝에 〈당신의 사랑

하는 닉〉이라고 서명하곤 했지만, 그 순간 생각나는 것이라
고는 그 여자가 테니스를 칠 때면 윗입술에 콧수염처럼 땀방
울이 살짝 맺힌다는 사실뿐이었다. 그럼에도 불구하고 내가
자유로워지려면 그녀와의 관계를 지혜롭게 정리해야 한다
는 막연한 묵계 같은 것이 있었다.

누구나 기본적인 미덕 가운데 적어도 하나쯤은 지니고 있
다고 믿는데, 내게도 그런 미덕이 있다. 내가 알고 있는 몇
안 되는 정직한 사람 중에 나도 포함된다는 것이다.

제4장

일요일 아침, 해변 마을에 교회 종이 울릴 때, 세상 사람들과 그 연인들은 개츠비의 저택으로 돌아와 그의 잔디밭에서 경쾌하게 움직였다.

「그 사람 밀주업자래요.」 젊은 부인들이 개츠비의 칵테일 바와 꽃밭 사이를 오가며 말했다. 「언젠가 자기가 폰 힌덴부르크[30]의 조카이자 악마와 육촌지간이란 걸 밝혀낸 사람을 죽였대요. 여보, 장미 한 송이 꺾어 줘요. 그리고 저기 크리스털 잔에 마지막 한 방울까지 따라 줘요.」

언젠가 기차 시간표의 빈자리에 그해 여름 개츠비의 저택에 온 사람들의 명단을 적어 본 적이 있다. 이제는 접힌 데가 다 닳아 없어진, 위쪽에 〈1922년 7월 5일까지 유효함〉이라고 찍힌 낡은 기차 시간표였다. 그러나 아직도 희미하게 남아 있는 그 이름들은 알아볼 수 있다. 그 이름들은 개츠비에게 환대를 받고도 그를 전혀 모른다는 식으로 교묘하게 얼버

---

30 Paul von Hindenburg (1847~1934). 독일의 군인이자 정치가. 1차 세계 대전 중 독일군 원수로 참전했으며 공화국 2대 대통령을 지냈다.

무린 사람들에 관해 내가 막연히 설명하는 것보다 훨씬 뚜렷한 인상을 줄 것이다.

이스트에그에서는 체스터 베커 부부와 리치 부부, 예일 대학에서 알고 지낸 번슨이라는 남자, 지난여름 메인 주에서 물에 빠져 죽은 웹스터 시베 박사가 왔다. 혼빔 부부와 윌리 볼테르 부부, 늘 구석에 있다가 누구든지 가까이 다가가면 염소처럼 코를 벌름거리는 블랙벅 일가도 모두 왔다. 이스메이 부부와 크리스티 부부(휴버트 아우어바흐와 크리스티 씨의 부인이라 하는 게 좋을지도), 소문에 따르면 어느 겨울 오후에 별다른 이유도 없이 솜처럼 머리가 하얗게 세어 버렸다는 에드기 비버도 왔다.

내 기억에는 클래런스 엔다이브도 이스트에그에서 온 사람이었다. 헐렁한 흰색 반바지를 입고 딱 한 번 왔는데, 정원에서 에티라는 건달과 싸움이 붙었다. 롱아일랜드 끝에서는 치들 부부와 O. R. P. 슈래더 부부, 조지아 주의 스톤월 잭슨 에이브럼 부부, 피시가드 부부와 리플리 스넬 부부가 왔다. 스넬은 주 형무소에 들어가기 사흘 전에 거기 왔었는데, 만취한 채 자갈길에 쓰러져 있다가 율리시스 스웨트 부인이 운전하는 자동차에 오른손을 치이고 말았다. 또 댄시 부부도 왔고, 예순은 족히 넘은 S. B. 화이트베이트, 모리스 A. 플링크와 해머헤드 부부, 담배 수입업자인 벨루가와 그의 아가씨들도 왔다.

웨스트에그에서는 폴 부부와 멀레디 부부, 세실 로벅과 세실 셴, 주 의회 상원 의원인 굴릭, 〈필름스 파 엑설런스

Films Par Excellence〉를 경영하는 뉴턴 오키드, 에크하우스트와 클라이드 코언, 돈 S. 스와르처(아들), 아서 매카티도 왔는데, 이들은 모두 영화와 이런저런 식으로 관련 있는 사람들이었다. 그리고 캐틀립 부부와 벰버그 부부, 나중에 자기 아내를 목 졸라 죽인 그 멀둔, 그와 형제지간인 G. 얼 멀둔도 왔다. 흥행주인 다 폰타노도 왔고, 에드 러그로와 제임스 B. (본명 대신 〈싸구려 독주Rot-Gut〉라는 별명으로 통하는) 페럿, 드 종 부부와 어니스트 릴리도 왔다. 그들은 도박을 하러 왔는데, 페럿이 정원을 어슬렁거리면 돈을 몽땅 잃었으니 다음 날 연합 철도의 주가가 올라야 한다는 것을 의미했다.

클립스프링어라는 사람은 그 저택에 하도 자주 오고 너무나 오래 머물러서 〈하숙생〉으로 알려졌다. 그에게 과연 다른 집이 있는지 의심스러울 정도였다. 연극계 인사로는 거스 와이즈와 호레이스 오도너번, 레스터 마이어, 조지 덕위드, 프랜시스 불이 왔다. 뉴욕에서도 사람들이 왔는데, 크롬 부부와 배키슨 부부, 데니커 부부와 러셀 베티, 코리건 부부와 켈러허 부부, 듀어 부부와 스컬리 부부, S. W. 벨처와 스머크 부부, 지금은 이혼한 젊은 퀸 부부, 타임스 스퀘어에서 지하철에 뛰어들어 자살한 헨리 L. 팔메토가 있었다.

베니 매클레너핸은 늘 여자 네 명을 대동하고 왔다. 그 여자들은 실제로 동일 인물이 아니었지만, 외모가 너무나 비슷해서 아무래도 전에도 왔던 것 같은 인상을 주었다. 여자들 이름은 잊어버렸다. 재클린이나 컨수엘라, 아니면 글로리아나 주디, 또는 준이었던 것 같다. 그들의 성은 꽃이나 달〔月〕처럼 음악적이거나 미국 대자본가의 성처럼 엄숙해서, 캐물어 보면 누구네 사촌이라고 자백했을지도 모른다.

이 사람들 외에 포스티나 오브라이언이 적어도 한 번 왔던 게 기억나고, 베데커 집안 아가씨들과 전시에 코에 총상을 입은 젊은 브루어, 알브룩스버거 씨와 그의 약혼녀인 하그 양, 아디타 피츠피터스와 한때 미국 재향 군인회 회장을 지낸 P. 쥬잇 씨, 자신의 기사라는 남자와 함께 온 클라우디아 힙 양, 그리고 우리가 공작이라 부른 어느 나라 왕자라는 사람이 있었는데, 그때는 이름을 알았겠지만 금방 잊어버렸다.

이들이 그해 여름 개츠비의 저택에 왔던 사람들이다.

. . . .

7월 하순의 어느 날 아침 9시경, 개츠비의 으리으리한 차가 가파른 길을 따라 올라와서 우리 집 문 앞에 멈춰 서더니 3음계 화음으로 경적을 울렸다. 나는 그의 파티에 두 번 참석했고 그의 수상 비행기도 탔으며 끈질긴 초대로 그의 저택 해변을 자주 이용했지만, 그가 나를 찾아온 것은 처음 있는 일이었다.

「좋은 아침, 친구. 오늘 점심이나 같이 합시다. 내 차로 함께 가죠.」

그는 아주 미국인다운 여유로운 몸짓으로 자동차 대시보드 위에서 균형을 잡고 있었다. 내 짐작으로 젊은 시절 무거운 물건을 들어 올리거나 의자에 똑바로 앉아 본 적이 없는

89

데다, 우리가 때로 벌이는 긴장되고 산발적인 게임들의 무형 식미 때문에 생긴 습관인 듯했다. 이런 특성은 그의 딱딱한 태도를 뚫고 계속 안절부절못하는 것으로 모습을 드러냈다. 그는 잠시도 가만 있지 못했다. 항상 발로 어딘가 차거나 초조하게 손을 쥐었다 폈다 하곤 했다.

그는 감탄하며 자기 차를 바라보는 나를 바라보았다.

「차 멋지죠, 친구?」 그는 내가 더 잘 볼 수 있게 차에서 뒹굴겨나왔다. 「전에 이런 차 본 적 있나요?」

본 적이 있다. 누구나 본 적이 있을 것이다. 짙은 크림색에, 니켈 장식으로 반짝이고, 무지무지하게 긴 차체 안에는 모자 상자와 음식 상자, 공구 상자가 여기저기 뽐내듯 놓여 있고, 미로처럼 복잡한 앞 유리들이 태양을 여러 개로 반사하고 있었다. 여러 겹의 유리창 뒤, 온실 같은 초록색 가죽 시트에 앉아 우리는 시내로 출발했다.

나는 지난 몇 달간 대강 대여섯 번쯤 그와 이야기를 나눠 보았지만, 실망스럽게도 그에게는 화젯거리가 거의 없다는 걸 알게 되었다. 그래서 막연히 그가 중요한 인물일 거라 생각했던 첫인상은 점차 지워졌고, 그는 그저 화려한 이웃집 여관 주인 같은 인물이 되어 버렸다.

그러던 차에 난데없이 그와 동승하게 된 것이다. 웨스트에 그 마을에 도착하기도 전에, 개츠비는 우아한 말투를 버리고 뭔가 망설이듯 낙타색 양복의 무릎을 탁탁 치기 시작했다.

「이봐요, 친구.」 그가 불쑥 입을 열었다. 「그나저나 나에 대해 어떻게 생각해요?」

나는 약간 당황해서 질문에 맞게 막연한 말로 얼버무리기 시작했다.

「내 인생 애기를 좀 해드릴까 해서요.」 그가 내 말을 가로막았다. 「다른 데서 들은 소문들 때문에 나에 대해 잘못 생각하지 않았으면 해요.」

그렇다면 그는 자기 집 홀에서 오가는 기이한 비난에 대해 알고 있는 모양이었다.

「맹세코 진실만 이야기하죠.」 그는 신의 심판을 기다리듯 갑자기 오른손을 들었다. 「난 중서부의 부잣집 아들이에요. 지금은 가족이 다 세상을 떠났어요. 미국에서 자랐지만 옥스퍼드에서 교육빈있이요. 조상 대대로 거기서 교육받았으니까요. 가문의 전통이죠.」

그는 나를 곁눈질했다. 왜 조던 베이커가 그의 말이 거짓이라 생각하는지 그 이유를 알 것 같았다. 그는 〈옥스퍼드에서 교육받았다〉고 서둘러 말했는데, 마치 전에도 그 말을 하기가 괴로웠던 듯 말을 삼키거나 말을 하면서 목이 막히는 것 같았다. 이런 의심을 하느라 그의 말이 모두 산산조각 나버렸다. 결국 그에게 좀 음흉한 구석이 있는 게 아닌가 하는 의심이 들었다.

「중서부 어디 출신이죠?」 나는 무심코 물었다.

「샌프란시스코요.」

「그렇군요.」

「가족이 모두 죽는 바람에 거액의 돈을 상속받았죠.」

가족의 갑작스러운 죽음에 대한 기억이 아직 괴로운 듯,

그의 목소리는 엄숙했다. 나를 놀리는 게 아닌지 잠시 의심스러웠지만, 그를 힐끗 보니 그렇지 않다는 확신이 들었다.

「그 후로 파리나 베네치아, 로마 같은 유럽의 대도시에서 젊은 왕자처럼 지냈어요. 보석, 특히 루비를 수집했고, 사냥도 하고 혼자 취미로 그림도 좀 그리면서 오래전에 일어난 아주 슬픈 일들을 잊으려 애썼죠.」

그의 터무니없는 말에 웃음이 터지려는 걸 간신히 참았다. 너무나 진부한 상투어들이라 머리에 터번을 두른 〈인형〉이 바늘땀마다 톱밥을 흘리며 불로뉴의 숲을 가로질러 호랑이를 쫓는 모습만이 떠올랐던 것이다.

「그러다가 전쟁이 터졌지요, 친구. 내게는 대단한 구원과도 같았어요. 그래서 죽으려고 무진장 애썼는데 목숨이 꼭 마법에 걸린 것 같더라고요. 전쟁이 시작되고 중위로 임관했어요. 아르곤 숲 전투[31]에선 내가 2개 기관총 부대의 잔여 병사를 너무 앞으로 전진시키는 바람에 전진하지 못한 보병 부대와 1킬로미터 정도 간격이 생겨 버렸어요. 병사 130명이 루이스식 기관총 열여섯 자루로 이틀 밤낮을 버텼어요. 마침내 보병 부대가 도착했을 때, 시체 더미 속에서 독일군 3개 사단의 휘장을 발견했죠. 나는 소령으로 승진했고, 가는 곳마다 연합군 정부에서 훈장을 받았어요. 심지어 몬테네그로에서도, 저 아드리아 해에 있는 작은 몬테네그로에서도 훈

---

31 아르곤 전투는 실제 있었던 전쟁으로 1918년 9월 26일에 시작되었다. 피츠제럴드는 개츠비의 부대를 중위 또는 대위 계급에 어울리도록 규모를 줄여 개츠비의 영웅심을 강조했다. 위의 책, 〈주석〉에서 인용.

장을 달아 주더라고요.」

작은 몬테네그로! 그는 그 단어를 소리 높이 외치더니 미소를 지으며 고개를 끄덕였다. 그 미소는 몬테네그로의 파란만장한 역사를 이해하고 몬테네그로 국민의 용감한 투쟁에 공감하는 듯한 미소였다. 몬테네그로의 작지만 따뜻한 마음으로부터 이런 감사의 표시를 하게 만든 일련의 국가 정세를 완전히 이해한 듯한 그 미소! 이제 난 그의 매력에 사로잡혔고 불신은 저 밑으로 가라앉아 버렸다. 여러 권의 잡지를 순식간에 훑어본 기분이었다.

그는 주머니에 손을 넣더니 리본이 달린 메달을 하나 꺼내 내 손바닥에 떨어뜨렸다.

「몬테네그로에서 준 훈장이에요.」

놀랍게도 그 훈장은 진짜처럼 보였다. 〈다닐로 훈장〉[32]이라 쓰인 메달 가장자리에 〈몬테네그로, 니콜라스 국왕〉이라는 글자가 동그랗게 새겨져 있었다.

「뒤집어 봐요.」

「제이 개츠비 소령. 비범한 용맹을 기리며.」 나는 소리 내어 읽었다.

「여기 늘 갖고 다니는 게 또 있어요. 옥스퍼드 시절의 기념품인데, 트리니티 대학[33] 구내에서 찍은 거예요. 내 왼쪽에 있는 사람이 지금 동커스터 백작이죠.」

---

32 Orderi di Danilo. 몬테네그로에서 수여한 훈장. 1차 세계 대전 때 프린스턴 대학 출신으로 이 훈장을 받은 사람은 세 명이었다.

33 Trinity Quad. 옥스퍼드 대학교 소속의 단과 대학.

사진 속 멀리 첨탑이 보이는 아치 아래에서 플란넬 운동복을 입은 여섯 명의 젊은이가 어슬렁거리고 있었다. 〈아주〉는 아니지만 지금보다는 조금 젊어 보이는 개츠비가 크리켓 배트를 손에 들고 있었다.

그렇다면 그의 얘기는 모두 사실인 셈이다. 그랜드 운하[34]에 있는 그의 저택 안으로 불꽃처럼 타오르는 화려한 호랑이 가죽이 보였다. 상심한 마음을 달래려고 빛나는 진홍색 보석을 바라보다가 이내 루비 상자를 여는 그의 모습이 보였다.

「오늘은 특별히 부탁드릴 게 있어요.」 그가 만족스러운 얼굴로 기념품을 주머니에 넣으며 말했다. 「그래서 나에 관해 좀 알아야 할 거라 생각했죠. 내가 별 볼 일 없는 존재라고 생각지 않았으면 해요. 아시다시피, 내가 낯선 사람들 틈에 끼어 있는 건 내게 일어난 서글픈 일들을 잊으려고 여기저기 떠돌아 다녔기 때문이니까요.」 그는 망설였다. 「오늘 오후에 그 얘기를 듣게 될 거예요.」

「점심 때 말인가요?」

「아니요, 오늘 오후에요. 베이커 양과 차 마시기로 했다는 걸 우연히 알게 됐어요.」

「베이커 양과 사랑에 빠진 건가요?」

「아닙니다, 친구, 아니에요. 하지만 베이커 양은 친절하게도 이 문제를 당신에게 말해 보겠다고 했어요.」

〈이 문제〉가 뭔지 도저히 감이 잡히지 않았지만 흥미롭다

---

34 Grand Canal. 베네치아에 있는 대형 운하.

기보다는 귀찮게 느껴졌다. 제이 개츠비 씨 얘기나 하자고 조던에게 차를 마시자고 했던 건 아니었다. 그는 아주 터무니없는 일을 부탁하려는 게 분명했다. 잠시 동안 사람이 붐비는 그의 잔디밭에 발을 들여놓은 걸 후회했다.

그는 그 밖에 다른 말은 하지 않았다. 시내에 가까워지자 그의 태도는 더욱 반듯해졌다. 우리는 빨간 띠를 두른 외항선들이 보이는 루스벨트 항구를 지나, 도금이 벗겨졌지만 아직 사람들이 드나드는 1900년대의 칙칙한 술집들이 늘어선 빈민가의 자갈길을 빠르게 달렸다. 이윽고 양쪽으로 재의 골짜기가 펼쳐졌다. 그곳을 지나는데 정비소에서 헐떡이며 펌프를 잡아당기는 윌슨 부인의 활기찬 모습이 잠깐 스쳤다.

우리는 자동차 펜더를 날개처럼 펼치고[35] 애스토리아[36] 지역을 반쯤 가볍게 지나갔다. 딱 절반쯤 가다 멈췄다. 고가 도로 교각을 도는데 〈끽-끽-끼익!〉 하는 낯익은 오토바이 소리가 들렸던 것이다. 흥분한 경찰이 우리 옆에서 나란히 달리고 있었다.

「알았어요, 친구!」 개츠비가 소리쳤다. 우리는 속도를 늦췄다. 개츠비는 지갑에서 하얀 카드를 꺼내 경찰의 눈앞에 대고 흔들었다.

35 당시에는 자동차의 바퀴를 감싼 펜더 부분이 돌출되어 앞바퀴 두 개가 마치 날개를 편 모습처럼 보였다.

36 Astoria. 퀸스버러 다리는 맨해튼과 퀸스에 있는 롱아일랜드 시 — 애스토리아가 아닌 — 를 연결한다. 이 책이 출판된 뒤, 피츠제럴드의 친구인 작가 링 라드너Ring Lardner가 이 오류를 지적했다. 이에 피츠제럴드는 편집자 맥스웰 퍼킨스에게 〈당신이 그걸 바꿨으면 좋았을 텐데…… 아니면 그대로 둡시다〉라고 말했다. 위의 책, 〈주석〉에서 인용.

「됐습니다.」 경찰관이 모자에 거수경례를 붙이며 말했다. 「다음부터 알아서 모시겠습니다. 개츠비 씨, 죄송합니다!」

「그게 뭐죠?」 내가 물었다. 「그 옥스퍼드 사진인가요?」

「언젠가 경찰 국장에게 호의를 베푼 적이 있는데, 해마다 크리스마스카드를 보내네요.」

거대한 다리 위, 햇빛이 대들보 사이를 지나 달리는 자동차 위에서 계속 반짝였고, 강 건너로는 뉴욕 시가 흰 각설탕 덩어리처럼 솟아 있었다. 모두가 〈냄새 안 나는 돈〉으로 만들어졌으면 하는 소망으로 세워진 것 같았다. 퀸스버러 다리에서 바라보는 뉴욕은, 세상의 모든 신비와 미를 다 보여 주겠다는 열렬한 초기의 약속 때문인지 언제나 처음 보는 도시 같았다.

꽃으로 뒤덮인 영구차가 시신을 태우고 지나갔고, 블라인드를 내린 마차 두 대와 고인의 친구들을 태운 더 유쾌한 마차가 여러 대 그 뒤를 따랐다. 남동부 유럽인처럼 윗입술이 짧은 그 친구들이 서글픈 눈빛으로 우리를 내다보았다. 우울한 휴일에 그 친구들이 개츠비의 화려한 차를 구경하게 되어 기뻤다. 우리가 블랙웰스 섬을 지날 때, 백인 기사가 모는 리무진이 우리 곁을 지나갔다. 차 안에는 세련된 흑인 셋, 즉 흑인 남자 둘과 여자 하나가 앉아 있었다. 그들은 거만하게, 마치 경쟁이라도 하듯 우리를 향해 달걀노른자 같은 눈동자를 굴렸고, 나는 큰 소리로 웃음을 터뜨렸다.

〈이 다리를 넘었으니 이제 무슨 일이든 일어나도 좋아.〉 나는 생각했다. 〈무슨 일이든……〉

심지어 개츠비라는 존재도 특별히 놀랍지 않았다.

．．．．

소란스러운 대낮이었다. 나는 선풍기가 잘 돌아가는 42번 가의 지하 식당에서 개츠비와 점심을 먹기로 했다. 바깥 거리의 햇살 때문에 눈을 깜빡이다가 대기실에서 어떤 사람과 이야기를 나누고 있는 개츠비를 겨우 알아보았다.

「캐러웨이 씨, 이 분은 제 친구 울프심[37] 씨예요.」

키 작은 납작코의 유대인이 큰 머리를 들고 나를 쳐다보았다. 양쪽 콧구멍에 코털이 무성했다. 잠시 후에야 나는 어두컴컴한 실내에서 그의 작은 눈을 찾아낼 수 있었다.

「……그래서 내가 그를 한번 쳐다봤지.」울프심 씨가 나와 악수하며 진지하게 말했다. 「그리고 내가 어떻게 했을 것 같나?」

「네?」 나는 정중하게 물었다.

그가 내 손을 내려놓고 표현력이 풍부한 코로 개츠비를 가리킨 것으로 보아 그는 분명 내게 말한 게 아니었다.

「캐츠포에게 그 돈을 건네면서 이렇게 말했지. 〈좋아, 캐츠포, 입 닥칠 때까지 그놈에게 한 푼도 주지 마〉 하고 말이

---

37 Wolfshiem. 마이어 울프심은 도박사이자 조직 폭력계의 거물 아널드 로스스타인Arnold Rothstein을 모델로 한 인물이다. 〈브레인(두뇌)〉, 〈자금주〉로 알려진 그는 스포츠 게임 조작부터 훔친 증권 거래까지 여러 범죄에 연루되었으나, 어떤 범죄로도 유죄 판결을 받지 않았다. 그는 1928년 미제의 살인 사건으로 희생되었다. 피츠제럴드는 1937년 작가 코리 포드Corey Ford에게 쓴 편지에서 아널드를 만났다는 사실을 언급했다. 레오 캐처, 『큰 자금주』(뉴욕: 하퍼, 1959) 참조. 위의 책, 〈주석〉에서 인용.

야. 그랬더니 그 자리에서 바로 입을 다물더군.」

개츠비가 우리 두 사람과 팔짱을 끼고 식당으로 들어갔
다. 그러자, 울프심 씨는 뭔가 말하려다 말고 몽유병 환자처
럼 멍한 상태가 되었다.

「하이볼 드릴까요?」 수석 웨이터가 물었다.

「멋진 레스토랑이군.」 울프심 씨가 천장에 그려진 장로교의
요정들을 쳐다보며 말했다. 「하지만 길 건너편이 더 좋아!」

「그래, 하이볼로 줘요.」 개츠비는 웨이터에게 말하고 나서
울프심에게 말했다. 「거긴 너무 더워요.」

「덥고 좁아, 맞아.」 울프심 씨가 말했다. 「하지만 온갖 추
억이 서린 곳이지.」

「거기가 어딘데요?」 내가 물었다.

「옛 메트로폴[38] 말이에요.」

「옛 메트로폴이라.」 울프심이 우울한 얼굴로 생각에 잠겼
다. 「죽은 사람과 떠나 버린 사람 얼굴로 가득하지. 이젠 영
원히 떠난 친구들 얼굴 말이야. 거기서 로지 로즌솔이 총에
맞았던 밤은 평생 잊지 못할 거야. 우리 여섯 명은 테이블에
앉아 있었어. 로지는 밤새 엄청 먹고 마셨지. 새벽이 되어 갈
때 웨이터가 묘한 표정으로 다가오더니 누군가 밖에서 얘기
하고 싶어 한다는 거야. 로지가 〈좋아!〉라고 말하더니 일어
나려 해서 내가 도로 앉혔지.

---

38 The old Metropole. 뉴욕 43번가 타임스 스퀘어 근처에 위치한 호텔
로, 1912년 뉴욕의 도박사 허먼 로즌솔Herman Rosenthal이 살해된 장소
다. 위의 책, 〈주석〉에서 인용.

〈보고 싶으면 그 녀석들보고 직접 들어오라고 해, 로지. 이 방 밖으로는 절대 나가지 마.〉

그때가 새벽 4시쯤이었으니 블라인드를 올렸으면 밝은 햇빛도 볼 수 있었을 거야.」

「그래서, 나갔나요?」내가 순진하게 물었다.

「물론 나갔지.」분노가 치미는 듯, 내 쪽을 향한 울프심의 코가 번쩍 빛났다. 「로지는 문에서 돌아서더니 이렇게 말했어. 〈웨이터한테 내 커피 치우지 말라고 해!〉 그러고 나서 보도로 걸어 나갔는데, 놈들은 로지의 불룩한 배에 총을 세 방이나 쏘고 차를 몰고 도망쳤지.」

「그중 네 명은 전기의자에서 사형당했죠.」내가 기억을 더듬으며 말했다.

「베커[39]까지 다섯 명이었지.」그는 나를 향해, 흥미롭게 코를 벌름거렸다. 「사업 거래처를 찾는 모양이군그래.」

〈사업〉과 〈거래처〉라는 두 단어가 함께 나오자 나는 좀 놀랐다. 개츠비가 대신 대답했다.

「아, 아니에요!」개츠비가 크게 소리쳤다. 「이분은 그 사람이 아니에요.」

「아니라고?」울프심은 실망한 것 같았다.

「이분은 그냥 친구예요. 그 얘긴 다음에 하자고 했는데.」

「미안하네.」울프심 씨가 말했다. 「사람을 잘못 봤군.」

육즙이 많은 잘게 썬 고기 요리가 나오자 울프심은 옛 메

---

39 Charles Becker(1870~1915). 뉴욕의 경찰관이었으나 로즌솔 암살 사건으로 1915년 전기의자에서 사형당했다. 위의 책, 〈주석〉에서 인용.

트로폴의 감상적인 분위기는 까맣게 잊고 아주 맛있게 먹기 시작했다. 먹으면서도 눈으로는 아주 천천히 식당 주위를 살폈다. 등을 돌려 바로 뒤에 있는 사람까지 살피고 나서야 주위를 한 바퀴 살피는 일이 끝났다. 내가 아니라면 아마 우리가 먹는 식탁 밑까지도 잠시 살펴보았을 것이다.

「이봐요, 친구.」 내 쪽으로 몸을 기울이며 개츠비가 말했다. 「오늘 아침 차에서 당신을 좀 언짢게 만든 게 아닌가 싶어요.」

그는 다시 미소를 지었지만 이번에는 나도 그 미소에 넘어가지 않았다.

「난 비밀을 좋아하지 않아요.」 내가 대답했다. 「그리고 왜 솔직하게 툭 터놓고 원하는 바를 얘기하지 않는지 모르겠어요. 왜 꼭 베이커 양을 통해 말해야 하죠?」

「아, 숨기진 않았어요.」 그가 나에게 다짐했다. 「알다시피 베이커 양은 훌륭한 운동선수고, 옳지 않은 일이라면 절대로 안 할 겁니다.」

개츠비는 갑자기 시계를 보고 벌떡 일어나더니 나와 울프심을 테이블에 남겨 둔 채 급히 식당 밖으로 나갔다.

「전화를 해야 한다네.」 개츠비의 뒷모습을 눈으로 쫓으며 울프심이 말했다. 「좋은 친구 아닌가? 잘생긴 데다 완벽한 신사고.」

「그럼요.」

「영국 오그스퍼드Oggsford 대학 출신이야.」

「아!」

「영국의 오그스퍼드 대학을 다녔어. 자네 오그스퍼드 대학 아나?」

「들어 봤어요.」

「그 대학은 세계에서 가장 유명한 대학 중 하나라네.」

「개츠비를 안 지 오래되셨나요?」 내가 물었다.

「7년쯤 됐네.」 그가 만족스러운 얼굴로 대답했다. 「운 좋게도 전쟁 직후 그를 알게 됐어. 한 시간쯤 이야기를 해본 뒤에 교육을 잘 받은 청년이다 싶었지. 속으로 이렇게 말했어. 〈집에 데려가 어머니와 누이동생에게 소개해 주고 싶은 교양 있는 친구로군.〉 그는 잠시 말을 멈췄다. 「내 커프스단추를 보고 있군그래.」

그 단추를 보던 게 아니었지만, 그 단추를 보게 되었다. 이상하게도 낯익은 느낌이 드는 상아 단추였다.

「사람 어금니로 만든 최고급 제품이지.」 그는 그렇게 일러 주었다.

「그렇군요!」 나는 단추를 자세히 살펴보았다. 「아주 흥미로운 아이디어네요.」

「그렇지.」 그는 소매를 코트 속으로 감췄다. 「그래, 개츠비는 여자를 아주 조심하지. 친구 부인은 쳐다보지도 않더군.」

이렇게 본능적으로 신뢰하는 상대가 돌아와 테이블에 앉자, 울프심은 커피를 마시고는 급히 자리에서 일어났다.

「점심 잘 먹었네.」 울프심이 말했다. 「그만 일어나야지. 두 젊은이한테 눈총받기 전에.」

「서두를 필요 없어요, 마이어.」 개츠비가 덤덤하게 말했다. 울프심 씨는 축복 기도라도 하듯 손을 쳐들었다.

「고맙지만 세대가 다르다네.」 그는 엄숙하게 말했다. 「자네들은 여기 앉아서 스포츠랑 젊은 아가씨랑 당신들…… 그런 얘길 하게.」 그는 나머지 말은 알아서 상상하라는 듯 다시 손을 흔들었다. 「나야 쉰 살이나 먹었으니, 더는 자네들을 귀찮게 하지 말아야지.」

그는 우리와 악수를 하고 비극적인 코를 떨며 돌아섰다. 그의 기분을 상하게 할 말을 꺼낸 게 아닌지 걱정스러웠다.

「저분은 가끔 아주 감상적이 되죠.」 개츠비가 설명했다. 「오늘이 바로 그런 날이에요. 뉴욕 주변에서 유명한 괴짜예요. 브로드웨이에 살고.」

「대체 뭐 하는 사람인지, 연극배우인가요?」

「아니요.」

「그럼 치과 의사인가요?」

「마이어 울프심이요? 아니요, 도박사예요.」 개츠비는 잠시 망설이더니 냉정하게 덧붙였다. 「1919년 월드 시리즈를 조작[40]한 장본인이죠.」

「월드 시리즈를 조작했다고요?」 나는 다시 물었다.

그 말에 머리가 아찔했다. 물론 1919년의 월드 시리즈 조

---

40 실제로 1919년 시카고 화이트 삭스와 신시내티 레즈 경기에서 승부조작 사건이 있었다. 도박사들은 화이트 삭스의 선수들에게 뇌물을 주어 월드 시리즈에서 지게 했는데, 이 사건이 밝혀지면서 미국 전체가 경악했다. 마이어 울프심의 모델인 아널드 로스스타인이 주범으로 의심받았지만, 실제 책임이 있는지는 밝혀지지 않았다. 엘리엇 아시노프, 『바깥의 8인』(뉴욕: 홀트, 라인하트앤윈스턴, 1963) 참조. 위의 책, 〈주석〉에서 인용.

작 사건을 기억했지만, 그 사건은 그저 우연히 일어난 일이라고, 불가피한 여러 일들의 결과라고 생각했던 것이다. 금고를 터는 강도처럼 어느 집요한 한 사람이 무려 5천만 명의 믿음을 우롱할 수 있다는 생각은 하지 못했다.

「어떻게 그런 일을 벌였을까요?」 잠시 후에 내가 물었다.

「그저 기회를 잡았던 거죠.」

「왜 감옥에 안 갔나요?」

「잡아넣을 수가 없었겠죠, 친구. 영리한 사람이니까요.」

나는 점심 값을 내겠다고 고집을 부렸다. 웨이터가 거스름돈을 가져왔을 때였다. 사람들로 붐비는 건너편 방에서 톰 뷰캐넌의 모습이 보였다.

「잠깐 같이 가시죠.」 내가 말했다. 「인사할 사람이 있어요.」

톰은 우리를 보자마자 벌떡 일어나더니 우리 쪽으로 대여섯 걸음 걸어왔다.

「요즘 어디 있었나?」 그가 진지하게 물었다. 「자네 전화가 없다고 데이지가 이만저만 화가 난 게 아니야.」

「이쪽은 개츠비 씨, 이쪽은 뷰캐넌 씨.」

그들은 짧게 악수를 나눴다. 개츠비는 당황한 듯 얼굴에 부자연스럽고 낯선 표정이 떠올랐다.

「어쨌든, 어떻게 지냈어?」 톰이 물었다. 「어떻게 이 먼 데까지 밥 먹으러 왔지?」

「개츠비 씨하고 점심 먹었어.」

나는 개츠비 씨에게 몸을 돌렸지만, 그는 이미 사라진 뒤였다.

＊＊＊＊

1917년 10월의 어느 날이었어요.

(그날 오후, 조던 베이커가 플라자 호텔 커피숍의 딱딱한 의자에 아주 꼿꼿이 앉아 이렇게 말했다.)

……보도로 갔다가 잔디밭으로 갔다가 하면서 이리저리 걷고 있었어요. 잔디밭 쪽이 더 좋았어요. 바닥이 고무로 된 영국제 신발이 부드러운 땅을 기분 좋게 파고들었죠. 새로 산 체크무늬 스커트가 바람에 조금 휘날렸어요. 바람이 불 때면 집집마다 내건 빨간색과 흰색, 파란색이 섞인 깃발이 팽팽히 펼쳐졌어요. 불만스럽다는 듯 〈탓-탓-탓-탓〉 하는 소리를 내면서요.

가장 큰 깃발과 가장 큰 잔디밭은 데이지 페이네 거였어요. 데이지는 저보다 두 살 위로 막 열여덟 살이 되었는데, 루이빌의 젊은 아가씨들 중에서 가장 인기가 많았죠. 데이지는 흰옷을 입고 흰색 소형 오픈카를 몰고 다녔어요. 데이지의 집에서는 하루 종일 전화벨이 울려 댔고, 캠프 테일러에 근무하는 젊은 장교들은 잔뜩 흥분해서 그날 밤 그녀와 단둘이 데이트할 수 없느냐고 물었죠. 「딱 한 시간만요!」

그날 아침 데이지 집 맞은편에 갔더니 흰색 오픈카가 길모퉁이에 세워져 있고, 데이지가 처음 보는 중위랑 차 안에 앉아 있었어요. 서로 너무나 열중해 있어서 두세 걸음 앞으로 다가가도 알아보지 못하더라고요.

「안녕, 조던.」 데이지가 날 불렀어요. 「이리 좀 와봐.」

데이지가 나에게 말을 걸어서 기분이 우쭐해졌죠. 언니들 중에서 데이지를 가장 좋아했거든요. 데이지가 적십자사에 붕대 만들러 갈 거냐고 물었어요. 그럴 거라고 했죠. 그랬더니 자기는 그날 못 간다고 얘기해 달라더군요. 그 장교는 데이지가 얘기하는 동안 젊은 아가씨라면 누구나 꿈꾸는 눈길로 데이지를 쳐다봤어요. 무척 낭만적인 일이라 지금까지도 그 일을 기억하고 있어요. 그 장교 이름이 바로 제이 개츠비였어요. 그 뒤로는 4년도 넘게 그를 보지 못했어요. 나중에 롱아일랜드에서 그를 만났을 때도 그가 그 개츠비인 줄 몰랐어요.

그게 1917년 일이었어요. 이듬해엔 제게도 애인이 몇 명 생겼고, 골프 경기에 출전하기 시작해서 데이지를 자주 만나지 못했어요. 데이지는 자기보다 조금 더 나이 많은 사람들과 어울렸어요. 누군가와 어울릴 때면 말이죠. 그런데 그녀에 관해 이상한 소문이 돌았어요. 어느 겨울밤, 해외 파병 군인한테 작별 인사를 하러 뉴욕에 가려다가 가방을 싸는 중에 엄마한테 들켰다는 거였죠. 데이지는 결국 뉴욕에 못 갔고, 몇 주 동안 가족과 말도 안 했대요. 그 일이 있고 나선 다시는 군인을 안 만났고 대신 군대에 못 가는 평발이나 근시인 청년들하고만 어울렸어요.

이듬해 가을이 되자 데이지는 전처럼 다시 명랑해졌어요. 휴전이 된 뒤에는 사교계에 데뷔했고, 2월쯤에는 뉴올리언스 출신 남자와 약혼했던 것 같아요. 6월에는 시카고 남자 톰 뷰캐넌과 결혼식을 올렸죠. 루이빌에서 좀처럼 보기 힘든, 말 그대로 화려하고 성대한 결혼식이었어요. 뷰캐넌은 자동차 네 대에 하객 백여 명을 태우고 와서는 실바크 호텔 한 층을 통째로 빌렸어요. 결혼식 전날에는 35만 달러짜리 진주 목걸이를 선물했고요.

제가 신부 들러리였어요. 피로연이 열리기 반 시간쯤 전에 신부 방에 들어갔는데, 데이지가 꽃으로 장식된 드레스를 입고 6월의 밤처럼 아름답게 침대에 누워 있었어요. 그런데 술에 잔뜩 취해 있는 거예요. 한 손에는 프랑스산 화이트와인을 들고 다른 한 손에는 편지를 들고 있더라고요.

「축하해 줘.」 그녀가 중얼거렸어요. 「전엔 술을 마셔 본 적이 없는데 아주 기분이 좋아.」

「데이지, 무슨 일이야?」

나는 겁이 났어요. 그렇게 취한 여자를 전에는 본 적이 없었거든요.

「이거.」 데이지는 침대 위에 있던 휴지통을 뒤지더니 진주목걸이를 꺼냈어요. 「그거 갖고 아래층에 내려가서 누구든 주인한테 돌려줘. 가서 데이지 마음이 바뀌었다고 전해. 〈데이지 마음이 바뀌었대!〉 하고 말해 줘.」

그녀는 울음을 터뜨렸어요. 엉엉 울고 또 울었죠. 나는 뛰어나가서 데이지 어머니의 하녀를 데려왔어요. 우리는 문을 걸어 잠그고 욕조에 찬물을 받은 다음 그녀를 집어넣었어요. 그래도 편지를 꼭 쥐고 있더라고요. 편지를 갖고 욕조에 들어가더니 그걸 꼭 쥐어짜서 젖은 공처럼 만들었어요. 그게 눈송이처럼 산산이 흩어지는 걸 보고 나서야 비눗갑에 버리게 했어요.

다른 말은 한 마디도 하지 않았어요. 우린 먼저 암모니아 냄새로 정신을 차리게 하고 이마에 얼음을 얹고 급히 드레스를 입혔어요. 반 시간 뒤 우리가 그 방에서 나왔을 때, 진주 목걸이는 그녀 목에 걸려 있었고 소동은 끝났죠. 이튿날 5시에 그녀는 떨지도 않고 톰 뷰캐넌과 결혼식을 올렸고, 남태평양으로 석 달간 신혼 여행을 떠났어요.

돌아온 그들을 샌타바버라에서 만났는데, 남편한테 그렇게 미친 여자는 그때 처음 본 것 같아요. 남편이 잠깐이라도 방에서 나가면 불안하게 방을 둘러보면서 이렇게 말하더라고요. 「톰은 어디 갔지?」 그러고는 남편이 문으로 들어올 때까지 아주 멍청한 표정을 짓고 있는 거예요. 남편 머리를 자기 무릎에 올려놓고 몇 시간이고 모래사장에 앉아 있기도 했는데, 손으로 남편 눈가를 어루만지면서 말할 수 없이 기쁜 얼굴로 남편을 내려다봤어요. 그 부부가 함께 있는 모습은 정말 감동적이었어요. 푹 빠져서 빙그레 미소 짓게 될 만큼. 그때가 8월이었어요. 내가 샌타바버라를 떠난 지 일주일쯤 되던 어느 날 밤, 톰이 몰던 차가 벤투라 도로에서 왜건을 들이받아 차 앞바퀴가 빠져나갔어요. 함께 탄 여자가 팔이 부러지는 바람에 신문에 났죠. 샌타바버라 호텔에서 객실 청소부로 일하던 여자였어요.

이듬해 4월에 데이지는 딸을 낳았고 가족과 함께 1년 동안 프랑스로 건너갔어요. 어느 봄날엔가 칸에서 그들을 만났고, 다음엔 도빌에서 만났죠. 그런 다음 그들은 시카고에 돌아와 정착했어요. 알다시피 데이지는 시카고에서 인기가 많았죠. 그들 부부는 쾌락을 쫓는 패거리, 완전히 제멋대로인 젊은 부자들과 어울려 다녔지만, 데이지는 아주 평판이 좋았어요. 아마 술을 마시지 않았기 때문일 거예요. 술꾼들 사이에서 술을 마시지 않는다는 건 대단한 장점이죠. 입을 다물 수 있고 게다가 사소한 실수를 한다 해도 수습할 시간이 있으니까요. 술에 잔뜩 취할 때까지 실수를 알아보지 못하거나 상관하지 않게 될 테니 말이에요. 아마 데이지가 바람을 피운 적은 없을 거예요. ……하지만 데이지의 목소리에는 뭔가가 담겨 있었어요……

그런데 6주 전인가, 데이지가 몇 년 만에 처음으로 개츠비라는 이름을 듣게 된 거예요. 당신한테 웨스트에그에 사는 개츠비를 아느냐고 물었을 때요. 기억나세요? 당신이 집에 돌아간 뒤 방에 와서 날 깨우더니 〈어느 개츠비 말이야?〉 하고 묻는 거예요. 제가 이러이러한 사람이라고 하니까 — 저는 반쯤 졸고 있었거든요 — 아주 이상한 목소리로 틀림없이 자기가 아는 개츠비라는 거예요. 그제야 이 개츠비를 데이지의 하얀 차를 타고 있던 그 장교와 연관시키게 됐지요.

．．．．

조던 베이커가 이야기를 다 끝낸 것은 플라자 호텔을 떠난 지 반 시간 뒤였고, 그때 우리는 빅토리아[41]를 타고 센트

41 Victoria. 플라자 호텔 앞에서 관광객을 태우려고 대기하는 마차.

럴파크를 지나고 있었다. 영화배우들이 사는 서부 50번가의 높은 아파트 뒤로 해가 뉘엿뉘엿 지고 있었다. 아이들의 맑은 목소리가 풀밭 위에 모여 우는 귀뚜라미들처럼 무더운 황혼 속에 울려 퍼졌다.

나는 아라비아의 족장.
그대의 사랑은 나를 향한 것.
그대가 잠든 밤에
그대의 천막으로 기어들겠네……[42]

「묘한 우연이네요.」 내가 말했다.

「절대 우연이 아니었어요.」

「우연이 아니라고요?」

「개츠비가 그 집을 산 건 데이지가 만 건너편에 살기 때문이었어요.」

그렇다면 그 6월 밤에 그가 올려다본 것이 별만은 아니었던 모양이다. 그 순간 그는 의미 없는 화려한 자궁에서 벗어나 살아 있는 존재로서 나에게 다가왔다.

「그 사람은,」 조던이 다시 말을 이었다. 「당신이 어느 오후에 데이지를 집으로 초대하게 되면 자기도 불러 줄 수 있는지 궁금해해요.」

나는 너무나 겸손한 부탁에 감동했다. 그는 5년을 기다려

---

42 The Sheik of Araby. 〈아라비아의 족장〉이라는 제목의 노래로 1921년 당시 미국에서 인기를 끌었다.

대저택을 산 뒤 우연히 날아드는 나방들에게 별빛을 나눠 주었던 것이다. 어느 날 오후 잘 모르는 이웃의 정원에 〈초대받기〉 위해서 말이다.

「고작 그런 사소한 부탁을 하려고 내가 이 모든 사연을 알아야 했나요?」

「그 사람은 겁내고 있어요. 너무 오래 기다려 왔으니까요. 당신이 불쾌해할까 봐 걱정하더라고요. 알다시피, 그러면서도 이 일에 아주 집착하고 있고요.」

뭔가 꺼림칙했다.

「왜 당신한테 부탁하지 않나요? 만나게 해달라고.」

「데이지한테 자기 집을 구경시켜 주고 싶대요.」 그녀가 설명했다. 「그런데 당신 집이 바로 옆집이잖아요.」

「아, 그렇군요!」

「어느 날 밤 그녀가 우연히 파티에 오지 않을까 기대도 했나 봐요.」 조던이 말을 이었다. 「하지만 데이지는 한 번도 오지 않았어요. 그래서 별 뜻 없는 듯 그녀를 아느냐고 묻기 시작했고, 그렇게 해서 처음 찾아낸 사람이 저예요. 댄스파티에서 제게 사람을 보낸 바로 그날 밤이에요. 얼마나 조심스럽게 그 얘기를 꺼내던지 당신도 들었어야 해요. 물론 난 곧 뉴욕에서 점심이나 같이 먹자고 했죠. 좋아서 어쩔 줄 모르는 것 같더라고요.

〈상식에 벗어난 행동은 하고 싶지 않습니다!〉 계속 이렇게 말하는 거예요. 〈바로 옆집에서 그녀를 만나고 싶어서〉라고요.

당신이 톰의 각별한 친구라고 얘기했더니 이 계획을 다

포기하려 했어요. 톰에 대해서는 잘 모르더군요. 혹시 데이지의 이름을 보게 될까 봐 몇 년 동안 시카고 신문을 구독했다면서도요.」

이제 날이 어두워졌다. 작은 다리 아랫길로 접어들 때 나는 한 팔로 조던의 황금빛 어깨를 감싸 내 쪽으로 끌어당기며 저녁이나 같이 먹자고 했다. 갑자기 데이지나 개츠비 대신 이 깨끗하고 냉정하며 조금 편협한 여자에 대해 생각하게 되었다. 매사에 회의적이며 쾌활하게 내 팔에 몸을 기대고 있는 여자. 귓가에서 어떤 글귀 하나가 격렬하게 울리기 시작했다. 〈다만 쫓기는 자와 쫓는 자, 바쁜 자와 피곤한 자가 있을 따름이다.〉

「데이지의 삶에도 뭔가 변화가 필요하고요.」 조던이 속삭였다.

「데이지는 개츠비를 만나고 싶어 하나요?」

「데이지는 아직 아무것도 몰라요. 개츠비가 알리고 싶어 하지 않아요. 당신은 그냥 데이지한테 차나 마시러 오라고 하면 돼요.」

어두운 나무 장벽들을 지나 59번가 앞에 이르자 은은하고 희미한 불빛이 공원을 비추고 있는 게 보였다. 개츠비나 톰 뷰캐넌과는 달리, 내게는 어두운 처마 밑이나 눈부신 간판 사이로 떠오르는 여자 얼굴이 없었다. 그래서 나는 곁에 있는 조던을 끌어당겨 두 팔로 꼭 껴안았다. 그녀가 비웃듯 살며시 미소 짓자, 이번에는 내 얼굴 가까이 그녀를 더 바짝 끌어당겼다.

제5장

그날 밤 웨스트에그에 있는 집으로 돌아왔을 때 순간 집에 불이라도 난 줄 알았다. 새벽 2시경이었는데도 웨스트에그가 구석구석 불빛으로 번쩍였던 것이다. 불빛은 관목 숲을 환상적으로 비추는가 하면 길가 전선에도 가늘고 긴 빛을 드리우고 있었다. 길모퉁이를 돌아선 뒤에야 그 불빛이 개츠비의 저택에서 나온다는 걸 알았다. 개츠비가 지붕 꼭대기부터 지하실까지 불을 밝혀 놓았던 것이다.

처음에는 또 파티가 열렸구나 싶었다. 시끄럽게 파티를 하다 〈숨바꼭질〉이나 〈술래잡기〉를 하려고 저택의 문을 온통 열어젖힌 거라고. 그러나 아무 소리도 들리지 않았다. 나무를 스치는 바람 소리뿐이었다. 마치 집이 어둠을 향해 윙크하듯, 바람결에 전선이 흔들리며 불빛이 깜빡였다. 타고 온 택시가 부르릉거리다 사라졌을 때였다. 개츠비가 잔디밭을 가로질러 내게 걸어오는 게 보였다.

「집이 꼭 세계 박람회장 같군요.」 내가 말했다.

「그렇게 보이나요?」 그가 무심코 자기 집 쪽으로 시선을 돌렸다. 「지금까지 방들을 좀 둘러봤어요. 코니아일랜드[43]에 갑시다, 친구. 내 차로요.」

「너무 늦었어요.」

「그럼, 수영장에 뛰어들까요? 여름 내 한 번도 안 썼거든요.」

「잠 좀 자야겠어요.」

「그래요.」

그는 조바심을 억누르고 나를 보며 다음 말을 기다렸다.

「베이커 양과 얘기했어요.」 잠시 후에 내가 말했다. 「내일 데이지한테 전화해서 우리 집에 차 마시러 오라고 할 겁니다.」

「아, 잘됐네요.」 그가 담담하게 말했다. 「당신에게 폐를 끼치고 싶진 않은데.」

「언제가 좋겠어요?」

「당신은 언제가 좋겠어요?」 그는 재빨리 내 말을 받아 되물었다. 「정말 폐 끼치고 싶지 않아요.」

「모레쯤 어때요?」

그는 잠시 생각했다. 그러더니 내키지 않는다는 듯 이렇게 말했다.

「그날은 잔디를 좀 깎고 싶어요.」

우리는 둘 다 잔디밭을 내다보았다. 멋대로 자란 우리 집 잔디밭이 끝나고 그의 무성하고도 잘 다듬어진 널찍한 잔디

---

43 Coney Island. 뉴욕 브루클린에 있는 놀이공원.

밭이 시작되는 곳에는 경계선이 뚜렷했다. 그가 우리 집 잔디밭을 말하는 게 아닌가 싶었다.

「의논드릴 게 하나 더 있는데……」 그가 모호하게 말하며 머뭇거렸다.

「며칠 뒤로 미룰까요?」 내가 물었다.

「아, 그런 게 아니고요. 적어도……」 그는 말만 꺼내고 더 듬대기 시작했다. 「저, 내 생각엔…… 글쎄, 그러니까 말이죠, 친구, 당신 수입이 그렇게 많지 않죠?」

「네, 그다지 많진 않아요.」

내 대답에 자신을 얻은 듯 그가 좀 더 자신 있게 말했다.

「그럴 줄 알았어요. 실례라면 용서해요…… 아시다시피 부업으로 조그만 사업을 하고 있어요. 그래서 내 생각엔 당신 수입이 많지 않다면…… 증권 판매일 하시죠, 친구?」

「네.」

「그럼 이 일에 관심이 있을 겁니다. 시간도 많이 걸리지 않고 돈도 꽤 벌 수 있거든요. 비밀에 부칠 것들이 좀 있긴 하지만.」

이제 와 생각하니, 상황이 좀 달랐다면 이런 대화가 내 인생의 커다란 고비가 되었을 것 같다. 하지만 그의 제안은 나의 수고에 보답하겠다는 의도가 분명한 것인 데다 방법마저 서툴러서 그 자리에서 거절하는 것 말고는 다른 선택의 여지가 없었다.

「지금 하는 일만으로도 벅차서요.」 나는 그리 대답했다. 「감사하지만, 다른 일을 더 할 수가 없네요.」

「울프심과 거래하지 않아도 돼요.」 그는 점심때 나온 〈거래처〉라는 말 때문에 내가 꺼리는 게 틀림없다고 생각한 듯했지만, 나는 그런 게 아니라고 확실히 정리했다. 그는 뭔가 내 말을 더 기다렸지만 내가 다른 일에 집중해 대답을 안 하자 하는 수 없이 집으로 돌아갔다.

그날 저녁 나는 마음이 가볍고 행복했다. 현관에 들어섰을 때는 깊은 잠 속으로 걸어 들어가는 것 같았다. 그래서 나는 개츠비가 코니아일랜드에 갔는지, 또 그의 저택에 번쩍번쩍 불이 들어와 있는 동안 얼마나 오랫동안 〈방들을 둘러봤는지〉 모른다. 이튿날 아침, 사무실에서 데이지에게 전화를 걸어 우리 집에 차 마시러 오라고 했다.

「톰은 데려오지 마.」 나는 그녀에게 주의를 주었다.

「뭐라고요?」

「톰은 데려오지 말라고.」

「〈톰〉이 누군데요?」 그녀가 순진하게 물었다.

약속된 날에는 비가 쏟아졌다. 11시가 되자 우비 입은 남자가 잔디 깎는 기계를 끌고 우리 집 현관을 두드리더니, 개츠비 씨가 이 집 잔디를 깎으라고 자기를 보냈다고 했다. 그 바람에 핀란드인 가정부에게 다시 와달라고 부탁하는 걸 깜빡 잊은 게 생각났다. 그래서 나는 웨스트에그로 차를 몰고 가서 하얗게 회칠을 한 비에 젖은 골목에서 가정부를 찾아냈고, 컵과 레몬 몇 개, 꽃을 사게 했다.

꽃은 살 필요가 없었다. 2시가 되자 개츠비의 저택에서 수많은 화분들과 더불어 온실을 통째로 배달하다시피 했기 때문이다. 한 시간 뒤에 현관문이 벌컥 열리더니, 흰 플란넬 양복을 입고 은색 셔츠에 금색 넥타이를 맨 개츠비가 황급히 들어왔다. 얼굴빛은 창백했고 밤새 잠을 못 이룬 듯 눈가가 거무스레했다.

「준비는 다 됐나요?」 현관에 들어서자마자 그가 물었다.

「잔디라면, 멋져 보입니다.」

「잔디라뇨?」 그가 멍청하게 물었다. 「아, 마당 잔디 말이군요.」 그는 창밖을 내다보았지만, 그의 표정으로 보아 아무것도 보지 못하는 것 같았다.

「멋져 보이네요.」 그가 모호하게 말했다. 「신문을 보니 4시경에 비가 멈출 거래요. 『저널』지에서 본 것 같아요. 다 준비됐는지, 차, 차 마시는 데 필요한 건요?」

나는 그를 식료품 저장실로 데려갔다. 그는 핀란드인 가정부를 못마땅한 듯 잠시 쳐다봤다. 우리는 가게에서 배달된 레몬 케이크 열두 조각을 함께 찬찬히 살펴보았다.

「이 정도면 괜찮겠죠?」 내가 물었다.

「물론이죠, 괜찮고말고요! 좋습니다!」 그러고는 공허하게 덧붙였다. 「……친구.」

3시 반쯤 되자 비가 잦아들더니 축축한 안개가 끼기 시작했다. 가끔 안개 속으로 작은 물방울이 이슬처럼 흘러내렸다. 개츠비는 클레이의 『경제학』[44]을 멍하니 들여다보다가,

---

44 1918년 맥밀란 출판사에서 출간된 헨리 클레이Henry Clay의 『경제학: 일반 독자를 위한 입문서Economics: An Introduction for the General Reader』를 말한다.

핀란드인 가정부가 부엌 바닥을 오가는 발소리에 소스라치게 놀라기도 하고, 보이지는 않지만 밖에서 놀라운 사건이 일어나기라도 하듯 가끔 뿌연 창문을 응시하기도 했다. 그러다 마침내 자리에서 일어나 변덕스러운 목소리로 집에 가야겠다고 말했다.

「왜요?」

「아무도 차 마시러 오지 않잖아요. 너무 늦었어요!」그는 어디 급히 가야 할 약속이라도 있는 것처럼 자기 시계를 들여다보았다.「하루 종일 기다릴 순 없잖아요.」

「바보 같은 소리. 이제 겨우 4시 2분 전이에요.」

그는 내게 떠밀리기라도 한 듯 비참한 모습으로 앉아 있었다. 그때 우리 집 길로 자동차가 들어서는 소리가 들렸다. 우리는 둘 다 벌떡 일어났고 나는 조금 난처해하며 마당으로 나갔다.

빗방울이 떨어지는 라일락 나무 아래로 커다란 오픈카 한 대가 들어오더니 멈춰 섰다. 라벤더색 삼각 모자 밑으로 고개를 기울인 데이지가 나를 쳐다보며 밝고 황홀하게 미소 지었다.

「여기가 정말 오빠가 사는 데예요?」

내리는 비 속 잔물결처럼 명랑한 그녀의 목소리는 톡 쏘는 토닉 같았다. 뭐라 대답하기 전, 나는 잠시 동안 오르락내리락하는 그 목소리를 귀로 따라 들어야 했다. 비에 젖은 머리카락이 푸른 물감처럼 뺨을 타고 흘러내렸고, 내 에스코트를 받으며 차에서 내릴 때 그녀의 손이 빗방울에 젖어 반짝였다.

「날 좋아하는 거죠?」 그녀가 내 귀에 나지막이 속삭였다. 「그렇지 않으면 왜 혼자 오라고 했어요?」

「그건 랙렌트 성의 비밀이야. 기사한테 어디 한 시간 정도 갔다 오라고 해.」

「한 시간 뒤에 와요, 퍼디.」 그런 다음 그녀는 진지한 목소리로 속삭였다. 「저 사람 이름은 퍼디예요.」

「휘발유 냄새 때문에 저 사람 코가 어떻게 됐나 봐?」

「그렇진 않을 텐데,」 그녀가 순진하게 말했다. 「왜요?」

우리는 집 안으로 들어갔다. 놀랍게도 거실에는 아무도 없었다.

「정말 이상하군!」 내가 소리쳤다.

「뭐가 이상해요?」

가볍고도 위엄 있게 현관문 두드리는 소리가 나자, 데이지가 그쪽으로 고개를 돌렸다. 나는 나가서 문을 열었다. 개츠비는 시체처럼 창백한 얼굴로, 아령이라도 든 것처럼 두 손을 코트 주머니에 넣고, 침통하게 내 눈을 바라보며 물구덩이 속에 서 있었다.

여전히 코트 주머니에 두 손을 집어넣은 그는 내 옆을 지나쳐 복도로 들어가더니, 마치 줄에 매달린 인형처럼 휙 돌아서서 거실로 사라졌다. 그 장면은 전혀 우습지 않았다. 나는 쿵쿵대는 심장 소리를 들으며 더 거세진 비를 막기 위해 현관문을 닫았다.

잠시 동안 아무런 소리도 들리지 않았다. 그런 뒤에 거실

쪽에서 목 멘 중얼거림과 짧은 웃음소리가 들리더니 애써 꾸며 낸 데이지의 맑은 목소리가 들려왔다.

「다시 만나서 정말 기뻐요.」

그러고는 조용해졌다. 지겨울 만큼 오랫동안 침묵이 이어졌다. 복도에선 아무 할 일이 없어 나는 거실로 들어갔다.

개츠비는 여전히 주머니에 손을 넣은 채 한 점 걱정도 없는 척, 심지어 지루한 척하며 벽난로에 몸을 기댔다. 너무 뒤로 기대서 벽난로 위에 있는 고장난 시계의 정면에 머리가 닿았다. 그는 그런 자세로 곤란한 듯 데이지를 내려다보았다. 데이지는 깜짝 놀란 듯 보였지만 딱딱한 의자 끝에 우아하게 앉아 있었다.

「우린 전에 만난 적이 있죠.」 개츠비가 중얼거렸다. 개츠비는 나를 힐끔 쳐다보았는데, 억지로 웃으려 했지만 끝내 웃지 못했다. 순간 다행스럽게도 시계가 그의 머리에 눌려 위험하게 기울었다. 그래서 그는 몸을 돌려 떨리는 손가락으로 시계를 잡아 제자리로 돌려놓았다. 그러고 나서 뻣뻣하게 앉아 소파 팔걸이에 팔꿈치를 걸치고 손으로 턱을 괴었다.

「시계 건드려서 미안해요.」 그가 말했다.

이제는 내 얼굴이 잔뜩 상기되었다. 머리에 맴도는 몇천 마디 말 중에서 평범한 말은 한 마디도 생각나지 않았다.

「고물 시계예요.」 나는 바보처럼 그렇게 말했다.

한순간 우리 모두 그 시계가 바닥에 떨어져 산산조각 났다고 믿는 듯했다.

「우린 몇 년 동안 못 만났어요.」 데이지가 최대한 담담하게 말했다.

「오는 11월이면 5년째죠.」

자동적으로 따라 나온 개츠비의 대답에 우리 모두는 잠시 또 침묵했다. 가까스로 머리를 쥐어짜서 차 마실 준비를 도와 달라며 두 사람을 부엌으로 데려가려는 찰나, 악마처럼 핀란드 가정부가 차 쟁반을 들고 왔다.

찻잔과 케이크를 반겨 들며 법석을 떠느라 자연스레 예의가 차려졌다. 개츠비는 어두컴컴한 구석에 자리를 잡았고, 데이지와 내가 이야기를 나누는 동안 긴장되고 우울한 눈빛으로, 우리 두 사람을 천천히 번갈아 바라보았다. 그러나 잠자코 있자고 만난 게 아닌지라 나는 기회가 생기자마자 핑계를 만들어 자리에서 일어났다.

「어디 가요?」 개츠비가 그 즉시 물었다.

「금방 돌아올게요.」

「당신이 가기 전에 할 말이 있어요.」

그는 무턱대고 부엌으로 따라와 문을 닫고는 비참한 목소리로 〈맙소사!〉라고 중얼거렸다.

「왜 그래요?」

「이건 끔찍한 실수예요.」 그가 고개를 좌우로 내저었다. 「끔찍한, 아주 끔찍한 실수라고요.」

「당황해서 그래요, 그뿐이에요.」 다행히 나는 이렇게 덧붙였다. 「데이지도 무척 당황하고 있어요.」

「데이지가 당황하고 있다고요?」 그는 믿을 수 없다는 듯 내 말을 되뇌었다.

120

「당신만큼이나요.」

「그렇게 크게 말하지 마세요.」

「어린애처럼 구네요.」 나는 참지 못하고 화를 냈다. 「게다가 무례하고요. 데이지가 저기 혼자 앉아 있잖아요.」

그는 손을 들어 내 말을 막고 원망스러운 눈빛으로 나를 보았는데, 나는 지금도 그 눈빛을 잊을 수가 없다. 그런 뒤에 그는 조심스럽게 문을 열고 다시 거실로 돌아갔다.

나는 뒷길로 걸어 나갔다. 30분 전 개츠비가 안절부절못하며 집 안을 한 바퀴 돌았던 것처럼. 나는 무성한 잎이 비를 막아 주는 옹이 진 검은 거목 쪽으로 뛰어갔다. 다시 비가 쏟아졌고, 개츠비의 정원사가 잘 깎아 준 우리 집 잔디밭 곳곳에 작은 진흙 웅덩이와 선사 시대의 늪지 같은 것들이 생겨났다. 나무 밑에서는 개츠비의 거대한 저택 말곤 아무것도 보이지 않았다. 그래서 교회 첨탑을 바라보았던 칸트처럼,[45] 반 시간가량 그 저택을 바라보았다. 10년 전 어떤 양조업자가 〈당시〉 유행에 따라 집을 지었다. 그는 근처의 작은 집들의 주인들에게 지붕을 짚으로 덮으면 5년 동안 세금을 대신 내주겠다고 제안했다고 한다. 그런데 이웃들이 하나같이 거절해서 원대한 가문을 세우려던 그의 계획이 틀어진 모양이다. 그 후 양조업자는 곧 몰락해 버렸다. 그의 자식들은 검은 장의 화환이 아직 문에 걸려 있는 상중에 그 집을 팔아 버렸다. 미국인들이란 때로 기꺼이 농노가 되겠다고 하기도 하지

45 독일 철학자인 이마누엘 칸트Immanuel Kant는 생각할 때면 첨탑을 바라보는 습관이 있었다고 한다. 위의 책, 〈주석〉에서 인용.

만, 늘 소작농으로 남아 있겠다고 고집을 부렸던 것이다.

반 시간쯤 지나 다시 햇살이 비쳤고, 식료품 가게의 차가 개츠비네 하인들이 차려 낼 음식들의 재료를 싣고 개츠비 집 차도를 돌아 들어왔다. 나는 개츠비가 오늘 저녁 한 숟가락도 못 뜰 거라고 확신했다. 하녀가 저택의 위쪽 창문을 여느라 창문마다 잠깐씩 모습을 드러냈는데, 중앙에 있는 커다란 내민창에 이르자 몸을 밖으로 내밀고 쓸쓸히 정원으로 침을 뱉었다. 이제 그들 곁으로 돌아갈 시간이었다. 비는 계속해서 내렸고, 빗소리가 그들의 속삭임처럼 들렸다. 가끔 감정이 격앙되면 빗소리도 커지고 높아졌다. 그러나 다시 침묵이 흘렀고, 침묵은 집 안으로도 흘러든 듯했다.

나는 난로만 쓰러뜨리지 않았을 뿐 부엌에서 온갖 시끄러운 소리를 낸 뒤 거실로 들어갔다. 그러나 그들은 아무 소리도 듣지 못한 것 같았다. 둘은 방금 뭔가 질문하거나 질문하던 중인 것처럼, 마주 보면서 소파 양 끝에 앉아 있었다. 좀 전에 당황했던 흔적은 온데간데없었다. 데이지의 얼굴은 눈물로 범벅이 돼 있었다. 내가 들어가자 그녀는 벌떡 일어나 거울 앞으로 가서 손수건으로 눈물을 닦기 시작했다. 그러나 개츠비에게는 정말 놀라운 변화가 일어났다. 그는 말 그대로 빛나고 있었다. 한 마디 말도, 기쁜 몸짓도 없었지만, 그에게서 새로운 행복이 빛나며 넘쳐흘러 작은 방을 그득 채우고 있었다.

「아, 돌아왔군요, 친구.」 그는 마치 몇 년 만에 만난 것처럼 내게 말했다. 한순간 그가 악수를 하려는 게 아닌가 생각했다.

「비가 그쳤어요.」

「그래요?」 그는 내 말을 듣고서야 반짝이는 방울 같은 햇빛이 거실을 비추고 있다는 걸 깨달았고, 돌아온 햇빛을 열광적으로 환영하는 기상 캐스터처럼 미소를 지었다. 그러고는 그 소식을 데이지에게 되풀이했다. 「어때요? 비가 그쳤어요.」

「기뻐요, 제이.」 아름답지만 고통스러운 슬픔에 가득 잠긴 그녀의 목소리는 예기치 않은 기쁨만을 전하고 있었다.

「당신과 데이지가 우리 집에 왔으면 해요.」 개츠비가 말했다. 「데이지한테 집을 구경시켜 주고 싶어요.」

「그러니까, 저도요?」

「물론이죠, 친구.」

데이지는 2층으로 올라가 얼굴을 씻었다. 화장실의 지저분한 수건이 생각나 부끄러웠지만 소용없었다. 개츠비와 나는 잔디밭에서 그녀를 기다렸다.

「우리 집 근사하죠, 안 그래요?」 그가 물었다. 「정면으로 햇빛 받는 것 좀 보세요.」

나는 그의 저택이 멋지다는 데 동의했다.

「그래요.」 그는 두 눈으로 아치형 문과 네모난 탑을 하나하나 꼼꼼히 살폈다. 「저 집 살 돈을 버는 데 3년이 걸렸어요.」

「재산을 상속받은 줄 알았는데.」

「그랬죠, 친구.」 그가 자동적으로 대답했다. 「하지만 대공황 때 다 잃었어요. 전쟁 공황 때요.」

그는 자기가 무슨 말을 하는지도 잘 모르는 것 같았다. 무슨 사업을 했느냐는 나의 질문에, 〈그건 제 일입니다〉라고 대답했기 때문이다. 그는 잠시 후에야 그 대답이 잘못되었다는 걸 깨달았다.

「아, 몇 가지 사업을 했지요.」 그는 서둘러 정정했다. 「약국 사업도 하고,[46] 석유 사업도 했어요. 하지만 지금은 다 그만뒀죠.」 그는 좀 더 주의 깊게 나를 쳐다보았다. 「그날 밤에 내가 제안한 거 말인데, 좀 생각해 봤나요?」

내가 미처 대답을 하기도 전에, 데이지가 집에서 나왔다. 드레스에 달린 두 줄의 놋쇠 단추가 햇빛에 반짝였다.

「저기 저 어마어마한 저택 말인가요?」 그녀가 저택을 가리키며 외쳤다.

「맘에 드나요?」

「네, 맘에 들어요. 근데 저런 집에서 혼자 산다는 게 믿기지 않아요.」

「재미있는 사람들로 밤낮 북적이니까요. 재미있는 일을 하는 사람들. 유명 인사들 말이죠.」

해변을 따라 지름길로 가는 대신, 우리는 도로 쪽으로 내려가 커다란 뒷문으로 들어갔다. 데이지는 뭔가에 홀린 듯 중얼거리며 하늘을 배경으로 펼쳐진 봉건 시대풍 저택의 실루엣을 우러러 보았다. 정원, 노란 수선화들의 진한 향기, 산사나무의 가벼운 향기, 만발한 자두꽃, 오랑캐꽃의 연한 금

---

46 1919~1933년 사이에 금주법이 시행되어 술의 판매가 금지되었다. 그러나 약국에서는 처방전에 따라 위스키 판매가 허용되었고, 몇몇 약국은 밀주업자의 본거지가 되기도 했다. 위의 책, 〈주석〉에서 인용.

빛 향기에 감탄하기도 했다. 기분이 이상했다. 대리석 계단까지 가는 동안 문을 드나드는 화려한 드레스의 너울거림이라곤 보이지 않고 나무에서 지저귀는 새소리만 들렸으니 말이다.

안으로 들어가 마리 앙투아네트풍 음악실, 왕정복고풍 살롱을 돌아다니면서도 우리가 지나갈 때까지 숨을 죽이고 있으라고 지시받은 손님들이 소파나 테이블 뒤에 숨어 있는 게 아닌가 싶었다. 개츠비가 〈머튼 대학 서재〉의 문을 닫았을 때, 나는 부엉이 눈의 남자가 터뜨린 유령 같은 웃음소리를 들었다고 자신 있게 말할 수 있을 정도였다.

우리는 2층으로 올라가 장밋빛과 라벤더빛 실크, 싱싱한 새 꽃들로 장식된 고풍스러운 침실들을 지났고, 의상실과 당구장, 움푹 파인 욕조가 있는 욕실을 지났다. 어떤 방에 들어갔을 때, 머리가 덥수룩한 파자마 차림의 남자가 마룻바닥에서 한창 운동을 하고 있었다. 그 남자는 〈하숙생〉이라 불리는 클립스프링어 씨였다. 나는 그날 아침 정신없이 해변을 헤매는 그를 보았었다. 마침내 우리는 개츠비의 공간으로 들어갔다. 그곳은 침실과 욕실, 그리고 애덤식 서재[47]로 꾸며져 있었다. 우리는 거기 앉아 그가 벽장에서 내온 샤르트뢰즈 와인을 한 잔씩 마셨다.

개츠비는 데이지에게서 잠시도 눈을 떼지 않았는데, 데이지가 사랑스러운 눈으로 보이는 반응에 따라 자신의 집을 속

---

47 Adam study. 18세기에 활동한 스코틀랜드 건축가이자 가구 디자이너인 로버트 애덤Robert Adam이 디자인한 고전적인 양식의 서재.

속들이 재평가하는 듯했다. 놀랍게도 그녀가 실제로 나타난 마당에 이 모든 게 무슨 의미가 있겠냐는 듯, 그는 간간이 자신의 소유물을 멍하게 바라보았다. 한번은 계단에서 굴러 떨어질 뻔하기도 하면서.

순금 화장 도구를 늘어놓은 화장대만 빼면 침실이 가장 소박했다. 데이지가 기뻐하며 솔을 집어 머리를 빗자, 의자에 앉은 개츠비가 눈을 가리고 웃기 시작했다.

「정말 이상한 일이에요, 친구.」 그가 유쾌하게 말했다. 「말을 할 수가 없어요……. 말을 하려고 해도……」

그는 두 번째 단계를 지나 세 번째 단계에 접어든 것이 분명했다. 처음에는 당황해 어쩔 줄 모르고 기뻐하다가, 지금은 그녀가 자기 곁에 있다는 사실에 놀라고 있었다. 그는 아주 오랫동안 그녀 생각에 골몰해 왔고, 끝까지 그것만을 꿈꾸어 왔으며, 이를 악물고, 말하자면 상상할 수 없는 극도의 긴장 상태에서 기다려 왔던 것이다. 이제 그 반작용으로 너무 세게 감긴 시계의 태엽이 풀리듯 긴장이 풀리고 있었다.

잠시 후 그는 정신을 가다듬고 독특하게 고안된 커다란 옷장 두 개를 열어 보였다. 옷장 속에는 양복과 실내복, 넥타이가 가득 차 있었고, 와이셔츠가 여남은 벌씩 벽돌처럼 차곡차곡 쌓여 있었다.

「영국에서 옷을 구입해서 보내 주는 사람이 있어요. 봄가을로 계절이 바뀔 때마다 적당한 옷을 보내 주죠.」

그는 쌓여 있는 셔츠를 한 더미 꺼내더니 우리 앞으로 하나씩 던졌다. 얇은 리넨 셔츠와 두꺼운 실크 셔츠, 고급 플란넬 셔츠들이 떨어짐과 동시에 매끈하게 펴지며 테이블을 알록달록하게 덮었다. 우리가 감탄하는 동안 그가 셔츠를 더 많이 가져와서 부드럽고 화려한 셔츠가 점점 더 높이 쌓였다. 산호색과 풋사과색, 라벤더색과 연한 오렌지색의 줄무늬 셔츠, 소용돌이무늬 셔츠, 격자무늬 셔츠에 인디언블루색으로 그의 이니셜이 새겨져 있었다. 갑자기 데이지가 셔츠에 머리를 파묻더니 엉엉 울기 시작했다.

「정말 아름다운 셔츠들이에요.」 그녀가 흐느꼈다. 그녀의 목소리가 겹겹이 쌓인 셔츠 더미 속에 파묻혔다. 「슬퍼지네요. 이렇게…… 전에는 이렇게 아름다운 셔츠들을 본 적이 없거든요.」

. . . .

우리는 저택을 나와 마당과 수영장, 수상 비행기와 한여름 밤의 꽃을 보기로 했다. 하지만 개츠비 저택의 창밖으로 다시 비가 오기 시작했고, 우리는 나란히 서서 해협의 파도치는 물결을 바라보았다.

「안개만 없다면 만 건너로 당신 집이 보였을 텐데.」 개츠비가 말했다. 「부두 끝에 늘 밤새 빛나는 초록 불빛이 있더군요.」

데이지가 불쑥 개츠비의 팔짱을 꼈지만, 개츠비는 방금 자기가 한 말에 열중한 것 같았다. 아마 그 불빛이 가진 놀라운 의미가 이제는 영원히 사라져 버렸다는 생각이 떠올랐는지도 모른다. 그와 데이지를 떼어 놓았던 엄청난 거리에 비하면, 그 불빛은 거의 그녀에게 닿을 만큼 무척 가까워 보였다. 달 주위에서 빛나는 별처럼 가까워 보였던 것이다. 하지만 이제 그 불빛은 부두에 켜진 초록 불빛에 지나지 않았다. 그를 사로잡았던 대상의 숫자가 하나 줄어든 셈이다.

나는 방을 돌아다니며 반쯤 어둠에 잠겨 잘 보이지도 않는 여러 물건들을 살펴보았다. 책상 위 벽에 큼지막한 사진이 걸려 있었다. 요트 복을 입은 노인의 모습이 눈길을 끌었다.

「이분은 누구세요?」

「그분요? 댄 코디 씨죠, 친구.」

그 이름은 아주 친숙하게 들렸다.

「지금은 돌아가셨어요. 몇 년 전만 해도 가장 친한 친구였죠.」

커다란 책상 위에 놓인 작은 액자에는 역시 요트 복을 입은 개츠비의 모습이 담겨 있었다. 도전적으로 고개를 뒤로 젖힌 모양새를 보니 열여덟 살 정도에 찍은 것이 분명했다.

「이 사진 멋지네요!」 데이지가 감탄했다. 「뒤로 쫙 빗어 넘긴 이 머리 좀 봐! 이런 머리 했다고 말한 적 없잖아요. ……요트 얘기도.」

「여기 좀 봐요.」 개츠비가 재빨리 말했다. 「많이 모아 뒀어요…… 당신 기사.」

두 사람은 나란히 서서 기사들을 살펴보았다. 내가 루비를 보여 달라고 부탁하려는 참에 전화기가 울렸고, 개츠비가 수화기를 집어 들었다.

「네…… 글쎄요, 지금은 말 못 해요……. 지금은 말하기 곤

란해요. 친구. 작은 도시라고 했죠……. 작은 도시가 어딘지 그가 알고 있을 거예요……. 글쎄요, 디트로이트가 작다고 생각한다면, 그런 사람은 우리한테 쓸모가 없지요……」

개츠비가 전화를 끊었다.

「빨리 이리 와봐요!」 창가에서 데이지가 소리쳤다.

아직도 주룩주룩 비가 내리고 있었지만, 서쪽 하늘은 어둠이 걷히고 바다 위로 분홍색과 금색 구름이 거품처럼 피어올랐다.

「저기 좀 봐요.」 데이지는 이렇게 속삭이더니 잠시 후에 다시 말을 이었다. 「저 분홍 구름을 한 조각 떼서 거기 당신을 태우고 밀어 주고 싶어요.」

나는 사라지려 했지만, 그들은 내가 가게 내버려 두지 않았다. 아마도 나라는 존재로 인해 단둘이 있다는 느낌이 한층 풍부해지는 모양이었다.

「우리가 뭘 해야 할지 알았어요.」 개츠비가 말했다. 「클립스프링어한테 피아노를 좀 쳐달라고 합시다.」

개츠비는 〈유잉!〉 하고 이름을 부르면서 방에서 나가더니 잠시 후에 난처해하는 청년을 데리고 돌아왔다. 숱이 적은 금발에 조개껍데기 테 안경을 쓴 청년은 조금 피곤해 보였다. 그는 이제 목 부분이 트인 단정한 운동 셔츠 차림에 스니커즈를 신고 흐릿한 색상의 면바지를 입고 있었다.

「당신 운동을 방해한 건 아니죠?」 데이지가 예의 바르게 물었다.

「자고 있었어요.」 클립스프링어가 볼멘소리를 했다. 「그러니까, 잠이 들었었어요. 그러다가 일어나서……」

「클립스프링어는 피아노 칠 줄 알아요.」 개츠비가 그의 말을 끊었다. 「그렇지요, 유잉?」

「잘 못 쳐요. 못 쳐요……. 거의 못 친다고 할 수 있어요, 연습 부족……」

「1층으로 갑시다.」 개츠비가 그의 말을 잘랐다. 그리고 스위치를 올렸다. 집 안에 불빛이 가득 들어오자 어두운 창들이 사라졌다.

개츠비는 음악실로 들어서서 피아노 옆에 놓인 하나밖에 없는 등을 밝혔다. 그는 떨리는 손으로 데이지에게 담뱃불을 붙여 주고는, 복도 바닥에 반사된 불빛 말곤 빛이라고는 전혀 없는 방 한구석 소파에 그녀와 함께 앉았다.

클립스프링어가 「사랑의 보금자리」라는 곡을 연주했다. 그는 자리에 앉은 채로 고개를 돌려 불만스러운 듯 어둠 속의 개츠비를 찾았다.

「아시다시피 연습이 부족해요. 못 친다고 했잖아요. 영 연습 부족이라……」

「친구, 말은 그만.」 개츠비가 명령했다. 「연주!」

　아침에도
　저녁에도
　즐거웠지……

바깥에선 바람 소리가 거셌고, 해협을 따라 천둥소리가

아련하게 들려왔다. 이제 웨스트에그에는 불빛이 환했다. 사람을 실어 나르는 전철이 빗속에 뉴욕을 떠나 집으로 달리고 있었다. 인간의 마음에 깊은 변화가 일어나고, 대기에 흥분이 번지는 그런 시간이었다.

한 가지는 확실해, 무엇보다도.
부자는 더 큰 부자가 되고 가난한 이들에게는…… 아기가 생기지.
그러는 사이에
그러는 동안에……

작별 인사를 하러 그들 쪽으로 갔을 때, 나는 개츠비의 얼굴에 되돌아온 어리둥절한 표정을 목격했다. 지금 누리는 행복이 얼마나 가치 있는 것인지 희미하게 의심하는 듯한 그 표정. 5년이라! 바로 그날 오후에도 데이지가 개츠비의 꿈에 못 미치는 순간이 분명 있었을 것이다. 그러나 그것은 데이지의 잘못이라기보다 개츠비가 품은 엄청난 환상 때문이다. 그의 환상은 그녀뿐만 아니라 모든 것을 능가했다. 그는 창조적인 열정으로 그 환상에 직접 뛰어들어, 언제나 그 환상을 끊임없이 키워 가며, 자기 앞에 떠도는 빛나는 낱낱의 깃털로 그 환상을 장식했던 것이다. 어떤 강한 열정이나 순수함도 인간이 유령 같은 제 마음속 깊이 간직한 것에는 맞설 수가 없다.

개츠비의 모습을 보고 있자니 조금씩, 그러나 눈에 띄게 새로운 상황에 적응해 가는 것 같았다. 그는 데이지의 손을 꼭 잡았고 데이지가 그의 귀에 대고 뭔가 나직이 속삭이자 감정에 북받쳐 그녀 쪽으로 몸을 돌렸다. 무엇보다 그녀의 목소리에 담긴 떨림과 열정이 그를 사로잡았던 것 같다. 그 목소리는 인간이 아무리 꿈꾸어도 지나치지 않은, 불멸의 노래와도 같았으니까.

두 사람은 나를 까맣게 잊었지만, 데이지가 잠깐 나를 쳐다보며 손을 내밀었다. 이제 개츠비는 나란 존재를 전혀 의식하지 못했다. 나는 그들을 다시 한 번 쳐다보았고, 그들은 강렬한 기운에 사로잡혀 아득한 눈길로 나를 돌아보았다. 그런 다음 나는 방에서 나왔고, 그들을 뒤에 남겨 둔 채 대리석 계단을 내려와 빗속으로 걸어 들어갔다.

제6장

그 무렵, 어느 날 아침 뉴욕에서 온 야심만만한 젊은 기자가 개츠비의 현관 앞에서 그에게 뭔가 할 말이 없냐고 물었다.

「무슨 말을 하라는 거지요?」 개츠비가 정중하게 물었다.

「글쎄요…… 뭐든 말하고 싶은 거요.」

5분 동안 혼란스러운 대화가 오갔고, 그 기자가 자신의 사무실에서 밝히고 싶지도 않고 잘 알지도 못하는 문제와 관련하여 개츠비의 이름을 들었다는 게 밝혀졌다. 그래서 기특하게도 쉬는 날인데도 자진해서 급히 〈알아보러〉 찾아왔다는 거였다.

어림짐작이었겠지만, 그 기자의 본능은 적중했다. 개츠비에 대한 악명 높은 소문은 그의 환대를 받은 몇백 명이 그의 과거에 대해 저마다 권위자가 되어 퍼뜨린 것인데, 그 소문이 여름 내내 부풀려지다가 마침내 뉴스거리가 되기 직전에 이른 거였다. 개츠비는 그 무렵에 떠돌던 〈캐나다로 연결된 지하 파이프라인〉과 같은 소문[48]에 연루되었고, 그가 집 대신 집처럼 보이는 배에 살면서 롱아일랜드 해협을 몰래 오르 내리고 있다는 이야기가 끊임없이 나돌았다. 노스다코타 주의 제임스 개츠가 왜 이런 소문을 좋아했는지, 그 이유를 설명하기란 쉽지 않은 일이다.

제임스 개츠. — 이것이 그의 진짜 이름, 적어도 법률상 그의 이름이었다. — 그는 열일곱 살에, 진짜 인생이 시작되는 바로 그 시점에 자기 이름을 바꾸어 버렸던 것이다. 그 시점이란 댄 코디의 요트가 슈피리어 호에서 가장 위험한 여울에 닻을 내리는 것을 보았던 바로 그 순간을 말한다. 그날 오후, 허름한 초록색 모직 셔츠에 면바지 차림으로 호숫가에서 빈둥거리던 순간까지는 제임스 개츠였지만, 노를 저어 **투올로미 호**(號) 가까이 다가가 반 시간 뒤면 거센 바람 때문에 배가 부서질지 모른다고 코디에게 알려 주던[49] 순간에는 이미 제이 개츠비였던 것이다.

그는 이미 오랫동안 그 이름을 준비해 왔는지 모른다. 그의 부모는 무능하고 실패한 농부였다. — 그의 상상력으로는 그들을 도저히 부모로 받아들일 수 없었다. — 사실, 롱

48 밀주가 지하 파이프를 통해 캐나다에서 미국으로 밀수된다는 금주법 시대의 소문을 말한다. 위의 책, 〈주석〉에서 인용.

49 개츠비와 코디의 만남은 피츠제럴드가 그레이트넥에 살 때 사귄 친구 로버트 커Robert Kerr의 어린 시절 경험을 토대로 한 것이다. 피츠제럴드는 1924년 프랑스에서 커에게 편지를 썼다. 〈네 얘기 중 내 소설에 포함시킨 것은 배와 요트, 내 말은…… 신비한 요트맨인데, 그의 애인은 넬리 블라야. 내 주인공이 네가 얻어 낸 것과 똑같은 지위를 얻게 했어.〉 조셉 코르소, 「잊히지 않는 어느 여름밤: 『위대한 개츠비』에 등장하는 미국인 등장인물의 픽션적 상징의 원천」, 『피츠제럴드/ 헤밍웨이 연감 1976』, 8~33면 참조. 위의 책, 〈주석〉에서 인용.

아일랜드 주의 웨스트에그에 사는 제이 개츠비는 그가 꿈꾸던 자기 자신의 모습에서 비롯된 것이다. 그는 하느님의 아들이었다. 만약 이 문장에 뭔가 의미가 있다면, 문자 그대로 바로 그런 의미였다. 그는 자기 아버지의 일, 즉 거대하고 속되며 겉만 번지르르한 아름다움에 봉사해야 했다. 그래서 그는 열일곱 살짜리 소년이 만들어 낼 수 있는 제이 개츠비 같은 인물을 꾸며 내어, 그 이미지에 끝까지 충실했던 것이다.

그는 1년 넘게 슈피리어 호의 남쪽 언저리에서 조개잡이나 연어잡이, 그 밖에도 침식만 해결된다면 뭐든지 하면서 힘겹게 생활하고 있었다. 때로는 힘들고 때로는 느긋하게 지내는 생활을 통해 그의 몸은 자연스레 그을리고 단단해졌다. 그는 일찍이 여자에 눈을 떴다. 하지만 여자들이 그를 망쳤다고 생각했고 그들을 경멸했다. 즉 어린 아가씨들은 무지하다는 이유로, 다른 여자들은 그 자신이 심한 자아도취에 빠져 당연하게 여기는 일들에 대해 히스테리를 부린다는 이유로 경멸했던 것이다.

그러나 그의 마음은 항상 폭풍처럼 들끓고 있었다. 밤중에 잠자리에 들면 말할 수 없이 기괴하고 환상적인 생각이 떠올라 머릿속을 떠나지 않았다. 세면대에서 시계가 똑딱거리고 바닥에 어지러이 널린 옷을 달빛이 촉촉이 적실 때면, 실을 잣듯 이루 말할 수 없이 화려한 우주가 그의 머릿속에 떠올랐다. 몰려드는 졸음이 생생한 장면을 망각으로 에워쌀 때까지, 그는 매일 밤 상상의 무늬를 늘려 나갔다. 얼마 동안은 그런 환상이 상상력에 돌파구를 제공했다. 환상은 현실이란 것이 얼마나 비현실적일 수 있는지 만족스럽게 보여 주는 증거였고, 세상이라는 반석이 요정의 날개 위에 안전하게 잘 놓여 있다고 보증해 주었다.

댄 코디를 만나기 몇 달 전, 앞으로 다가올 영광을 본능적으로 예감한 그는 남부 미네소타 주에 있는 작은 루터교 재단 산하의 세인트올라프 대학에 들어갔다. 그는 2주 만에 학교를 그만두었다. 자기 운명의 북소리, 아니 운명 자체에 대한 대학의 지독한 무관심에 실망한 데다, 학비를 조달하려고 시작한 수위 일도 정말 싫어졌기 때문이다. 그는 슈피리어 호로 다시 돌아왔고, 댄 코디의 요트가 얕은 호숫가에 닻을 내린 그날까지 뭔가 할 만한 일거리를 찾고 있었다.

코디는 그 당시 쉰 살이었다. 그는 네바다 주의 은광과 유콘 강, 1875년 이후 계속된 광산으로의 대이동이 만들어 낸 인물이었다. 그는 자신을 억만장자로 만들어 준 몬태나 주의 동광 사업 때문에 육체는 강건해졌지만 마음은 나약해졌고, 수많은 여자들이 이를 간파하고 그에게서 돈을 뜯어내려 했다. 여기자 엘러 케이가 벌인 그다지 유쾌하지 않은 사건, 다시 말해 그의 약점을 이용해 맹트농 부인[50]마냥 그를 요트에 태워 바다로 내보낸 사건은 1902년의 과장된 언론계에서는 다 아는 일이었다. 그는 5년 동안 기후가 아주 좋은 해안을 따라 떠돌다가, 리틀걸 만에 있는 제임스 개츠 앞에 운명처럼 등장하게 된 것이다.

50 Madame de Maintenon(1635~1719). 루이 16세의 두 번째 부인.

노에 기댄 채 난간으로 둘러싸인 갑판을 올려다보는 젊은 개츠에게, 그 요트는 세상의 모든 아름다움과 매력을 대변하는 것이었다. 나는 그가 코디에게 미소를 지었을 거라 생각한다. 자기가 미소를 지으면 사람들이 좋아한다는 사실을 그 역시 알고 있었을 테니까. 어쨌든 코디는 몇 가지 질문을 던졌고(그 질문을 하던 중에 새로운 이름이 탄생했다), 그가 민첩하고 아주 야심만만한 청년이라는 것을 알게 되었다. 며칠 뒤 코디는 개츠비를 덜루스로 데려가 푸른 코트와 흰 면바지 여섯 벌, 요트 모자를 사주었다. 그리고 **투올로미 호**가 서인도 제도와 바버리 해안[51]으로 떠날 때 개츠비도 함께 떠났다.

개츠비는 애매한 개인 용무를 처리하기 위해 고용되었다. 코디와 함께하는 동안 그는 집사 일과 항해사 일, 선장 일과 비서 일, 심지어 수위 일까지 했다. 자신이 술에 취하면 얼마나 방탕한 짓을 하는지, 정신이 멀쩡한 댄 코디는 알고 있던 것이다. 그는 개츠비를 점점 더 신뢰함으로써 그러한 돌발 사고에 대비했다. 이런 관계가 5년 동안 지속되었고, 그동안 배는 대륙을 세 바퀴나 돌았다. 보스턴에 정박한 어느 날 밤, 엘러 케이가 요트에 타고 한 주 뒤에 댄 코디가 불의로 사망하는 일만 없었다면, 그런 관계는 영원히 지속되었을지도 모른다.

51 Barbary Coast. 〈바버리Barbary〉는 흔히 북아프리카의 지중해 연안 지역을 일컫는다. 19세기에는 샌프란시스코의 홍키 통크*honky-tonk* 지역이 바버리 해안이라 불렸는데 피츠제럴드가 이곳을 언급했을 가능성도 있다. 위의 책, 〈주석〉에서 인용.

개츠비의 침실에 걸려 있는 코디의 사진을 기억한다. 딱 딱하고 공허한 표정에 머리는 희끗희끗하고 혈색이 좋은 사 내였다. 그는 미국 역사의 한 시기에 거칠고 폭력적인 개척 지의 창녀촌과 술집을 동부 해안으로 가져온, 서부 개척기의 난봉꾼이었다. 개츠비가 술을 거의 마시지 않는 것은 간접적 으로 코디의 영향 때문이었다. 흥겨운 파티의 와중에 가끔 여자들이 그의 머리에 샴페인을 붓기도 했다. 하지만 그 자 신은 술을 멀리하는 습관을 들였다.

개츠비는 코디에게서 2만 5천 달러의 유산을 받기로 되어 있었다. 그러나 그는 그 돈을 받지 못했다. 그 자신에게 불리 하게 적용된 법적 방식을 끝내 이해할 수 없었지만, 수백만 달러 중 남은 돈은 고스란히 엘러 케이에게 넘어갔다. 그에 게 남겨진 것이라고는 유난히 적절한 교육뿐이었다. 이제 제 이 개츠비라는 모호한 윤곽은 실체를 갖춘 한 인간으로 채워 졌다.

....

그는 아주 나중에야 이런 이야기를 모두 해줬다. 그러나 이 이야기를 여기에 적는 이유는 믿을 만한 구석이라곤 전혀 없는 그의 선조에 관한 엉뚱한 소문들을 없애기 위해서다. 게다가 그는 그의 이야기를 다 믿어야 할지 말아야 할지 혼 란스럽던 시기에 이 이야기를 해주었다. 그래서 나는 이 짧 은 휴식기를 이용해, 말하자면 개츠비가 한숨 돌린 이 틈에 모든 오해를 해명하려는 것이다.

개츠비의 연애 사건에 대한 개입도 휴식기를 맞이했다. 몇 주 동안 그를 만나지도, 전화상으로 목소리를 듣지도 못 했던 것이다. 내가 조던과 돌아다니거나 노쇠한 그녀 이모의 비위를 맞추려고 거의 뉴욕에서 지냈기 때문이다. 하지만 어느 일요일 오후, 나는 마침내 그의 집으로 건너갔다. 그곳에 간 지 2분도 되지 않아 어떤 사람이 한잔하자면서 톰 뷰캐넌을 데려왔다. 물론 난 깜짝 놀랐는데, 진짜 놀라운 것은 이제까지는 그런 일이 전혀 없었다는 사실이었다.

그들 일행은 모두 세 명으로 말을 타고 왔다. 톰과 슬로운이라는 남자, 그리고 전에도 왔던 갈색 승마복을 입은 예쁜 여자였다.

「만나서 반가워요.」 개츠비가 현관에 서서 말했다. 「이렇게 찾아 주셔서 영광입니다.」

마치 그들이 신경이라도 쓰는 것처럼 말이다!

「앉으세요. 담배나 시가 좀 드릴까요?」 그는 종을 울리며 방을 분주히 돌아다녔다. 「곧 마실 술을 준비하죠.」

개츠비는 톰이 거기 있다는 사실에 크게 동요했다. 그러나 그들이 그저 한잔하러 왔다는 걸 막연히 깨달았기에, 그들에게 뭔가 대접하기 전까지는 어쨌든 마음이 편치 않았을 것이다. 슬로운 씨는 아무것도 안 마시겠다고 했다. 레모네이드라도? 아뇨, 됐습니다. 그럼 샴페인이라도 좀? 아뇨, 아무것도…… 죄송합니다…….

「승마는 즐거웠나요?」

「이 근처 길이 승마하기 아주 좋더군요.」

「아무래도 자동차들이……」

「네.」

개츠비는 처음 소개받은 것처럼 구는 톰을 더는 견디지 못하고 그를 향해 고개를 돌렸다.

「전에 어디선가 뵌 거 같은데요, 뷰캐넌 씨.」

「아, 그런가요.」 톰은 퉁명스러우면서도 정중하게 말했지만, 조금도 기억하지 못하는 게 분명했다. 「그래요. 기억이 나네요.」

「두 주 전쯤이었죠.」

「맞아요. 여기 있는 닉과 함께 있었죠.」

「아내 되는 분을 압니다.」 개츠비가 공격하다시피 말을 이었다.

「그래요?」 톰이 내 쪽으로 고개를 돌렸다.

「이 근처에 사나, 닉?」

「바로 옆집이야.」

「그래?」

슬로운 씨는 대화에 끼지 않고 그저 거만하게 의자에 몸을 기댔다. 여자는 아무 말도 하지 않다가 하이볼 두 잔을 마시고 나더니 뜻밖에 다정해졌다.

「우리 모두 요다음 파티에 올게요. 개츠비 씨.」 그녀가 말했다. 「괜찮죠?」

「물론입니다. 와주시면 영광이죠.」

「고맙습니다.」 전혀 감사하지 않으면서 슬로운 씨는 그렇게 말했다. 「자, 이제 집에 갈 때가 된 것 같군요.」

「그렇게 서두르지 마세요.」개츠비가 말했다. 이제 자신감이 생겨 톰을 좀 더 살펴보고 싶었던 것이다. 「괜찮으시면……저녁이나 들고 가시죠. 뉴욕에서 다른 손님들이 좀 더 와도 놀랄 정도는 아닙니다.」

「그럼 **저희랑** 식사하러 가세요.」여자가 열정적으로 말했다. 「두 분 다요.」

이 말은 나까지 포함된다는 거였다. 슬로운 씨가 자리에서 일어섰다.

「자, 갑시다.」그가 말했다. 하지만 여자에게만 하는 말이었다.

「정말이에요.」여자가 고집을 부렸다. 「정말 두 분을 초대하고 싶어요. 두 분을 모시고도 자리가 남아요.」

개츠비가 내 의향을 묻듯 나를 쳐다봤다. 그는 가고 싶어했지만, 슬로운 씨에게 우리를 초대할 마음이 없다는 건 모르고 있었다.

「못 갈 것 같은데요.」나는 말했다.

「그럼, 당신이라도 오세요.」여자가 개츠비에게 관심을 보이며 재촉했다.

슬로운 씨가 여자의 귀에 바싹 대고 뭔가 속삭였다.

「지금 출발하면 늦지 않을 거예요.」여자가 큰 소리로 재촉했다.

「전 말이 없어요.」개츠비가 말했다. 「군대에서는 말을 타긴 했는데 말을 산 적은 없네요. 차로 따라가죠. 잠깐 기다려 주세요.」

우리는 현관으로 걸어갔고, 거기서 슬로운과 여자가 서로 떨어져서 언성을 높였다.

「맙소사, 저 사람 정말 따라오겠는데.」 톰이 말했다. 「그녀가 오지 않았으면 하는 걸 모르는 모양인데?」

「그녀가 계속 오라고 했잖아.」

「그녀가 큰 파티를 열긴 하겠지. 근데 아는 친구가 하나도 없을 텐데.」 톰이 얼굴을 찡그렸다. 「도대체 저 친구가 데이지를 어디서 만났다는 거지? 맙소사, 내가 구식인지 모르겠지만, 요즘 여자들은 너무 나돌아 다녀서 마음에 안 들어. 별 이상한 녀석들을 다 만난다니까.」

슬로운 씨와 여자가 갑자기 계단을 걸어 내려가더니 말에 올라탔다.

「갑시다.」 슬로운 씨가 톰에게 말했다. 「늦었어요. 빨리 가야 한다고요.」 그런 다음 내게 말했다. 「기다릴 수가 없었다고, 저 사람한테 전해 주시겠죠?」

나는 톰과 악수를 했고, 나머지 사람들과는 차가운 목례만 나누었다. 그들은 재빨리 차도로 내려갔다. 모자를 쓴 개츠비가 얇은 외투를 손에 들고 현관에 나온 것은 그들이 8월의 무성한 나뭇잎 아래로 사라진 뒤였다.

톰은 데이지가 혼자 돌아다닌다는 사실에 당황한 것이 틀림없다. 다음 토요일 밤에 열린 개츠비의 파티에 그녀를 데려왔기 때문이다. 그의 존재 때문에 그날 저녁은 이상하게 답답했던 것 같다. 그해 여름 개츠비가 주최한 어느 파티보다 그날 일이 또렷하게 기억난다. 똑같은 사람들이거나, 적어도 똑같은 부류의 사람들이 모여 똑같은 샴페인을 흥청망청 마셔 댔고 똑같이 색다른 소동이 다양하게 벌어졌지만, 전에는 느껴 보지 못한 불쾌감과 불편함이 감돌았다. 아니면 아마도 그 세계에 익숙해져서 웨스트에그를 그 자체로 완벽한 세계로 받아들이게 되었는지도 모른다. 완벽함에 대한 의식이 없기에 어느 곳과도 비교할 수 없는, 나름의 기준과 나름의 위대한 인물을 갖춘 세계로. 이제 나는 데이지의 눈을 통해 그 세계를 다시 바라보고 있었다. 나름의 힘으로 적응해 오던 것을 새로운 눈으로 다시 바라본다는 것은 언제나 서글프다.

그들은 황혼 무렵에 도착했고, 그리고 데이지는 활기 넘치는 몇백 명의 사람들 사이를 거닐며 묘기처럼 목구멍으로 웅얼거렸다.

「이런 광경을 보면 정말 흥분돼요.」 그녀가 속삭였다. 「오빠, 오늘 저녁에 언제든 키스하고 싶으면 알려 주세요. 기꺼이 키스해 드릴게요. 내 이름만 불러요. 녹색 카드를 주든지요. 지금 녹색 카드를 줄……」

「쭉 둘러보세요.」 개츠비가 제안했다.

「둘러보고 있어요. 즐거운 시간을 보내고……」

「이름만 듣던 수많은 유명 인사의 얼굴을 직접 보게 될 겁니다.」

톰이 거만한 눈길로 손님들을 훑어보았다.

「우린 별로 돌아다니지 않아서요.」 그가 말했다. 「사실, 여긴 별로 아는 사람이 없다고 생각하던 참입니다.」

「아마 저 부인은 아실 텐데요.」 개츠비가 흰 자두나무 아래 위엄 있는 태도로 앉아 있는, 사람이라기보다 한 떨기 아름다운 난초 같은 여인을 가리켰다. 톰과 데이지는 그때까지 유령 같은 존재였던 영화배우를 알아본 다른 사람들과 마찬가지로 특별한 실감 없이 그녀를 쳐다보았다.

「아름답네요.」 데이지가 말했다.

「그녀에게 허리를 숙인 사람이 감독입니다.」

개츠비는 격식을 차려 두 사람을 이 모임 저 모임으로 안내했다.

「이쪽은 뷰캐넌 부인…… 그리고 뷰캐넌 씨……」 그는 잠시 망설이다 이렇게 덧붙였다. 「폴로 선수입니다.」

「아, 아닙니다.」 톰은 서둘러 부정했다. 「아니에요.」

하지만 개츠비는 그 말이 마음에 들었던 모양이다. 톰은 그날 저녁 내내 〈폴로 선수〉로 통했기 때문이다.

「유명한 분들을 이렇게 많이 만나다니!」 데이지가 감탄했다. 「저 사람이 마음에 들어요. 이름이 뭔가요? 코가 파란 저 사람 말이에요.」

개츠비는 그를 보고 저예산 영화 제작자라고 덧붙였다.

「아, 어쨌든 저 사람이 마음에 들어요.」

「폴로 선수는 좀 그렇네요.」 톰이 유쾌하게 말했다. 「그냥 이 유명 인사들이나 전부 구경하는 게 낫겠어요. 숨어서.」

데이지와 개츠비는 춤을 췄다. 개츠비의 우아하고 조심스러운 폭스트롯 춤을 보고 놀랐던 기억이 난다. 그때까지 그가 춤추는 모습을 한 번도 본 적이 없었던 것이다. 그런 뒤에 두 사람이 우리 집 쪽으로 걸어가 반 시간쯤 계단에 앉아 있는 동안, 나는 데이지의 부탁으로 정원에서 망을 봐주었다. 「불이 나거나 홍수가 날지도 모르잖아요.」 그녀는 이렇게 설명했다. 「아니면 하느님만 아시는 어떤 일이 일어날지도 몰라요.」

우리가 저녁 식사를 하려고 함께 자리에 앉았을 때, 까맣게 잊고 있던 톰이 나타났다. 「저쪽 사람들이랑 저녁 먹어도 되지?」 톰이 말했다. 「어떤 친구가 웃긴 애길 하네.」

「가봐요.」 데이지가 상냥하게 대답했다. 「그리고 주소 같은 거 적고 싶으면 여기 내 작은 금박 연필을 쓰고요.」……그녀는 잠시 주위를 둘러보더니, 저 아가씨는 〈품위는 없지만 예쁘다〉고 했다. 개츠비와 단둘이 있었던 30분을 제외하면 그녀가 별로 즐겁게 보내지 못했다는 걸 알 수 있었다.

우리 테이블에는 술 취한 사람들이 유난히 많았다. 내 실수였다. 개츠비는 전화를 받으러 갔고, 나는 불과 두 주 전에도 이 사람들과 어울려 보았으니까. 그 당시엔 즐거웠던 것이 지금은 역겹게 느껴졌다.

「베데커 양, 괜찮아요?」

질문을 받은 아가씨는 내 어깨에 기대려 했지만 그러질 못했다. 그녀가 내 질문에 자리에서 벌떡 일어나더니 눈을 떴다.

「뭐, 뭐라고요?」

내일 동네 클럽에서 함께 골프나 치자고 데이지에게 조르고 있던 육중하고 둔한 여자가 베데커 양을 옹호하고 나섰다.

「아, 그 여잔 이제 괜찮아요. 칵테일을 대여섯 잔 마시면 늘 저렇게 소릴 지르기 시작해요. 그만 마셔야 한다고 내가 말했는데도요.」

「술 안 마셨다니까.」 비난받은 여자가 힘없이 부정했다.

「너, 소리 지르는 거 들었어. 그래서 내가 여기 계신 시벳 박사님께 〈의사 선생님, 선생님 도움이 필요한 사람이 있어요〉라고 말씀드렸지.」

「틀림없이 쟤가 아주 고마워할 거예요.」 또 다른 친구가 성의 없이 말했다. 「하지만 그쪽이 저애 머리를 수영장에 처박는 바람에 쟤 옷이 온통 다 젖었잖아요.」

「수영장에 머리 처박히는 게 제일 싫은데.」 베데커 양이 중얼거렸다. 「한번은 뉴저지에서 물에 빠져 죽을 뻔했다니까.」

「그러니까 그만 좀 마셔야죠.」 시벳 박사가 대꾸했다.

「당신 일이나 걱정해요!」 베데커 양이 빽 소리쳤다. 「손이 떨리잖아요. 선생님한테는 절대 수술받지 않을 거예요!」

이런 식이었다. 거의 마지막으로 기억나는 것 중에서 가장 나중 일이다 싶은 것은 데이지와 나란히 서서 영화감독과 그의 스타를 지켜본 일이다. 그들은 아직도 흰 자두나무 아래 있었는데, 창백하고 희미한 달빛만 빼면 얼굴이 거의 맞닿을 지경이었다. 그는 저녁 내내 그녀에게 아주 조금씩 얼굴을 숙여 마침내 이 가까운 거리에 이르렀을 거라는 생각이 들었다. 내가 지켜보는 동안에도 그는 마지막 남은 1도를 숙여 그녀의 뺨에 키스했다.

「저 여자가 좋아요.」데이지가 말했다.「예쁜 것 같아요.」

하지만 다른 사람들은 그녀의 마음에 들지 않았다. 이유를 따질 문제가 아니었다. 제스처가 아니라 감정의 문제였으니까. 그녀는 브로드웨이가 롱아일랜드의 어촌에 탄생시킨 이 새로운 〈장소〉인 웨스트에그를 두려워했다. 낡은 완곡 어법을 경멸하는 거친 활기, 지름길을 따라 무에서 무로 나아가는 그곳 주민들의 몹시도 강압적인 운명에 겁을 먹었다. 도저히 이해할 수 없는 그 단순함 속에서 뭔가 두려운 것을 보았던 것이다.

그들이 자동차를 기다리는 동안 나도 그들과 함께 앞 계단에 앉아 있었다. 앞쪽은 어두웠다. 밝은 문에서 흘러나오는 조명만이 부드럽고 어두운 아침으로 가로세로 3미터 넓이의 불빛을 비추고 있었다. 가끔씩 2층 드레스 룸의 블라인드에 어른거리던 그림자가 다른 그림자에게 자리를 내주었고, 그런 식으로 그림자들의 행진이 끝없이 이어졌는데, 그림자들은 보이지도 않는 거울을 보며 분을 바르고 립스틱을 칠했다.

「도대체 그 개츠비란 놈이 누구야?」톰이 갑자기 물었다.「어디 밀주업자야?」

「어디서 들었어?」내가 되물었다.

「들은 건 아니야, 추측이지. 알다시피 요즘 갑자기 떼돈 번 부자라면 거의가 밀주업계 거물이잖아.」

「개츠비는 아니야.」나는 짧게 말했다.

그는 잠시 아무 말도 하지 않았다. 그의 발아래 차도에서 자갈이 달그락거렸다.

「글쎄, 이렇게 별난 사람들을 한자리에 모으다니, 고생깨나 했겠어.」

미풍이 불어와 회색 안개 같은 데이지의 모피 옷깃을 간질였다.

「그래도 우리가 아는 사람들보단 재미있는데요.」 데이지가 힘주어 말했다.

「당신은 별로 재미있어 보이지 않던데.」

「재미있었어요.」

톰이 웃으며 나를 향해 돌아섰다.

「자네, 그 아가씨가 데이지한테 찬물 샤워 좀 시켜 달라고 할 때, 데이지 얼굴 봤지?」

데이지는 음악에 맞춰 허스키하고 리드미컬한 목소리로 속삭이듯 노래하기 시작했다. 그녀는 단어 하나하나마다 이전에도 없었고, 앞으로도 없을 어떤 의미를 실어 보냈다. 음이 높아지면 그녀의 목소리도 알토 가수처럼 부드럽게 멈췄다가 다시 이어지곤 했다. 그런 순간마다 그녀의 따뜻하고 인간적인 마력을 공기 중에 조금씩 풀어 놓았다.

「초대받지 않은 사람들도 많이 왔어요.」 그녀가 불쑥 말했다. 「그 아가씨도 초대받아 온 게 아니에요. 사람들이 그냥 들이닥치는 거예요. 그 사람은 너무 점잖아서 거절하지 못하는 거고요.」

「그자가 도대체 누군지, 무슨 일을 하는지 꼭 알아내야겠어.」 톰이 끈질기게 말했다. 「반드시 알아내고 말 거야.」

「지금 당장 알려 줄 수 있어요.」그녀가 대답했다. 「그는 약국을 몇 개 갖고 있어요. 약국이 아주 많죠. 자수성가한 거예요.」

그때 리무진이 느릿느릿 차도를 돌아 올라왔다.

「잘 자요, 오빠.」데이지가 말했다.

그녀의 시선이 나를 떠나 불 켜진 계단의 꼭대기를 더듬었다. 열린 문으로 그해 유행하던 단정하고 서글픈 왈츠, 「새벽 3시」가 흘러나왔다. 그러니까 격식이라곤 차리지 않는 개츠비의 파티에는 그녀의 세계에 전혀 없던 낭만적인 가능성들이 있었던 것이다. 그녀를 다시 집 안으로 부르는 듯한 그 노래 속에는 무엇이 담겨 있는 걸까? 이 알 수 없는 어두운 새벽에 이제 어떤 일이 벌어질까? 믿기 어려운 손님이, 모두를 놀라게 할 아주 귀한 손님이 올지도 모른다. 한순간의 마법 같은 만남으로, 개츠비를 단 한 번 슬쩍 본 것만으로 한 점 흔들림 없이 헌신해 온 지난 5년간의 세월을 깨끗이 날려 버릴 눈부시게 아름다운 아가씨가 올지도.

나는 그날 밤 늦게까지 그곳에 머물렀다. 시간이 날 때까지 기다려 달라고 개츠비가 부탁했기 때문이다. 그래서 나는 예의 그 수영하던 사람들이 시원하고 상쾌한 기분으로 어두운 해변에서 올라오고, 머리 위 손님방의 불이 꺼질 때까지 정원에 남아 있었다. 마침내 그가 계단을 내려왔다. 그을린 피부가 기이하게도 팽팽했고, 두 눈은 빛났지만 피곤해 보였다.

「그녀는 이 파티를 좋아하지 않더군요.」그는 내려오자마자 말했다.

「당연히 좋아했죠.」

「좋아하지 않았어요.」 그는 단호했다. 「즐거워하지 않았다고요.」

그는 침묵을 지켰고, 나는 그가 이루 말할 수 없이 풀이 죽었다는 걸 짐작할 수 있었다.

「그녀에게 거리감을 느꼈어요.」 개츠비가 말했다. 「그녀를 이해시키기가 어렵네요.」

「그 춤 말이에요?」

「춤이라니요?」 그는 손가락을 튕겨 자기가 추었던 춤을 모두 지워 버렸다. 「친구, 춤이 중요한 게 아니에요.」

개츠비는 더도 덜도 말고 데이지가 톰에게 가서 〈한 번도 당신을 사랑한 적 없어요〉라고 말하기를 바랐던 것이다. 그녀가 그 말로 지난 4년의 세월을 지워 버려야, 그들은 보다 현실적인 대책을 마련할 수 있었다. 그중 하나는 자유로워진 그녀와 함께 루이빌로 돌아가 그녀의 집에서 결혼식을 올리는 것이었다. 5년 전처럼.

「그런데 그녀는 이해하지 못해요.」 개츠비는 말했다. 「예전에는 잘 이해했는데. 우린 몇 시간이나 앉아서……」

그는 갑자기 말을 멈추더니 과일 껍질과 버려진 선물과 짓밟힌 꽃들이 어지러진 어두운 길을 오가기 시작했다.

「나라면 그녀한테 너무 많은 걸 요구하지 않겠어요.」 나는 과감하게 말했다. 「과거는 되돌릴 수 없어요.」

「과거를 되돌릴 수 없다고요?」 그가 믿을 수 없다는 듯 외쳤다. 「얼마든지 되돌릴 수 있어요!」

그는 자기 주변을 거칠게 두리번거렸다. 집 앞 어둠 속 어딘가에, 손이 닿지 않는 그 어딘가에 과거가 숨어 있기라도 하듯이.

「모두 예전처럼 돌려놓을 겁니다.」 그러면서 개츠비는 단호하게 고개를 끄덕였다. 「그녀도 곧 알게 될 거예요.」

그는 과거에 대해 많은 이야기를 했다. 그래서 나는 그가 무언가를, 자신에 대한 어떤 관념인 동시에 데이지를 사랑하게 만든 무언가를 되찾고 싶어 한다는 걸 알게 되었다. 그 후 그의 삶은 혼란스럽고 무질서해졌지만, 다시 한 번 원점으로 돌아가 그 모든 일을 천천히 되풀이할 수 있다면, 그는 그게 뭔지 찾아낼 수 있을지도 모른다……

……5년 전 어느 가을날 밤, 그들은 낙엽이 떨어지는 거리를 걷다가 나무 한 그루 없이 달빛이 하얗게 길을 비추는 곳에 이르렀다. 그들은 거기 멈춰 서서 서로 마주 보았다. 1년에 두 번 계절이 바뀔 때처럼 그렇게 신비로운 흥분이 감도는 서늘한 밤이었다. 실내에 켜진 조용한 불빛이 어둠 속에 환히 퍼졌고, 별들은 부산하게 움직였다. 개츠비는 보도블록이 진짜 사다리가 되어 나무 위 비밀 장소까지 올라가는 모습을 곁눈으로 따라갔다. 혼자라면 그 비밀 장소까지 올라갈 수 있을 것이다. 일단 그곳에 가면 생명의 젖꼭지를 빨고, 그 무엇에도 비할 수 없는 신비한 젖도 마실 수 있을 것이다.

데이지의 하얀 얼굴이 그에게 다가올수록 그의 심장은 점점 더 빨리 뛰었다. 그는 알고 있었다. 이 아가씨와 키스하고, 말로는 표현할 수 없는 그의 꿈을 곧 사라질 그녀의 숨결과 영원히 결합시키면, 그의 마음은 하느님의 마음처럼 다시는 뛰지 않으리라는 것을. 그래서 그는 소리굽쇠가 별에 부딪히며 내는 아름다운 소리에 귀 기울이며 잠시 기다렸다. 그리고 그녀에게 키스했다. 그의 입술이 닿자 그녀는 그를 위해 꽃처럼 피어났고, 상상하던 일은 완벽한 현실이 되었다.

그의 모든 이야기를 들으면서, 그가 무섭도록 감상적이라고 느낀 그 순간에도 뭔가가 떠올랐다. 파악하기 어려운 리듬, 아니, 오래전 어디선가 들었지만 이제는 잃어버린 단어의 파편 같은 것이랄까. 한순간 어떤 구절이 입가에 막 떠오르려 하면서 입술이 벙어리처럼 벌어졌다. 놀란 숨을 뱉을 때보다 더 안간힘을 써서 어떤 문장을 만들려는 듯이. 그러나 아무 소리도 내지 못했고, 내가 기억할 뻔한 구절은 영원히 전달될 수 없는 무언가로 남게 되었다.

제7장

어느 토요일 밤, 개츠비의 집에 불이 켜지지 않자 호기심이 최고조에 달했다. 트리말키오[52]로서의 그의 경력은 처음 시작했을 때처럼 슬그머니 끝나 버렸다.

시간이 흘렀고, 알게 된 것이라곤 기대에 차서 개츠비 저택의 차도에 들어섰던 차들이 잠시 머물렀다가 화가 나서 떠나 버린다는 사실뿐이었다. 혹시나 아픈 게 아닌가 싶어 집으로 찾아가 보았다. 험상궂게 생긴 낯선 집사가 의심스러운 눈빛으로 문틈 밖을 슬쩍 내다보았다.

「개츠비 씨가 어디 편찮으신가요?」

「아니요.」 잠시 꾸물대던 그는 마지못해 〈선생님〉이라고 덧붙였다.

「요즘 통 못 봐서, 좀 걱정이 되네요. 캐러웨이란 사람이 찾아왔었다고 전해 주세요.」

52 Trimalchio. 로마 시대의 작가 페트로니우스Petronius의 소설 『사티리콘Satyricon』에서 호화로운 만찬을 베푼 인물. 피츠제럴드는 『위대한 개츠비』의 제목으로 〈트리말키오〉, 〈웨스트에그의 트리말키오Trimalchio in West Egg〉 등을 고려했다고 한다. 위의 책, 〈주석〉에서 인용.

「누구요?」 그가 무례하게 되물었다.

「캐러웨이요.」

「캐러웨이. 알겠습니다. 그럼 그렇게 전하죠.」

그는 그 즉시 쾅 하고 문을 닫았다.

핀란드 가정부가 알려 준 바에 의하면, 개츠비는 일주일 전에 자기 집 하인들을 모두 해고하고 하인 대여섯을 새로 고용했는데, 그들은 웨스트에그에 가서 상인들에게 매수당하는 일 없이 적당히 전화로 필요한 식품을 주문한다는 거였다. 식료품 가게의 소년은 그 집 부엌이 돼지우리 같아 보인다고 전했고, 마을의 여론에 따르면 새로 온 고용인들은 전혀 하인 같아 보이지 않는 모양이었다.

이튿날 개츠비에게서 전화가 왔다.

「떠날 겁니까?」 나는 물었다.

「아니에요, 친구.」

「하인을 모두 해고했다고 들었어요.」

「뒷말하지 않을 사람들이 필요해서요. 데이지가 꽤 자주 오거든요. 오후에 말이죠.」

그러니까 그녀 한 사람의 불만으로 그 커다란 저택이 와르르 무너져 내린 것이다. 카드로 만든 집처럼.

「울프심 씨가 도와주려던 사람들이에요. 모두 형제자매 같은 사람들이죠. 작은 호텔을 경영해 본 적도 있고요.」

「그렇군요.」

그는 내일 자기 집에 점심 먹으러 오라는 데이지의 말을 전하려고 내게 전화했던 것이다. 베이커 양도 올 거라고 했다. 반 시간 뒤에 데이지가 직접 전화했고, 내가 온다는 사실을 알곤 안도하는 것 같았다. 무슨 일이 일어났던 것이다. 그러나 그들이 그 자리를 빌려 한바탕 소동을 벌일 거라고는 생각지 못했다. 개츠비가 정원에서 대충 얘기해 주었던, 그 가슴 아픈 소동 말이다.

이튿날은 찌는 듯이 무더웠다. 그해 여름 중에서 거의 마지막으로 가장 무더운 날이었던 것 같다. 기차를 타고 터널을 지나 햇빛 속으로 나오니, 내셔널 비스킷 회사에서 나는 뜨거운 호각 소리만이 지글지글 끓는 정오의 침묵을 깨뜨리고 있었다. 객차의 밀짚 시트에 불이 날 것만 같았다. 내 옆에 앉은 여자는 한동안 흰 블라우스 속으로 흐르는 땀을 잘 참아 냈다. 그런데 손에 쥔 신문이 축축하게 젖자, 극심한 열기 속에서 절망적으로 울부짖었다. 그녀의 지갑이 바닥으로 떨어졌다.

「이런!」 그녀가 숨을 몰아쉬었다.

나는 지친 몸을 굽혀 지갑을 주운 다음, 훔칠 생각이 없었다는 걸 보여 주기 위해 지갑 끄트머리를 집어 팔을 쭉 뻗어 건넸다. 그러나 그 여자를 포함해 가까이 있는 사람 모두가 나를 의심하는 눈치였다.

「덥군요!」 차장이 낯익은 얼굴들을 향해 말했다. 「대단한 날씨예요! ……더워요! ……더워요! ……더워요! ……정말 덥죠? 날씨가 덥죠? 날씨가……?」

내 정기 승차권이 그의 손에서 거무스레한 손자국을 묻혀 돌아왔다. 이런 더위라면 차장이 누군가의 붉은 입술에 키스를 하든 말든, 누군가의 머리 때문에 그의 가슴팍 셔츠 주머니가 땀으로 축축하게 젖든 말든 누가 신경이나 쓰겠는가!

……우리가 문에서 기다리고 있을 때, 뷰캐넌의 집 복도로 한 줄기 미풍이 불어오면서 개츠비와 나에게 전화벨 소리를 전했다.

「주인님의 시체라고요!」 집사가 수화기에 대고 소리를 질렀다. 「죄송합니다, 부인, 하지만 오늘은 해드릴 수가 없습니다. 이런 한낮에는 너무 더워서 건드릴 수가 없어요!」

그가 실제로 한 말은 〈네…… 네…… 한번 알아볼게요〉였다.

그는 전화기를 내려놓고 약간 번들거리는 얼굴로 우리에게 오더니 뻣뻣한 밀짚모자를 받아들었다.

「부인께선 응접실에서 기다리고 계십니다!」 그는 필요 없는데도 그쪽을 가리키며 외쳤다. 이런 무더위 속에서는 불필요한 몸짓 하나하나가 평범한 일상을 모독하는 셈이었다.

차일로 가려진 방은 어둡고 서늘했다. 데이지와 조던이 노래하듯 윙윙대는 선풍기 바람에 흩날리는 흰 드레스를 잡아 내리며 커다란 소파에 누워 있었는데, 그 모습이 마치 은으로 만든 조각 같았다.

「꼼짝도 못 하겠어요.」 두 사람이 동시에 말했다.

그을린 피부에 하얗게 분을 바른 조던의 손가락이 잠시 내 손 위에 놓였다.

「그런데 우리 토머스 뷰캐넌 선수는?」 내가 물었다.

그와 동시에 복도 전화기에 붙어 소리 죽여 통화하는 톰의 거칠고 허스키한 목소리가 들려왔다.

빨간 카펫 가운데 선 개츠비가 황홀한 시선으로 주위를 둘러보았다. 데이지가 그를 바라보며 흥분한 듯 달콤한 미소를 지었다. 그녀의 가슴께에서 미세한 분가루가 공중으로 퍼져 나갔다.

「소문에 의하면,」 조던이 속삭였다. 「톰의 애인한테서 전화가 왔대요.」

우리는 아무 말도 하지 않았다. 복도에서 들리는 목소리가 귀찮은 듯 높아졌다. 「그래, 알았어. 그 차를 당신한테는 안 팔 거야…… 당신한테 팔아야 할 의무가 있는 것도 아니고…… 그리고 점심시간에 이런 일로 날 귀찮게 하다니, 도저히 참을 수가 없다고!」

「수화기를 내려놓고 저런다니까.」 데이지가 냉소적으로 말했다.

「아니, 그게 아니야.」 나는 그녀에게 단언했다. 「이건 진짜 거래야. 우연히 알게 됐어.」

톰이 문을 벌컥 열어젖히더니 거대한 몸집으로 잠시 문을 가렸다가 급히 방으로 들어왔다.

「개츠비 씨!」 톰은 반감을 용케 감추고 크고 넓적한 손을 내밀었다. 「만나서 반가워요……. 그래, 닉……」

「시원한 음료수 좀 갖다 줘요!」 데이지가 소리쳤다.

톰이 다시 방을 나가자 데이지는 자리에서 일어나 개츠비에게 다가갔고, 그의 얼굴을 끌어내려 입술에 키스했다.

「내가 당신 사랑하는 거 알죠.」 데이지가 속삭였다.

「여기 다른 숙녀도 있다는 걸 잊었나 봐.」 조던이 말했다.

데이지가 의아한 눈길로 주위를 둘러보았다.

「너도 닉한테 키스해.」

「이런 품위 없는 아가씨 같으니라고!」

「신경 안 써!」 데이지는 그렇게 소리치더니 벽돌로 된 벽난로 위에서 탭댄스를 추기 시작했다. 그러다가 더워지자 자책하듯 소파 위에 주저앉았다. 바로 그때, 보모가 예쁘게 차려입은 작은 여자아이를 데리고 방으로 들어왔다.

「귀한 보물단지.」 데이지가 두 팔을 벌리며 나지막이 속삭였다. 「사랑하는 엄마한테 오렴.」

보모가 손을 놓자 아이가 방을 가로질러 달려와 엄마의 옷 속으로 수줍게 파고들었다.

「귀한 보물단지! 엄마가 네 노란 머리카락에 분가루 묻혔네? 자, 이제 일어나서 인사해야지……. 안녕하세요.」

개츠비와 나는 차례로 몸을 숙여 머뭇거리는 작은 손을 잡았다. 개츠비는 놀란 얼굴로 아이를 뚫어지게 바라보았다. 전에는 그 아이의 존재를 실제로 믿지 못했을 것이다.

「점심 먹기 전에 옷을 갈아입었어요.」 아이는 데이지를 향해 돌아서서 열심히 말했다.

「엄마가 널 자랑하고 싶어서 그랬지.」 데이지는 아이의 희고 작은 목에 잡힌 한 가닥 주름에 얼굴을 묻었다. 「넌 엄마의 꿈이야. 아주 소중한 작은 꿈.」

「네.」 아이는 조용히 수긍했다. 「조던 아줌마도 흰 드레스 입었네요.」

「엄마 친구들이 마음에 들지 않니?」 데이지는 아이를 돌려 세워 개츠비를 마주 보게 했다. 「아저씨들이 멋지지 않아?」

「아빠는 어디 계세요?」

「앤 아빨 안 닮았어요.」 데이지가 설명했다. 「날 닮았죠. 머리카락이랑 얼굴형이 날 닮았어요.」

데이지는 다시 소파에 주저앉았다. 보모가 앞으로 한 걸음 내디디며 손을 내밀었다.

「패미, 이리 와.」

「잘 가, 아가야!」

교육을 잘 받은 아이는 내키지 않는 듯 뒤를 돌아보면서도 보모 손을 잡고 문밖으로 나갔다. 바로 그때 톰이 얼음이 가득 들어 찰랑거리는 진리키[53] 넉 잔을 들고 돌아왔다.

개츠비가 자기 잔을 받아 들었다.

「정말 시원해 보이네요.」 개츠비가 눈에 띄게 긴장해서 말했다.

우리는 게걸스럽게 각자의 잔을 들이켰다.

「태양이 해마다 더 뜨거워진다는 기사를 어디선가 읽었어요.」 톰이 상냥하게 말했다. 「머잖아 지구가 태양 속에 빠져 버릴 겁니다……. 아니 잠깐만…… 반대로…… 태양이 해마다 식어 간다던가.」

톰이 개츠비에게 말했다. 「밖으로 나갑시다. 집을 구경시켜 드리죠.」

나는 그들과 함께 베란다로 나갔다. 더위 속에 정지된 푸

---

53 *gin rickey.* 진에 라임 주스와 탄산수를 가미한 음료.

른 해협에서 작은 돛단배 한 척이 좀 더 시원한 바다 쪽으로 느릿느릿 움직이고 있었다. 개츠비는 잠시 눈으로 그 배를 쫓았다. 그는 한 손을 들어 만 건너편을 가리켰다.

「저는 바로 저 건너에 삽니다.」

「그래요.」

우리는 눈을 들어 장미 화단과 뜨거운 잔디밭과 해변에서 불볕더위에 시달리고 있는 잡초 더미를 바라보았다. 하얀 돛이 시원하고 푸른 수평선을 배경으로 서서히 움직이고 있었다. 부채꼴 모양의 바다와 수많은 축복받은 섬들이 우리 앞에 놓여 있었다.

「재미있는 스포츠죠.」톰이 고개를 끄덕이며 말했다.「한 시간 정도 저 친구랑 저기 나가 배를 타고 싶군요.」

우리는 역시 더위를 막기 위해 어둑하게 가려 놓은 식당에서 점심을 먹었고, 불안하지만 유쾌한 척하면서 차가운 맥주를 마셨다.

「오늘 오후엔 뭘 하죠?」데이지가 물었다.「그리고 내일은, 또 그다음 30년 동안은?」

「우울한 소리 하지 마.」조던이 말했다.「가을이 오고 날씨가 서늘해지면 살 만한 인생이 다시 시작될 거야.」

「하지만 지금은 너무 덥다고.」데이지가 금방이라도 울 것 같은 얼굴로 말했다.「모든 게 너무 혼란스러워. 모두 시내에 나가요!」

그녀의 목소리는 더위를 견디고, 힘껏 두들겨 대고, 무의미함에 형태를 부여하려고 분투하고 있었다.

「마구간을 고쳐 차고로 만든다는 얘기는 들어 봤죠?」톰이 개츠비에게 말했다. 「하지만 차고를 고쳐 마구간으로 만든 사람은 아마 내가 처음일 겁니다.」

「시내에 갈 사람 없어요?」데이지가 끈질기게 졸랐다. 개츠비가 그녀 쪽으로 시선을 옮겼다. 「아!」그녀가 외쳤다. 「당신 정말 멋져 보여요.」

두 사람의 눈이 마주치더니 둘만의 공간에 있는 것처럼 서로를 응시했다. 그녀는 애써 테이블을 내려다보았다.

「당신은 멋져요.」데이지가 다시 한 번 말했다.

데이지는 개츠비에게 사랑한다고 말한 셈이었고, 톰 뷰캐넌은 이를 알아차렸다. 그는 충격을 받았다. 입을 조금 벌린 채 개츠비를 바라보았고, 오래전부터 알던 사람을 방금 알아본 것처럼 다시 데이지를 쳐다보았다.

「광고에 나오는 남자 같아요.」데이지는 순진하게 계속했다. 「그 광고에 나오는 사람……」

「좋아.」톰이 재빨리 끼어들었다. 「아주 기꺼이 시내로 나가지. 자, 모두 시내에 가자고.」

톰은 개츠비와 아내를 계속 쏘아보며 자리에서 일어났다. 아무도 꼼짝하지 않았다.

「일어나요!」톰이 언성을 높였다. 「도대체 왜들 이래? 시내에 갈 거면 출발하자고!」

톰은 화를 자제하느라 떨리는 손으로 남은 술을 들이켰다. 우리는 데이지의 목소리를 듣고서야 일어났고, 불타듯 이글거리는 자갈 도로로 나섰다.

「지금 가자고요?」 데이지가 이의를 제기했다. 「이렇게요? 먼저 담배라도 좀 피우게 놔두지 않고요?」

「점심 먹는 내내 다들 피웠잖아.」

「아, 그냥 재미있게 놀아요.」 데이지가 간청했다. 「더워서 짜증도 못 내겠어요.」

톰은 대꾸하지 않았다.

「마음대로 해요.」 데이지가 말했다. 「조던, 가자.」

세 남자가 뜨거운 자갈을 툭툭 차면서 서 있는 동안, 두 여자는 2층으로 올라가 외출할 채비를 했다. 서쪽 하늘에는 이미 은빛 초승달이 떠 있었다. 개츠비가 뭔가 말하려다 그만두었지만, 톰은 기다렸다는 듯 돌아서서 그와 마주했다.

「여기 마구간이 있습니까?」 개츠비가 어렵게 물었다.

「이 길 따라 4백 미터쯤 내려가면요.」

「아.」

대화가 끊겼다.

「왜 시내에 가자는 건지 도통 모르겠다니까!」 톰이 벌컥 화를 냈다. 「여자들 머릿속엔 무슨 생각이 들어 있는 건지……」

「뭐 마실 거 좀 가져가요?」 2층 창에서 데이지가 외쳤다.

「위스키 좀 가져가지.」 톰이 대답했다. 그리고 안으로 들어갔다.

개츠비가 굳은 표정으로 내게 돌아섰다.

「이 집에선 아무 말도 못 하겠어요, 친구.」

「데이지는 아무 생각 없이 말해요.」 내가 말했다. 「하는 애기라곤 죄다……」

나는 머뭇거렸다.

「죄다 돈 얘기죠.」개츠비가 불쑥 내뱉었다.

바로 그거였다. 전에는 미처 깨닫지 못했다. 데이지 목소리는 돈으로 가득 차 있었다. 그 안에서 무한히 오르내리는 매력, 그것이 짤랑대는 소리, 그 심벌즈의 음악…… 드높은 하얀 궁전의 공주, 황금의 아가씨……

톰은 1쿼트[54]짜리 술병을 수건에 싸서 나왔다. 금속 같은 천으로 만든 꼭 끼는 작은 모자를 쓰고 가벼운 케이프[55]를 팔에 걸친 데이지와 조던이 그 뒤를 따랐다.

「모두 제 차 타고 가실래요?」개츠비가 제안했다. 그러고는 초록색 가죽 시트가 얼마나 뜨거운지 만져 봤다. 「차를 그늘에 둘 걸 그랬나 봐요.」

「변속 기어예요?」톰이 물었다.

「네.」

「좋아요, 당신이 내 쿠페를 몰고 내가 당신 차를 몰고 갑시다.」

개츠비에게는 그 제안이 별로 달갑지 않은 모양이었다.

「기름이 별로 없는 것 같아요.」개츠비가 거절의 뜻을 내비쳤다.

「기름은 충분해요.」톰이 거칠게 말했다. 그러고는 즉각 계기판을 살펴보았다. 「기름이 떨어지면 약국에 들렀다 가면 되죠. 요즘은 약국에서 뭐든 살 수 있다니까요.」

---

54 *quart.* 부피의 단위로, 미국에서는 약 0.95리터에 해당한다.
55 *cape.* 소매가 없는 망토식의 겉옷.

말할 것 없이 엉뚱한 그 말에 침묵이 따랐다. 얼굴을 찡그린 데이지가 톰을 쳐다보았다. 그와 동시에 뭐라 말할 수 없는 표정이, 분명 평소와는 달랐지만 누군가의 묘사를 듣기만 한 것처럼 알아차리기 어려운 표정이 개츠비의 얼굴에 스쳤다.

「자, 데이지.」 톰은 그렇게 말하며 데이지의 몸을 개츠비의 차 쪽으로 밀었다. 「당신을 이 곡마단 마차에 태워 주지.」

톰이 자동차 문을 열었지만 데이지는 자기 어깨에 둘린 남편의 팔에서 빠져나왔다.

「당신이 닉과 조던을 데려가요. 우린 쿠페 타고 따라갈게요.」

데이지는 개츠비의 코트를 손으로 만지작거리며 그의 곁에 바싹 붙어 걸어갔다. 조던과 톰과 나는 개츠비 차의 앞좌석에 탔다. 톰은 익숙하지 않은 기어를 이리저리 움직여 보고 숨 막히는 더위 속으로 총알처럼 달려 나갔다. 두 사람을 시야에서 지워 버리며.

「봤지?」 톰이 물었다.

「뭘?」

톰은 조던과 내가 이미 다 알고 있었다는 걸 확인하고는 나를 날카롭게 노려보았다.

「내가 아주 바보인 줄 아나 봐, 안 그래?」 톰이 떠보며 말했다. 「아마 그럴지도 모르지. 하지만 내겐 그…… 가끔 어떻게 해야 할지 알려 주는 투시력 같은 게 있어. 안 믿겠지만, 과학이란……」

톰은 말을 멈췄다. 방금 전의 돌발적인 사건에 마음이 쓰여 심오한 이론에서 물러선 것이다.

「그 친구에 대해 좀 알아봤지.」 톰이 말을 이었다. 「진작 알았으면 좀 더 샅샅이 알아봤을 텐데……」

「무당한테라도 갔다 왔어요?」 조던이 익살스럽게 물었다.

「뭐라고?」 톰은 잠시 당황한 듯 싶더니 웃는 우리를 쳐다봤다. 「무당?」

「개츠비 말이에요.」

「개츠비! 아니, 내 말은, 그의 과거를 좀 조사해 봤다고.」

「그럼 옥스퍼드 출신이란 것도 알아냈겠네요.」 조던이 거들고 나섰다.

「옥스퍼드라고!」 그는 믿지 않았다. 「절대 그럴 리가 없어! 분홍색 정장이나 입는 주제에.」

「하지만 옥스퍼드 출신이에요.」

「뉴멕시코 주의 옥스퍼드겠지.」 톰이 경멸하듯 코웃음을 쳤다. 「아니면 그 비슷한 데거나.」

「이봐요, 톰. 그렇게 속물처럼 굴 거면서 도대체 왜 식사에 초대한 거예요?」 조던이 화를 내며 물었다.

「데이지가 초대한 거야. 결혼하기 전에 알던 사이라나……. 어디서 알았는지 누가 알아!」

술기운이 떨어지자 우리는 모두 예민해졌다. 그 사실을 깨닫고 한동안 말없이 달렸다. 이윽고 T. J. 에클버그 의사의 희미한 눈이 내려다보이자 개츠비가 기름 얘길 했던 게 떠올랐다.

「시내까진 기름 충분해.」 톰이 말했다.

「하지만 여기 주유소 있잖아요.」 조던이 나섰다. 「이 불볕 더위에 차가 서는 건 싫다고요.」

톰이 성급하게 양쪽 브레이크를 밟았고, 우리는 월슨 정비소의 간판 아래로 미끄러져 들어가다 먼지를 일으키며 우뚝 멈춰 섰다. 잠시 후에 가게 주인이 나오더니 멍하니 차를 쳐다보았다.

「기름 좀 넣자고!」 톰이 거칠게 소리쳤다. 「우리가 왜 섰겠나? 경치나 감상하자고?」

「아파요.」 월슨이 꼼짝하지 않고 말했다. 「하루 종일 아팠어요.」

「뭐 때문에?」

「탈진했나 봐요.」

「그럼 내가 할까?」 톰이 물었다. 「아까 전화할 땐 아주 팔팔한 것 같던데.」

그늘 속에 있던 월슨은 기대 있던 문간에서 힘겹게 몸을 떼고 거친 숨을 몰아쉬며 주유구 뚜껑을 열었다. 햇빛에 비친 그의 얼굴이 파리했다.

「점심 식사를 방해할 생각은 없었어요.」 월슨이 말했다. 「하지만 정말 돈이 급해서 그 옛날 차를 어떻게 할 건지 알아본 거예요.」

「이 차는 어떤가?」 톰이 물었다. 「지난주에 산 건데.」

「노란색이 멋지네요.」 월슨이 주유기 손잡이에 힘을 주며 말했다.

「사고 싶나?」

「굉장한 기회지요.」 윌슨이 힘없이 미소를 지었다. 「안 살래요, 그 차라면 돈이 좀 될 거 같은데.」

「갑자기 돈이 왜 필요한 건데?」

「여기 너무 오래 살았어요. 멀리 가려고요. 마누라하고 서부로 갈 거예요.」

「마누라하고!」 톰이 깜짝 놀라 소리쳤다.

「마누라는 10년 동안 그 소리였어요.」 그는 주유기에 기대 눈을 가리고 잠시 쉬었다. 「이젠 바라든 안 바라든 떠나려고요. 마누라를 멀리 데려갈 거예요.」

쿠페가 먼지를 일으키며, 흔들리는 손을 섬광처럼 내보이며 우리 곁을 지나쳤다.

「얼마지?」 톰이 거칠게 물었다.

「이틀 전에 좀 이상한 사실을 알게 됐죠.」 윌슨이 말했다. 「그래서 이사를 가려고요. 그래서 또 귀찮게 차 얘길 한 겁니다.」

「얼마냐니까?」

「1달러 20센트요.」

가차 없이 내리쬐는 더위에 정신이 혼미해진 나는 시간이 좀 지나서야 윌슨이 아직 톰을 의심하지 않는다는 걸 깨달았다. 그는 머틀이 자기와는 다른 세상에서 살고 있다는 사실을 알게 됐고, 그 사실에 충격을 받은 나머지 병이 났던 것이다. 나는 그를 지켜보다가 다시 톰을 쳐다봤다. 톰 역시 윌슨과 같은 사실을 깨달은 지 한 시간이 채 안 되었던 것이다.

사람 사이에서 지능이나 인종의 차이란 병자와 건강한 자의 차이에 비하면 그다지 크지 않다는 생각이 들었다. 윌슨은 너무 아픈 나머지 죄수처럼, 도저히 용서받을 수 없는 죄를 저지른 죄수처럼 보였다. 불쌍한 소녀를 임신시키기라도 한 것처럼.

「그 차를 넘기지.」톰이 말했다. 「내일 오후에 차를 보내겠네.」

이 지역은 아주 환한 오후에도 늘 어딘가 불안한 곳이어서, 나는 뒤를 조심하라는 경고라도 받은 것처럼 고개를 돌렸다. 재의 골짜기 너머에서 의사 T. J. 에클버그의 거대한 눈이 계속 내려다보고 있었다. 그러나 잠시 후, 몇 미터도 안 되는 곳에서 또 한 사람이 아주 강렬한 눈빛으로 우리를 지켜보고 있다는 걸 깨달았다.

정비소 위층 어느 창문의 커튼이 살짝 걷혀 있었고, 머틀 윌슨이 차를 뚫어지게 내려다보고 있었다. 너무나 열중한 나머지 누가 자기를 지켜보고 있다는 걸 전혀 의식하지 못했고, 사진에 피사체가 서서히 현상되듯 여러 가지 복잡한 감정이 얼굴에 하나하나 떠올랐다. 그녀의 표정이 이상하게도 낯익었다. 여자들 얼굴에서 자주 봤던 표정이기도 했지만, 아무튼 머틀 윌슨의 얼굴에는 목적 없고 설명하기 어려운 구석이 있었다. 이윽고 나는 질투와 공포로 커진 그녀의 두 눈이 톰이 아닌 조던 베이커에게 고정되어 있음을 깨달았다. 그녀는 조던을 톰의 아내로 착각했던 것이다.

....

단순한 마음이 혼란스러워질 때보다 더 혼란스러운 것은 없다. 차가 달리는 동안 톰은 심각한 공황 상태에 빠졌다. 한 시간 전만 해도 범접하지 못할 안전한 곳에 있던 아내와 정부가 갑자기 그의 손아귀에서 빠져나가고 있었다. 데이지를 따라잡기 위해, 동시에 윌슨에게서 멀어지기 위해 그는 본능적으로 가속기를 밟아 댔다. 애스토리아를 향해 시속 80킬로미터로 속력을 내자 마침내, 고가 철도의 거미줄 같은 교각 사이로 느긋하게 달리는 푸른색 쿠페가 보였다.

「50번가 근처에 있는 큰 극장들이 시원해요.」 조던이 말했다. 「전 모두가 떠나 버린 뉴욕의 여름날 오후가 좋아요. 뭔가 아주 감각적인 데가 있거든요. 온갖 진기한 과일들이 손에 막 떨어지려는 것처럼 무르익은 느낌 말이에요.」

〈감각적〉이라는 단어가 톰을 더 불안하게 만들었다. 그러나 그가 반대할 말을 생각해 내기도 전에 쿠페가 와서 섰고, 데이지가 옆에다 차를 대라고 신호를 보냈다.

「어디로 가죠?」 데이지가 외쳤다.

「극장 어때?」

「너무 더워요.」 데이지가 투덜거렸다. 「당신들은 가요. 우린 이 근처 좀 돌아다니다 나중에 합류할게요.」 애를 쓰다 보니 데이지도 조금 영리해진 것이다. 「어디 모퉁이에서 만나요. 담배 두 대 피우는 사람 보면 난 줄 아세요.」

「여기서 그런 얘기나 할 순 없어.」 톰이 다급하게 말했다.

뒤쪽의 트럭에서 욕설과 함께 경적을 울려 댔다. 「센트럴파크 남쪽, 플라자 호텔 앞으로 따라와.」

톰은 몇 번이나 고개를 돌려 그들이 탄 차를 돌아봤다. 차가 막히면 그들이 시야에 들어올 때까지 속도를 늦췄다. 그들이 옆길로 빠져 영원히 그의 삶에서 사라질까 두려워하는 것처럼.

그러나 그들은 그렇게 빠져나가지 않았다. 그리고 우리는 플라자 호텔 스위트룸을 빌리는, 자못 설명하기 어려운 행동을 저질렀다.

방으로 몰려 들어가서야 끝난 길고 떠들썩한 논쟁은 잘 기억나지 않는다. 하지만 속옷이 축축한 뱀처럼 다리를 휘어 감고 땀방울이 등줄기를 시원하게 가르던 몸의 기억만은 생생하다. 이 생각은 욕실 다섯 개를 빌려 시원하게 냉수욕이나 하자는 데이지의 제안에서 비롯되어 〈민트 줄렙[56]을 마실 장소〉라는 형태로 좀 더 구체화되었던 것이다. 우리는 하나같이 〈끝내주는 아이디어〉라고 입을 모았다. 어리둥절해하는 직원에게 입을 모아 말하고는 우리가 꽤나 재미있는 사람이라고 생각하거나, 아니면 그렇게 생각하는 척하면서……

방은 컸지만 숨이 막혔다. 벌써 4시였지만 창문을 열어도 잔뜩 달아오른 센트럴파크의 관목 숲에서는 뜨거운 바람만 불어왔다. 데이지는 우리에게 등을 돌린 채 거울 앞에서 머리를 매만졌다.

---

56 *mint julep*. 위스키나 브랜디에 설탕이나 박하 등을 넣은 청량음료.

「대단한 스위트룸이네요.」 조던이 공손하게 속삭이자 모두 웃음을 터트렸다.

「다른 창문도 열어.」 데이지가 돌아서지도 않고 명령했다.

「다른 창문은 없어.」

「그럼, 전화해서 도끼를 가져오라고 하든가⋯⋯」

「더위를 잊으면 되지.」 톰이 못 참고 말했다. 「그렇게 투덜대니까 열 배나 더운 거라고.」

그는 위스키 병을 수건에서 풀어 테이블 위에 올려놓았다.

「가만히 놔두죠, 친구?」 개츠비가 말했다. 「시내에 오고 싶어 한 사람은 당신이잖아요.」

잠시 침묵이 흘렀다. 못에 걸려 있던 전화번호부가 바닥으로 떨어졌다. 조던이 〈죄송해요〉라고 속삭였지만, 이번에는 아무도 웃지 않았다.

「내가 집을게요.」 내가 나섰다.

「내가 집었어요.」 개츠비는 끊어진 끈을 살펴보고, 재미있다는 듯 〈흠!〉 하고 중얼거리면서 전화번호부를 의자 위로 집어 던졌다.

「그게 당신의 고상한 말버릇인가 봐?」 톰이 쏘아 물었다.

「뭐 말이죠?」

「〈친구〉 어쩌고 하는 거. 그런 말은 어디서 배웠을까?」

「이봐요, 톰.」 데이지가 거울에서 돌아섰다. 「그런 식으로 인신공격이나 할 거라면, 단 1분도 여기 있지 않겠어요. 전화해서 민트 줄렙에 넣을 얼음이나 주문해요.」

톰은 수화기를 들었고 압축된 열기가 소리로 폭발했다.

우리는 아래층 무도회장에서 흘러나오는 멘델스존의 「결혼 행진곡」의 놀라운 화음에 귀 기울였다.

「이 더위에 결혼을 하다니!」 조던이 울적하게 외쳤다.

「하긴…… 나도 6월 중순에 결혼했어.」 데이지가 기억을 더듬었다. 「6월에 루이빌에서! 누군가 기절했지. 기절한 게 누구였죠, 톰?」

「빌록시.」 그가 짧게 대답했다.

「빌록시라는 남자였죠. 〈블록스〉 빌록시라고, 상자 만드는 사람이었어요. 정말이에요. 그는 테네시 주 빌록시 출신이었어요.」[57]

「사람들이 그 남자를 우리 집에 데려왔었죠.」 조던이 덧붙였다. 「교회에서 바로 두 집 옆이 우리 집이었거든요. 그 남자가 3주나 머물러서 아빠가 그만 떠나 달라고 했어요. 그 남자가 떠난 다음 날에 아빠가 돌아가셨죠.」 잠시 후 조던이 덧붙였다. 「두 사건 사이에 무슨 관계가 있는 건 아니에요.」

「아는 사람 중에 멤피스 출신 빌 빌록시가 있었는데.」 내가 말했다.

「바로 그 사람 사촌이에요. 그 사람이 떠나기 전에 그의 가족사를 전부 알게 됐죠. 나한테 알루미늄 퍼터를 줬는데 그걸 요즘도 쓰고 있어요.」

결혼식이 시작되자 음악이 그쳤다. 이제는 창문에서 긴 환성이 들려왔고 가끔 〈좋아……아……아!〉 하는 소리가 뒤

---

57 빌록시Biloxi는 미시시피 주에 속한다. 테네시 주에는 빌록시가 없다. 등장인물의 실수인지, 작가의 실수인지 알 수 없다. 위의 책, 〈주석〉에서 인용.

따랐다. 마침내 무도회가 시작되었고, 재즈 음악이 흘러나왔다.

「우린 늙어 가나 봐.」 데이지가 말했다. 「젊다면 일어나서 춤을 췄을 텐데.」

「빌록시를 생각해서 참아.」 조던이 말했다. 「어디서 그를 알게 됐죠, 톰?」

「빌록시 말이야?」 톰은 애써 기억을 더듬었다. 「난 그 사람 몰라. 데이지의 친구야.」

「아니에요.」 그녀가 부정했다. 「전에 그 사람 본 적도 없어요. 그 사람, 자기 차를 몰고 왔어요.」

「글쎄, 그 사람 말이 당신을 안다더라고. 루이빌에서 자랐다고. 에이서 버드가 막판에 데려와서 그자도 초대해 줄 수 있냐고 물었어.」

조던이 미소를 지었다.

「아마도 무전여행으로 집에 가는 길이었나 봐요. 나한테는 예일 대학에서 당시 학년 회장이었다고 하던데.」

톰과 나는 멍하니 서로 쳐다보았다.

「빌록시가?」

「일단, 회장 같은 건 없었고⋯⋯」

개츠비는 초조한 듯 톡톡 바닥을 차고 있었고, 톰은 그 모습을 놓치지 않았다.

「그런데, 개츠비 씨, 당신이 옥스퍼드 출신이라고.」

「꼭 그런 건 아닙니다.」

「아, 맞아요, 당신이 옥스퍼드에 다녔다고 들었소.」

「네……. 거기 다녔지요.」

잠시 침묵. 그러고 나서 의심과 무례함으로 무장한 톰의 목소리.

「빌록시가 뉴헤이븐에 다닐 때쯤 당신도 거기 다녔겠네.」

다시 침묵. 웨이터가 노크를 하더니 으깬 민트와 얼음을 들고 들어왔다. 하지만 〈감사합니다〉라는 웨이터의 말과 살그머니 문 닫는 소리에도 침묵은 깨지지 않았다. 중대한 진실이 드디어 밝혀지려는 순간이었다.

「거기 다녔다고 말씀드렸죠.」 개츠비가 말했다.

「당신 말은 들었지만, 언제 다녔는지 알고 싶소.」

「1919년이었습니다. 다섯 달만 머물렀어요. 바로 그것 때문에 진짜 옥스퍼드 출신이라고 말하지 못하는 겁니다.」

톰은 우리도 자기처럼 믿지 못하는지 보려고 주위를 둘러봤다. 그러나 우리는 모두 개츠비를 바라보고 있었다.

「휴전 후에 장교 몇한테 기회가 주어졌죠.」 그는 말을 이었다. 「영국이나 프랑스의 어느 대학이든 갈 수 있었어요.」

나는 일어나서 그의 등을 두드려 주고 싶었다. 이전에 경험했던, 그에 대한 완벽한 신뢰가 되살아났던 것이다.

데이지가 희미하게 미소를 지으며 일어나 테이블로 갔다.

「위스키를 따요, 톰.」 그녀가 명령했다. 「그러면 민트 줄렙을 만들어 줄게요. 그러면 당신이 그렇게 바보 같아 보이진 않을 거예요……. 이 민트를 좀 봐요!」

「잠깐 기다려 봐.」 톰이 느닷없이 말했다. 「개츠비 씨에게 묻고 싶은 게 하나 더 있어.」

「계속해요.」개츠비가 점잖게 말했다.

「도대체 우리 집에 무슨 분란을 일으킬 셈이지?」

마침내 그들은 대놓고 맞서게 되었고, 그것은 개츠비가 바라던 바였다.

「저이가 분란을 일으키는 게 아니에요.」데이지는 절망스러운 눈길로 두 사람을 번갈아 쳐다봤다. 「분란을 일으키는 건 당신이에요. 제발 좀 자제하세요.」

「자제?」톰이 믿을 수 없다는 듯 되풀이했다. 「족보도 이름도 없는 작자가 자기 부인이랑 바람피우게 놔둘 수는 없지. 백 번 양보해도 말이야. 아, 그게 당신 생각이라면 난 좀 빼줘…… 요즘 사람들은 가정생활이나 가족 제도를 비웃는 모양인데, 이젠 다 팽개치고 백인이 흑인이랑 결혼이라도 하겠어.」

감정이 격해져 횡설수설하느라 얼굴이 벌게진 톰은 자신이 문명 최후의 보루에 홀로 서 있다는 걸 깨달았다.

「여긴 다 백인뿐인데요.」조던이 중얼거렸다.

「내가 별로 인기 없다는 건 알아. 거창한 파티 따윈 안 여니까. 현대 사회에선 친구를 사귀고 싶으면 집을 돼지우리로 만들어야 하나 봐.」

나도 다른 사람들처럼 화가 났지만, 톰이 한마디씩 할 때마다 웃음이 터지려 했다. 톰은 바람둥이에서 도덕군자로 너무나 완벽하게 변신했던 것이다.

「당신에게 할 말이 있어요, 친구.」개츠비가 말을 하기 시작했다. 그러나 데이지가 그의 의도를 알아차렸다.

「제발 그만둬요!」 그녀는 곤혹스러워하며 말허리를 잘랐다. 「제발 모두 집에 가요. 모두 집에 가는 게 어때요?」

「좋은 생각이야.」 내가 일어섰다. 「일어나, 톰. 아무도 술 마실 생각이 없어.」

「개츠비 씨가 나한테 무슨 말을 하려는지 알고 싶어.」

「당신 아내는 당신을 사랑하지 않아요.」 개츠비가 말했다. 「당신을 사랑한 적도 없어요. 그녀는 나를 사랑해요.」

「당신 미쳤군!」 톰이 반사적으로 외쳤다. 개츠비는 격하게 흥분하며 벌떡 일어섰다.

「당신을 사랑한 적 없다고, 알아들어?」 개츠비가 외쳤다. 「가난 때문에, 나를 기다리다 지쳐 당신과 결혼한 것뿐이라고. 엄청난 실수였지. 하지만 마음으로는 나 말고 아무도 사랑한 적 없어!」

이쯤에서 조던과 나는 나가려 했지만, 톰과 개츠비는 경쟁이나 하듯 우리가 남아 있어야 한다고 강력히 주장했다. 둘 다 감출 게 없다는 듯, 자신들과 감정을 공유하는 게 커다란 특권이라도 되는 것처럼.

「앉지, 데이지.」 톰은 아버지처럼 위엄 있게 말하려 했지만 잘 안 되었다. 「도대체 무슨 일이 있었던 거야? 다 듣고 싶어.」

「무슨 일인진 내가 얘기했잖아.」 개츠비가 말했다. 「5년 동안 벌어진 일이야. 당신만 몰랐고.」

톰은 데이지 쪽으로 날카롭게 몸을 돌렸다.

「5년 동안 이 작자를 만났다고?」

「만나지 않았어.」 개츠비가 말했다. 「아니, 만날 수가 없었지. 하지만 우린 둘 다 한결같이 서로를 사랑했어. 친구, 당신은 몰랐겠지. 난 가끔 웃었어.」 그러나 그의 눈에 웃음기라곤 없었다. 「당신이 모른다는 생각에.」

「아, 그게 전부라고.」 톰은 두꺼운 손가락을 성직자처럼 튕기더니 의자 뒤로 몸을 기댔다.

「당신은 미쳤어!」 톰이 폭발했다. 「5년 전에 일어난 일은 뭐라 말할 수가 없지. 그땐 데이지를 몰랐으니까……. 뒷문으로 식료품 배달이라도 했나 보네, 용케 그녀한테 접근한 걸 보니. 하지만 나머지는 전부 빌어먹을 거짓말이야. 나랑 결혼할 때 데이지는 날 사랑했고, 지금도 날 사랑해.」

「아니.」 개츠비가 고개를 저으며 말했다.

「글쎄 그렇다니까? 가끔 가다 바보 같은 생각을 하고, 자기가 무슨 짓을 하는지 몰라서 골치긴 하지만.」 톰이 현자처럼 고개를 끄덕였다. 「그리고 나도 데이지를 사랑해. 진탕 마시고 놀면서 어리석게 굴긴 하지만, 늘 제자리로 돌아오고, 마음속으론 늘 그녀를 사랑한다고.」

「지겨워요.」 데이지는 그렇게 말하며 내 쪽으로 돌아섰고, 한 옥타브 낮아진 그녀의 목소리에 방 안이 소름끼치는 경멸로 가득 찼다. 「우리가 왜 시카고를 떠났는지 아세요? 저 진탕 마시고 논 얘기가 오빠 귀에 안 들어간 게 이상한 일이죠.」

개츠비가 그녀 곁으로 다가가 섰다.

「데이지, 이제 다 끝났어.」 그가 진지하게 말했다. 「이제 아무 상관없어. 그에게 진실만 말해. 결코 당신을 사랑한 적

177

없다고. 그럼 모든 게 영원히 지워지는 거야.」

데이지가 그를 멍하니 쳐다봤다. 「왜……. 내가 어떻게 저 사람을 사랑할 수 있었겠어요……. 도대체 어떻게요?」

「당신은 그를 사랑한 적 없어.」

데이지는 망설였다. 그녀의 눈이 호소하듯 조던과 나를 바라보았다. 드디어 자기가 무슨 짓을 하고 있는지 깨달은 것처럼. 자기는 처음부터 어떤 일도 벌일 생각이 없었던 것처럼. 하지만 이미 일은 벌어졌다. 너무 늦어 버린 것이다.

「난 절대로 저 사람을 사랑하지 않았어요.」 그녀의 목소리에는 마지못해 말하는 기색이 역력했다.

「카피올라니에서도?」 톰이 불쑥 물었다.

「그래요.」

아래층 무도회장에서 소리를 죽인 답답한 음악 소리가 뜨거운 공기를 타고 올라왔다.

「펀치볼에서 신발이 젖지 않게 당신을 안고 내려온 그날도?」 허스키한 톰의 목소리에는 다정함이 묻어 있었다. 「……데이지?」

「제발 그만해요.」 데이지의 목소리는 냉정했지만, 이제 적의는 없었다. 그녀는 개츠비를 바라봤다. 「이봐요, 제이.」 그녀가 말했다. 그러나 담배에 불을 붙이려는 그녀의 손은 가늘게 떨리고 있었다. 순간 그녀가 담배와 불붙인 성냥을 카펫에 던져 버렸다.

「아, 당신은 너무 많은 걸 원해요!」 그녀가 개츠비를 향해 소리쳤다. 「지금 당신을 사랑해요. 그걸로 충분하지 않나요?

지난 일은 나도 어쩔 수가 없어요.」 그녀가 힘없이 울기 시작했다. 「한때는 그 사람을 사랑했어요. 하지만 당신도 사랑했어요.」

개츠비의 눈이 열렸다 닫혔다.

「나도 사랑했다고?」 개츠비가 되풀이했다.

「그것도 거짓말이야.」 톰이 잔인하게 말했다. 「데이지는 당신이 살아 있는 줄도 몰랐어. 어쨌든, 데이지와 나 사이에는 당신이 모를 일들이, 우리 둘 다 잊을 수 없는 일들이 있어.」

그 말이 개츠비의 몸을 물어뜯은 모양이었다.

「데이지와 단둘이 얘기하고 싶소.」 개츠비가 말했다. 「그녀가 지금 너무 흥분해서……」

「단둘이 얘기해도 톰을 사랑한 적 없다고는 말 못 해요. 할 수 없어요.」 데이지가 애처롭게 말했다. 「그건 사실이 아니니까요.」

「물론 사실이 아니지.」 톰이 맞장구를 쳤다.

데이지가 남편을 향해 돌아섰다.

「그게 당신한테 중요한 문제라도 되나 보네요.」 데이지가 말했다.

「물론 중요하지. 이제부터 당신을 더 잘 돌봐 줄 거야.」

「이해를 못 하는군.」 개츠비가 당황스럽다는 듯 말했다. 「이제 더는 그녀를 돌볼 필요 없어.」

「필요 없다고?」 톰이 눈을 크게 뜨고 웃었다. 그는 이제 자제할 만한 여유가 있었다. 「어째서?」

「데이지는 당신을 떠날 거야.」

「말도 안 되는 소리.」

「하지만, 정말이에요.」데이지가 눈에 띄게 힘들여 말했다.

「데이지는 안 떠나!」톰이 내뱉은 말이 개츠비에게 지체 없이 달려들었다. 「여자 손에 끼울 반지까지 훔치는 그런 악명 높은 사기꾼한텐, 절대로 안 가.」

「정말 더는 못 참겠어요!」데이지가 외쳤다. 「오, 제발 나가요.」

「당신 누구야? 어?」톰이 느닷없이 소리쳤다. 「당신이 마이어 울프심이랑 어울리는 치라는 걸 우연히 알게 됐지. 당신이 뭘 하는지 좀 알아봤어……. 내일은 좀 더 알아볼 생각이야.」

「마음대로 해, 친구.」개츠비가 침착하게 말했다.

「당신 〈약국〉이란 게 뭔지 알아냈다고.」톰은 우리를 돌아보며 거침없이 말했다. 「저치랑 그 울프심이라는 작자는 여기랑 시카고 뒷골목에서 약국을 엄청나게 사들였어. 그 약국 카운터에서 에틸알코올을 판다고. 그게 이 사람이 부리는 작은 재주 중 하나지. 처음 봤을 때부터 밀주업자라 짐작했는데, 내 짐작이 그리 틀리진 않았어.」

「그래서 어쨌다는 거지?」개츠비가 점잖게 물었다. 「당신 친구 월터 체이스는 자랑스럽게 그 사업에 참여한 것 같던데.」

「당신이 궁지에 처한 그를 내버려 뒀지, 안 그래? 한 달 넘게 뉴저지 감옥에 갇혀 있게 내버려 뒀어. 맙소사! 월터가 당신 얘기 하는 걸 들었어야 하는데.」

「그자는 우리에게 왔을 때 완전 빈털터리였어. 돈을 좀 벌게 되니 아주 기뻐하더군, 친구.」

「나보고 〈친구〉라고 하지 마!」 톰이 소리쳤다. 개츠비는 아무 대꾸도 하지 않았다. 「월터가 자넬 도박법으로 고소할 수도 있었어. 근데 울프심이 겁을 줘서 입을 다문 거지.」

익숙하진 않지만 알아볼 수 있는 표정이 개츠비의 얼굴에 다시 떠올랐다.

「약국 사업은 그냥 푼돈이지.」 톰이 천천히 계속했다. 「월터가 무서워서 말도 못 한 꿍꿍이를 벌이고 있으니까.」

나는 공포에 질려 개츠비와 자기 남편을 번갈아 보는 데이지와, 눈에 보이지 않지만 흥미 있는 대상을 턱 끝에 올려놓고 균형을 잡기 시작한 조던을 쳐다보았다. 그런 다음 다시 개츠비를 보고는, 그의 표정에 깜짝 놀랐다. 그는 정말 — 이건 그의 정원에서 사람들이 쑥덕거리던 부질없는 중상모략을 다 무시하고 하는 말이다 — 〈사람을 죽인〉 사람처럼 보였다. 그 순간 그의 굳은 표정은 사람들이 수군거리던 그런 기이한 방식이 아니라면 묘사할 수가 없었다.

그런 표정이 가시더니, 그는 흥분해서 데이지에게 쏟아내기 시작했다. 모든 것을 부정했고, 아직 하지도 않은 비난에 대해 자신을 변호했다. 그러나 말을 하면 할수록 그녀는 점점 더 움츠러들었고, 그는 포기하고 말았다. 오후는 흘러가는데 스러진 꿈만이 싸움을 계속했다. 방 안 건너 저 잃어버린 목소리를 향해, 더는 만질 수 없는 것을 어루만지려 애쓰면서, 불행 속에서도 절망하지 않으려 애쓰고 있었다.

181

그 목소리가 또다시 집에 가자고 애원했다.

「제발요, 톰! 더는 못 견디겠어요.」

겁에 질린 그녀의 눈은 그녀의 의도가 무엇이든, 그녀의 용기가 얼마나 크든, 그 모든 게 확실히 사라져 버렸다는 사실을 보여 주었다.

「당신 둘이 집으로 출발해, 데이지.」 톰이 말했다. 「개츠비 씨 차 타고.」

데이지는 놀란 눈으로 톰을 쳐다봤지만, 톰은 경멸하는 듯하면서도 제법 관대한 태도를 고수했다.

「어서. 저치가 당신을 괴롭히진 않을 거야. 주제넘은 불장난이 끝났다는 걸 깨달았겠지.」

두 사람은 아무 말 없이 잽싸게 나가 버렸다. 우연히 찾아온 유령처럼 우리의 연민으로부터 멀어져 갔다.

잠시 후 톰이 일어나더니 따지도 않은 위스키 병을 수건으로 싸기 시작했다.

「이거 좀 마실래? 조던? ……닉?」

나는 대답하지 않았다.

「닉?」 그가 다시 나를 불렀다.

「왜?」

「좀 마실래?」

「아니……. 오늘이 내 생일이라는 게 막 기억났어.」

나는 서른 살이 되었다. 내 앞에는 새로운 10년이라는 불길하고도 위협적인 길이 펼쳐져 있었다.

나와 조던이 톰과 함께 쿠페를 타고 롱아일랜드로 출발한 것은 7시였다. 톰은 신나게 웃으면서 끊임없이 떠들었지만, 조던과 나에게는 그 목소리가 보도의 낯선 소음이나 머리 위 고가 도로의 소음처럼 아득하게 느껴졌다. 인간의 공감에는 한계가 있어, 우리는 도시의 불빛을 뒤로 한 채 그들의 비극 적인 싸움이 멀어지는 것에 안도했다. 서른 살. 앞으로 10년 동안 외로울 거라는, 아는 독신자 수가 줄어들고, 열정이라 는 서류 가방이 얇아지고, 머리카락이 빠질 거라는 전망. 그 러나 내 곁에는 조던이 있었다. 데이지와 달리 그녀는 너무 나 똑똑해서 까맣게 잊어버린 꿈을 해를 넘겨 가며 간직하지 않는다. 어두운 다리를 지날 때, 그녀는 나른한 듯 창백한 얼 굴을 내 코트 어깨에 기댔다. 서른 살이라는 나이가 주는 충 격은 살며시 감싸는 그녀의 손길 아래서 사라졌다.

그렇게 우리는 서늘해진 황혼을 지나 죽음을 향해 계속 질주했다.

....

재의 골짜기 옆에서 커피집을 운영하는 젊은 그리스인 마 이클리스가 사건 심리상의 주요 목격자였다. 그는 무더위 속 에서 5시 넘어까지 잠을 잤다. 그리고 정비소로 어슬렁어슬 렁 걸어가는데 조지 윌슨이 사무실에서 끙끙 앓고 있는 게 보였다. 고통이 심한 듯 얼굴이 흐릿한 머리칼만큼이나 창백 했고 온몸을 덜덜 떨고 있었다. 마이클리스는 그에게 침대에 가서 누우라고 권했지만, 윌슨은 그러면 장사에 손해가 많다 면서 거절했다. 이웃 청년이 그를 설득할 때, 머리 위에서 와

장창하는 소리가 들렸다.

「아내를 2층에 가둬 놨어.」 윌슨이 조용히 설명했다. 「모레까지 저기 있을 거야, 그러곤 이사를 갈 거야.」

마이클리스는 깜짝 놀랐다. 그들은 4년 동안 이웃으로 지냈지만, 윌슨은 정말이지 그런 말을 할 사람으로 보이지 않았던 것이다. 그는 늘 지쳐 있는 남자였다. 일하지 않을 때면 문간 의자에 앉아 거리를 지나가는 사람과 자동차를 바라보았다. 누가 말이라도 걸면 늘 사람 좋게 웃었지만 생기라곤 없었다. 아내에게 잡혀 살았으면 살았지, 자기 뜻대로 하는 남자가 아니었던 것이다.

그래서 마이클리스는 당연히 무슨 일이 있었는지 알아보려고 했지만 윌슨은 한 마디도 하지 않았다. 대신 그는 이 청년에게 뭔가 궁금한 듯 의심스러운 눈길을 던지더니, 몇 날 몇 시에 어디서 뭘 했는지 캐묻기 시작했다. 마이클리스가 슬슬 불편해질 즈음 마침 일꾼 몇 명이 그곳 문간을 지나 그의 가게 쪽으로 향했고, 그는 나중에 다시 올 생각으로 자리를 피했다. 그러나 그는 다시 오지 못했다. 깜빡 잊어버린 모양이다. 7시가 좀 지나 다시 밖으로 나왔을 때, 그는 전에 나눈 대화가 떠올랐다. 정비소 아래층에서 욕을 퍼붓는 윌슨 부인의 우렁찬 목소리가 들렸기 때문이다.

「때려 봐!」 그녀가 소리치는 게 들렸다. 「때려 눕혀 보라고, 이 더러운 겁쟁이야!」

잠시 후, 그녀는 손을 흔들고 고래고래 악을 쓰며 황혼 속으로 달려 나갔다. 그가 문에서 나가기도 전에 일은 끝나 버렸다.

신문에서 〈죽음의 차〉라고 부른 그 차는 멈추지 않았다. 점점 더 깊어 가는 어둠 속에서 한동안 비극적으로 비틀거리다가, 다음 모퉁이로 사라져 버렸다. 마이클리스는 그 차가 무슨 색깔이었는지 확실히 말하지 못했다. 처음에 그는 경찰관에게 연녹색이라고 했다. 뉴욕으로 가던 다른 차가 백 미터쯤 지나다 멈춰 섰고, 머틀 윌슨이 끔찍하게 죽은 곳으로 급히 돌아왔다. 도로에 엎어진 그녀의 몸에서 끈끈하고 검붉은 피가 흘러나와 먼지와 뒤엉겨 있었다.

마이클리스와 운전자가 가장 먼저 그녀에게 다가갔다. 하지만 그들이 아직도 땀으로 축축한 블라우스를 찢었을 때, 왼쪽 젖가슴이 축 늘어지며 흔들렸다. 그 아래 심장 소리는 들어볼 필요도 없었다. 입이 크게 벌어졌고 입가가 조금 찢어져 있었다. 그토록 오래 저장해 두었던 막대한 활력을 포기하느라 다소 숨이 찬 것처럼.

    ....

아직 그곳에서 좀 떨어져 있던 우리 앞에 자동차 서너 대와 구경꾼들이 보였다.

「사고가 났군!」 톰이 말했다. 「좋아. 윌슨에게 드디어 일거리가 좀 생기겠네.」

톰은 속력을 줄였지만, 그때까지만 해도 차를 멈출 생각은 없었던 것 같다. 그렇게 좀 더 앞으로 나가다가 말없이 정비소 문만 뚫어지게 바라보는 얼굴들이 보이자 자기도 모르게 브레이크를 밟았다.

「좀 보고 가지.」 그가 수상한 듯 말했다. 「좀 보자고.」

그제야 나는 정비소에서 힘없이 울부짖는 소리가 끊임없이 흘러나온다는 걸 알아차렸다. 쿠페에서 내려 문으로 걸어가자, 그 소리는 헐떡이는 신음과 함께 〈아이고, 하느님 맙소사!〉라는 거듭되는 말로 바뀌었다.

「끔찍한 사고가 있었나 봐.」 톰이 흥분해서 말했다.

톰은 정비소로 가까이 다가가 까치발을 하고 빙 둘러선 사람들 머리 위로 안을 들여다봤다. 머리 위, 흔들리는 철망 바구니 속의 노란 전등만이 그곳을 비추고 있었다. 순간 톰이 거친 소리를 내뱉었고, 힘센 팔로 사람들을 난폭하게 밀어젖히며 길을 냈다.

사람들은 불평하며 웅성거리더니 다시 모여들었다. 잠시 동안 아무것도 보이지 않았다. 그때 새로 온 구경꾼들이 줄을 흐트러뜨렸고, 그 바람에 조던과 나는 갑자기 안으로 밀려 들어갔다.

머틀 윌슨의 시신은 더운 밤에 마치 추위라도 타는 것처럼 담요에 두 번이나 싸여 벽 가의 작업대에 놓여 있었고, 톰은 우리에게 등을 돌린 채 미동도 없이 시신 위로 몸을 숙이고 있었다. 그의 옆에는 오토바이를 탄 경찰관이 서 있었는데, 땀을 뻘뻘 흘리며 조그만 수첩에 이름들을 적었다가 다시 고치고 있었다. 처음에는 텅 빈 정비소에 시끄럽게 울려 퍼지는 높은 신음 소리가 어디서 나는지 알 수 없었다. 그러다 사무실의 높은 문지방에 서 있는 윌슨의 모습을 보게 된 것이다. 그는 두 손으로 문설주를 잡고 앞뒤로 몸을 흔들고 있었다. 누군가 나지막한 목소리로 이야기하면서 가끔 그의 어깨에 손을 얹으려 했지만, 윌슨에게는 무엇 하나 들리지도 보이지도 않는 듯했다. 그의 눈길은 흔들리는 전등에서 시체가 놓인 벽 가의 작업대로 서서히 내려왔다가 다시 전등으로 휙 돌아오곤 했다. 그는 쉬지도 않고 높은 톤의 끔찍한 소리를 질러 댔다.

「아이고, 하느님, 맙소사! 아이고, 하느님, 맙소사! 아이고, 맙소사! 아이고, 하느님, 맙소사!」

톰은 불쑥 머리를 들어 몽롱한 시선으로 정비소 주변을 둘러본 뒤 경찰관에게 횡설수설 웅얼거렸다.

「m, a, v, ……」 경찰관이 말했다. 「……o ……」

「아뇨, r……」 남자가 고쳐 줬다. 「M, a, v, r, o……」

「내 말 좀 들어 봐요!」 톰이 거칠게 중얼거렸다.

「r,」 경찰관이 말했다. 「o……」

「g……」

「g……」 경찰관은 톰이 넓적한 손으로 덥석 어깨를 잡자 톰 쪽을 돌아봤다. 「뭐요?」

「어떻게 된 거죠? 그걸 알고 싶습니다.」

「자동차에 치였어요. 즉사했죠.」

「즉사라.」 톰이 경찰관을 바라보며 되풀이했다.

「여자가 차도로 뛰어들었어요. 그 망할 놈의 차는 서지도 않았어요.」

「차가 두 대였어요.」 마이클리스가 말했다. 「한 대는 오고,

한 대는 가고, 아시겠어요?」

「어디로 갔죠?」 경찰관이 날카롭게 물었다.

「서로 반대 방향으로요. 근데 저 여자가,」 그는 담요 쪽으로 손을 반쯤 들어 올렸다가 다시 옆구리에 붙였다. 「저 여자가 그리로 뛰쳐나갔고 뉴욕에서 오는 차가 그녀를 정면으로 들이받았어요. 시속 50~60킬로미터는 됐을 거예요.」

「여기 지명이 뭡니까?」 경찰관이 물었다.

「이름 같은 거 없어요.」

잘 차려입은 창백한 얼굴의 흑인이 가까이 다가왔다.

「노란 차였어요.」 그가 말했다. 「커다란 노란색 차였어요. 새 차였죠.」

「사고를 목격했나요?」 경찰이 물었다.

「아니요, 하지만 그 차가 저를 지나쳐 길 아래로 내려갔어요. 60킬로라뇨. 80~90킬로는 됐을걸요.」

「이리 와서 이름 좀 대봐요. 비켜요. 저 사람 이름을 적어야 하니까.」

이 대화 중 몇 단어가 사무실 문에서 몸을 흔들고 있던 윌슨의 귀에 들어간 게 틀림없다. 새로운 대사가 헐떡이는 신음 소리 속에서 느닷없이 터져 나왔으니 말이다.

「그게 어떤 차인지 말할 필요 없어! 어떤 차인지 다 안다고!」

톰 쪽을 보니 그의 코트 아래로 어깨 근육이 팽팽해지는 게 보였다. 그는 재빨리 윌슨에게 걸어가더니 그의 앞에 서서 두 손으로 양팔 윗부분을 단단히 움켜잡았다.

「정신 차려야지.」 무뚝뚝하지만 달래는 듯한 말투였다.

윌슨의 시선이 톰에게 와 멈췄다. 그는 깜짝 놀라 발끝으로 일어나려 했다. 톰이 그를 잡아 주지 않았다면 그는 무릎을 꿇고 쓰러졌을 것이다.

「잘 들어.」 톰이 윌슨을 약간 흔들며 말했다. 「지금 막 뉴욕에서 여기 왔어. 우리가 얘기했던 쿠페를 가져오던 길이야. 오늘 오후에 내가 몰았던 그 노란 차는 내 차가 아니야. 알아들어? 오후 내내 그 차를 보지도 못했다고.」

흑인과 나만이 톰의 말을 들을 만한 거리에 있었다. 그러나 경찰관이 톰의 말투에서 뭔가 낌새를 채고 험상궂게 그를 노려보았다.

「그게 다 무슨 소리죠?」 경찰관이 물었다.

「난 이 사람 친굽니다.」 톰은 고개를 돌렸지만 손으로는 윌슨의 몸을 꽉 잡고 있었다. 「사고 낸 차를 안다고…… 노란색 차랍니다.」

경찰관은 어렴풋하게나마 뭔가를 느낀 듯 톰을 수상쩍은 눈초리로 쳐다보았다.

「그럼 당신 차는 무슨 색이오?」

「파란색, 쿠페입니다.」

「지금 막 뉴욕에서 오는 길이에요.」 내가 말했다.

우리 차 바로 뒤에서 따라오던 운전자가 사실을 확인해 주었고, 경찰관은 다시 돌아섰다.

「자, 이름을 적게 다시 정확히 알려 주세요.」

톰은 윌슨을 인형처럼 번쩍 들어 사무실로 데려간 다음

의자에 앉히고 돌아왔다.

「누가 좀 가서 저 사람이랑 같이 있어요.」 톰이 명령조로 말했다. 그러고는 가장 가까이에 서 있던 두 남자가 잠시 서로를 곁눈질하다 마지못해 방으로 들어가는 모습을 지켜보았다. 그러고 나서 그는 문을 닫았고, 테이블 쪽에서 눈길을 돌린 채 한 단짜리 계단을 내려왔다. 그리고 내 곁을 스쳐 지나가며 속삭였다. 「나가지.」

톰은 위압적으로 양팔을 흔들며 길을 냈고, 우리는 주변을 의식하며 아직도 모여 있는 구경꾼 사이를 밀치고 나왔다. 그때 손에 왕진가방을 든 의사가 우리 곁을 지나쳐 갔다. 터무니없는 희망을 품고 반 시간 전에 부른 의사였다.

톰은 모퉁이를 넘어갈 때까지 천천히 운전하다가 힘주어 가속기를 밟아 댔다. 쿠페는 어둠을 뚫고 질주했다. 잠시 후에 낮고 허스키하게 흐느끼는 소리가 들렸고, 그의 얼굴에 흐르는 눈물이 보였다.

「빌어먹을 겁쟁이 자식!」 톰이 훌쩍거리며 말했다. 「그놈은 차를 세우지도 않았어.」

. . . .

어두운 나무 사이로 뷰캐넌 부부의 집이 불쑥 우리 앞에 떠올랐다. 톰은 현관 옆에 차를 세우고, 2층을 올려다보았다. 담쟁이 덩굴 사이로 창문 두 개가 훤히 빛나고 있었다.

「데이지가 집에 있군그래.」 톰이 말했다. 그는 차에서 내리며 나를 힐끗 쳐다봤고 슬쩍 눈살을 찌푸렸다.

「자넬 웨스트에그에 내려 줄 걸 그랬군, 닉. 오늘 밤에는 우리가 할 수 있는 일이 아무것도 없으니 말이야.」

톰은 딴 사람처럼, 차분하고도 단호하게 말했다. 달빛 비치는 자갈길을 지나 현관으로 걸어가면서, 그는 활기찬 몇 마디로 상황을 정리했다.

「집으로 데려다 줄 택시를 불러 줄게. 기다리는 동안 자넨 조던이랑 부엌에 가서 저녁을 좀 차려 달라고 하는 게 좋겠어. 원한다면 말이야.」 그가 문을 열었다. 「들어가지.」

「아니, 됐어. 택시나 불러 줘. 밖에서 기다릴게.」

조던이 내 팔에 팔짱을 꼈다.

「닉, 안 들어가요?」

「아니, 됐어요.」

나는 비위가 좀 상한지라 혼자 있고 싶었다. 하지만 조던은 잠시 머뭇거렸다.

「이제 겨우 9시 반이에요.」 그녀가 말했다.

안으로 들어간다면, 끔찍할 것이다. 하루 사이에 그들 모두가 지겨워졌고, 그 순간엔 조던마저도 지겨웠으니까. 그녀는 틀림없이 내 표정에서 뭔가 눈치챘을 것이다. 갑자기 돌아서더니 현관 계단을 뛰어올라 집으로 들어가 버린 것이다. 나는 전화로 택시를 부르는 집사의 목소리가 들릴 때까지 머리를 손으로 감싸고 잠시 앉아 있었다. 그러고 나서 정문에서 기다릴 셈으로 집 앞을 떠나 차도를 따라 천천히 걸어 내려갔다.

20미터도 채 못 가서 내 이름을 부르는 소리가 났고, 개츠비가 두 그루의 관목 사이에서 걸어 나왔다. 그 순간 나는 아주 묘한 느낌에 휩싸였다. 달빛에 빛나는 개츠비의 분홍색 양복만 보일 뿐 아무 생각도 나지 않았다.

「뭐 해요?」 내가 물었다.

「그냥 여기 서 있어요, 친구.」

어쩐지 비열한 것처럼 느껴졌다. 곧 그 집을 털기라도 할 모양이었다. 그의 뒤에 있는 어두운 관목 숲에서 사악한 얼굴, 〈울프심의 부하들〉의 얼굴을 보았다 해도 그리 놀라지 않았을 것이다.

「도로에서 사고 난 거, 봤나요?」 잠시 후 그가 물었다.

「네.」

개츠비는 망설였다.

「그 여자, 죽었나요?」

「네.」

「그럴 거라고 생각했어요. 그럴 거라고 데이지에게 얘기했죠. 충격은 한꺼번에 받는 게 낫죠. 데이지는 충격을 잘 견디고 있어요.」

그에게는 데이지의 반응만이 유일한 관심사인 듯했다.

「옆길로 웨스트에그에 왔어요.」 그는 계속 말했다. 「그 차는 내 차고에 뒀어요. 아무도 우릴 못 본 것 같아요. 확신할 순 없지만요.」

그때 나는 그가 너무나 싫어져서 그가 뭘 잘못했는지 말해 줄 필요조차 못 느꼈다.

「어떤 여자죠?」 개츠비가 물었다.

「그 여자 이름은 윌슨입니다. 남편은 정비소 주인이고. 어쩌다 그런 끔찍한 사고가 났죠?」

「그러니까, 내가 핸들을 돌리려고 했는데……」 그는 말을 끊었고, 나는 문득 진실을 직감할 수 있었다.

「데이지가 운전했나요?」

「네.」 그는 서둘러 말했다. 「하지만 물론 내가 운전했다고 할 겁니다. 알다시피, 뉴욕을 떠날 때 그녀는 신경이 무척 날카로웠어요. 운전을 하면 마음이 진정될 거라 생각했죠. 그런데 반대편에서 오던 차를 지나치는 순간 그 여자가 우리한테 달려든 거예요. 모든 일이 순식간에 일어났죠. 그 여자는 우리가 아는 사람인 줄 알고 뭔가 말을 걸려고 했던 것 같아요. 데이지는 그 여자를 피해 마주 오던 차 쪽으로 핸들을 돌렸다가, 겁이 나서 다시 되돌렸어요. 내가 핸들을 잡는 순간 충격이 느껴졌어요. 틀림없이 즉사했을 겁니다.」

「온몸이 갈기갈기 찢겨서……」

「그만해요, 친구.」 그가 움츠러들었다. 「어쨌든…… 데이지는 계속 가속기를 밟고 있었어요. 차를 멈추려 했지만, 그럴 수가 없었어요. 그래서 내가 비상 브레이크를 잡아당겼죠. 그녀가 내 무릎에 쓰러진 뒤에 내가 운전을 했어요.

내일이면 괜찮아질 거예요.」 개츠비가 말했다. 「여기서 기다리면서, 오늘 오후의 불쾌한 일로 톰이 그녈 괴롭히지 않는지 지켜볼 겁니다. 데이지는 문을 잠그고 자기 방에 있어요. 그가 폭력을 쓰려 하면 불을 껐다 켤 겁니다.」

「안 건드릴 거예요.」 내가 말했다. 「지금 데이지는 안중에도 없어요.」

「난 그를 믿을 수 없어요, 친구.」

「얼마나 오래 기다릴 셈이죠?」

「밤새, 필요하다면요. 어쨌든, 두 사람 다 잠들 때까지.」

문득 새로운 관점이 떠올랐다. 데이지가 운전했다는 사실을 톰이 알게 되었다고 가정해 보자. 그는 거기서 또 다른 관계를 발견할지도 모른다. 그가 어떤 일을 꾸며 낼지 모를 일이었다. 나는 집 쪽을 바라보았다. 아래층 창문 두세 개에 불이 들어와 있었고 2층 데이지의 방에서는 분홍색 불빛이 새어 나오고 있었다.

「여기서 기다려요.」 내가 말했다. 「소동이 일어날 기미가 있는지 보고 올게요.」

나는 잔디밭 가장자리를 따라 돌아가, 자갈길을 조용히 가로질러 베란다 계단을 살금살금 올라갔다. 거실 커튼이 젖혀 있고, 방이 텅 비어 있는 게 보였다. 석 달 전 그 6월 밤에 우리가 함께 저녁 식사를 했던 베란다를 지나 식품 저장실 창문이라고 짐작되는, 작은 직사각형의 불빛 쪽으로 가보았다. 블라인드가 쳐 있었지만, 창문턱에서 틈을 하나 찾아냈다.

데이지와 톰이 부엌 식탁에 앉아, 다 식어 빠진 프라이드치킨과 맥주 두 병을 사이에 둔 채 서로 마주 보고 있었다. 톰은 맞은편에 앉은 아내에게 뭔가 열심히 말하고 있었고, 진지하게 손을 뻗어 아내의 손을 감쌌다. 데이지는 가끔씩 톰을 올려다보며 동의하듯 고개를 끄덕였다.

그들은 행복해 보이지 않았고, 치킨이나 맥주에는 손도

대지 않았다. 그렇다고 불행해 보이지도 않았다. 그 광경에는 분명 자연스럽고 친밀한 태도가 감돌았고, 누가 봐도 두 사람이 뭔가 함께 공모하는 중이라고 말했을 것이다.

현관에서 살금살금 걸어 나오는데, 어두운 길을 따라 택시가 들어오는 소리가 들렸다. 개츠비는 내가 그를 남겨 둔 바로 그 자리에서 기다리고 있었다.

「전부 조용하던가요?」 개츠비가 걱정스레 물었다.

「네, 다 조용하던데요.」 나는 망설였다. 「당신도 집에 가서 좀 자는 게 좋겠어요.」

그는 고개를 저었다.

「데이지가 잠들 때까지 여기서 기다릴 거예요. 잘 가요, 친구.」

개츠비는 코트 주머니에 손을 넣고 돌아서서 진지하게 그 집을 다시 바라보았다. 나란 존재가 그 신성한 불침번에 방해가 된다는 듯이. 그래서 나는 그가 달빛 아래 서서 무(無)를 지켜보게 놔두고 밖으로 걸어 나왔다.

제8장

밤새 잠을 이룰 수가 없었다. 해협에서는 안개 경보가 신음 소리처럼 끝없이 울려 퍼졌고, 나는 반쯤 아픈 상태로 기이한 현실과 잔인하고 무시무시한 꿈 사이를 헤맸다. 새벽녘에 개츠비의 집에 택시가 들어오는 소리를 듣자마자 자리에서 일어나 옷을 주섬주섬 걸치기 시작했다. 그에게 뭔가 해줄 말이, 뭔가 해줘야 할 경고가 있어서 아침이면 너무 늦을 거라는 생각이 들었던 것이다.

잔디밭을 가로질러 가는데 현관문이 아직 열려 있는 것과 낙담한 건지 아니면 잠이 든 건지 개츠비가 홀 안의 테이블에 기대 있는 것이 보였다.

「아무 일도 없었어요.」 개츠비가 지친 듯 말했다. 「기다리고 있었는데, 4시경에 그녀가 창가로 나와 잠시 서 있다가 불을 끄더군요.」

우리가 담배를 찾느라 커다란 방들을 헤맸던 그날 밤처럼 그 집이 내게 커보인 적은 없었다. 우리는 대형 천막 같은 커튼을 옆으로 젖히고, 전기 스위치를 찾기 위해 엄청나게 높고 어두운 벽을 더듬었다. 한번은 내가 유령 같은 피아노 건반 위로 쾅 소리를 내며 넘어지기도 했다. 여러 날 환기를 시키지 않은 듯, 이해하기 어려울 만큼 구석구석 먼지가 수북했고 방에서는 곰팡이 냄새가 났다. 나는 낯선 테이블 위에서 딱딱하게 말라 버린, 담배 두 개비가 든 담뱃갑을 찾아냈다. 우리는 거실의 프랑스식 창문을 열어젖히고 앉아 어둠 속으로 담배 연기를 내뿜었다.

「떠나야 해요.」 내가 말했다. 「틀림없이 당신 차를 찾아낼 겁니다.」

「지금 떠나라고요, 친구?」

「한 주 정도 애틀랜틱시티나, 몬트리올에 가 있어요.」

그는 그럴 생각이 없었다. 데이지가 어떻게 할 작정인지 알 때까지는 아마 그녀를 떠나지 못할 것이다. 개츠비는 마지막 희망을 부여잡고 있었고, 나는 그에게 그만두라고 할 수 없었다.

그가 댄 코디와 보낸 젊은 시절에 겪은 이상한 이야기를 들려준 것은 바로 그날 밤이었다. 〈제이 개츠비〉가 톰의 단단한 적대감에 부딪혀 유리처럼 부서져 버렸고, 기나긴 비밀 광상곡이 끝나 버렸기 때문일 것이다. 그는 무슨 얘기든 숨김없이 털어놓을 수 있었겠지만, 무엇보다 데이지 이야기를 하고 싶어 했다.

그녀는 개츠비가 처음 만난 〈멋진〉 여자였다. 그는 다양한 잠재 능력을 발휘해 고상한 사람들과 접촉할 수 있었지만, 그와 그들 사이에는 늘 보이지 않는 철조망이 가로놓여 있었다. 데이지는 마음이 설렐 만큼 호감 가는 여자였다. 처음에는 캠프 테일러의 다른 장교들과 함께 그녀의 집에 갔지만 나중에는 혼자 그곳을 찾았다. 대단한 집이었다. 전에는 그렇게 아름다운 집에 가본 적이 없었다. 그 집에 숨 막히게 강렬한 분위기를 부여한 것은 다름 아닌 데이지가 거기 산다는 사실이었다. 부대의 야영 텐트가 그에게 예사롭듯, 그녀에게는 그 집이 예사로웠지만 말이다. 그 집에는 무르익은 신비감이 감돌았다. 2층의 침실은 다른 침실들보다 아름답고 시원할 것 같았고, 복도에서는 즐겁고 기쁜 일들이 일어날 것 같았다. 라벤더 사이에 버려진 케케묵은 로맨스가 아니라 올해 출시된 번쩍이는 신형 차 같은 신선하게 살아 숨쉬는 향기로운 로맨스가 있을 것이며, 시들지 않는 꽃들이 춤을 출 것만 같았다. 그리고 그는 이미 많은 청년들이 데이지를 사랑하고 있다는 사실 때문에 설레었다. 그의 눈에는 그녀가 한층 귀한 존재로 보였다. 그는 집 주위 사방에서 다른 이들의 존재를 느꼈다. 그들은 끊임없이 떨리는 감정의 그림자와 메아리로 대기를 가득 채웠던 것이다.

그러나 개츠비는 그 자신이 데이지의 집에 오게 된 것이 어마어마한 우연이라는 사실을 알고 있었다. 제이 개츠비로서 그의 미래가 아무리 대단하다 해도, 당시에는 아무 경력도 없는 무일푼의 청년에 불과했고, 그가 입고 있는 투명 외투는 언제 어깨에서 흘러내릴지 몰랐다. 그래서 그는 자신에게 주어진 시간을 최대한 활용했다. 자신이 얻을 수 있는 것이라면 무엇이든, 게걸스럽게, 염치 불고하고 가졌다. 결국 고요한

10월의 어느 날 밤, 그는 데이지를 차지했다. 그녀의 손을 건드릴 권리조차 없었기 때문에 그녀를 차지했던 것이다.

그는 다름 아닌 속임수로 그녀를 차지했기에 자신을 경멸했을지도 모른다. 자신에게 없는 수백만 달러를 거짓으로 내세운 것이 아니라, 계획적으로 데이지에게 안도감을 주었던 것이다. 그는 자신이 그녀와 같은 계급의 사람이고, 충분히 그녀를 돌볼 수 있다고 믿게 했다. 사실 그에게는 그런 능력이 없었다. 뒷받침해 주는 부유한 가족도 없었고, 무정한 정부의 변덕에 따라 세상 어디든 불려 갈 처지에 있을 뿐이었다.

그러나 개츠비는 자신을 무시하지 않았고, 상황도 그가 상상한 것과는 달랐다. 그는 취할 수 있는 것을 취하고 떠날 생각이었는지 모른다. 하지만 결국 자신이 온 마음으로 성배를 쫓았음을 깨달았다. 데이지가 특별하다는 사실은 알았지만, 얼마나 대단하게 〈멋진〉 아가씨인지는 몰랐던 것이다. 그녀는 아무것도 남기지 않고 개츠비를 떠나 부유한 자기 집으로, 부유하고 충만한 제 인생 속으로 사라졌다. 그로서는 그녀와 결혼이라도 한 것 같은 기분이었지만, 그저 그뿐이었다.

이틀 후 그들이 다시 만났을 때 어쨌든 배신을 당한 것은 그래서 숨이 막힌 것은 개츠비였다. 그녀가 서 있는 현관은 빛나는 별처럼 돈을 주고 사들인 사치품으로 반짝였다. 그녀가 그에게 몸을 돌리고 그가 신기하고 사랑스러운 그녀의 입술에 키스할 때 고리버들 의자가 삐걱거렸다. 감기에 걸린 그녀의 목소리는 전보다 더 허스키하고 매력적이었다. 개츠비는 부유함이 가두어 지켜 주는 젊음과 신비, 수많은 산뜻한 새 옷들, 가난한 사람들의 치열한 싸움에서 벗어나 빛나는 은처럼 안전하고 당당한 데이지의 존재를 고통스럽게 깨달았던 것이다.

····

「내가 그녀를 사랑한다는 사실을 깨닫고 얼마나 놀랐는지 이루 다 표현할 수가 없어요, 친구. 한동안은 그녀가 날 차버리기를 바라기도 했지만, 그녀는 그러지 않았어요. 그녀도 나와 사랑에 빠졌으니까요. 그녀 자신이 모르는 걸 알고 있어서 내가 뭘 많이 안다고 생각하면서……. 아무튼 나는 내 야망 따위 까맣게 잊고 매 순간 사랑이란 것에 점점 더 깊이 빠져 들어갔고, 갑자기 아무것도 개의치 않게 되었어요. 앞으로 뭘 할지 그녀에게 이야기하면서 즐거운 시간을 보낼 수 있는데 군이 거창한 일을 할 필요가 있었겠어요?」

외국으로 떠나기 전날 오후, 개츠비는 데이지를 팔에 안고 오랫동안 말없이 앉아 있었다. 서늘한 가을날이라 방에 피운 불에 그녀의 볼이 발그레해졌다. 가끔 그녀가 움직일 때마다 그는 팔의 위치를 조금씩 바꿨고, 한번은 빛나는 어두운 머리칼에 입을 맞추기도 했다. 이튿날로 약속된 기나긴 이별에 대비해 깊은 추억을 남기려는 듯, 그들은 그날 오후 내내 차분하게 지냈다. 그들이 사랑을 나눈 그 나날들 속에서 그녀의 입술이 그의 코트 어깨를 살짝 스친 그때, 잠든 듯한 그녀의 손가락 끝을 그가 부드럽게 어루만진 그때보다 서로 더 깊이 교감한 적은 없었다.

····

개츠비는 전쟁에서 맹활약을 펼쳤다. 그는 전방으로 나가기도 전에 대위가 되었고, 아르곤 전투를 치른 뒤에는 소령으로 진급해 사단 기관총 부대의 지휘관이 되었다. 휴전이되자 그는 미친 듯이 조국으로 돌아오려 했지만, 사무 착오인지 오해 때문인지 몰라도 옥스퍼드로 보내졌다. 개츠비는슬슬 걱정이 되었다. 데이지의 편지에서는 초조함 같은 게묻어났다. 그가 귀국할 수 없는 이유를 알 수 없었던 것이다.그녀는 바깥세상에서 압력을 느끼고 있었다. 그래서 그를 만나 자기 곁에 있는 그의 존재를 느끼고, 결국 자신이 옳았다는 확신을 얻고 싶어 했다.

데이지는 젊었고, 그녀를 둘러싼 인공적 세계에는 난초향기와 즐겁고 유쾌한 속물근성, 인생의 슬픔과 암시를 새로운 곡조에 담아 그해의 유행곡을 연주하는 오케스트라가 있었다. 금색과 은색 실내화 백 켤레가 반짝이는 먼지를 끌고다니는 동안, 색소폰은 밤새도록 「빌 스트리트 블루스」의 절망적인 넋두리를 구슬프게 연주했다. 차를 마시는 어둑어둑한 시간이면 방마다 이 낮고 달콤한 열기로 끝없이 흥분하는게 일과였다. 한편 서글픈 호른 소리에 흩날리는 장미 꽃잎처럼 새로운 얼굴들이 마루 위에서 이리저리 돌아다녔다.

이런 황혼의 세계를 지나며 데이지는 다시 사교 시즌에맞춰 움직이기 시작했다. 갑자기 하루에 남자 대여섯 명과 대여섯 번 데이트를 잡는가 하면, 새벽녘에 침대 옆 바닥, 시들어 죽어 가는 난초들 사이에서 구슬 달린 시폰 이브닝드레스를 구긴 채 졸기도 했다. 그녀의 마음은 내내 뭔가 결단을 내려야 한다고 촉구하고 있었다. 그녀는 지금 당장 자기 인생이 제 모습을 갖추길 바랐다. 그리고 그 결단은 어떤 힘에 의해 내려져야 했다. 사랑이나 돈, 명백한 현실성 같은, 뭐든 가까이 있는 힘에 의해서.

봄이 한창 무르익을 무렵 톰 뷰캐넌의 도착으로 그 힘이 모습을 드러냈다. 톰의 인격과 지위에는 건전한 무게감 같은 게 있었고, 데이지는 의기양양해졌다. 물론 갈등도 있었지만, 분명 안도감 같은 게 있었다. 개츠비는 아직 옥스퍼드에 있던 그때 그 편지를 받았다.

. . . .

이제 롱아일랜드에 새벽이 밝았고, 우리는 아래층을 돌아다니며 나머지 창문을 열어 잿빛과 금빛으로 변하는 햇살로 집 안을 채웠다. 이슬 위로 갑자기 나무 그림자가 길게 드리워지고, 푸른 나뭇잎 사이로 유령처럼 잘 보이지 않는 새들이 지저귀기 시작했다. 명랑하고 유유한 공기의 움직임이 바람이 거의 없는 서늘하고 아름다운 하루를 약속해 주었다.

「데이지는 톰을 사랑한 적이 없는 것 같아요.」 개츠비가 창문에서 돌아서서 도전하듯 나를 바라보았다. 「어제 오후에 그녀가 매우 흥분했다는 걸 기억해야 해요, 친구. 그는 데이지를 겁먹게 했어요. 내가 비열한 사기꾼처럼 보이게 만들었다고요. 그래서 그녀는 자기가 무슨 말을 하는지도 몰랐던 거예요.」

그는 우울하게 앉아 있었다.

「물론 막 결혼한 신혼 때는 아주 잠깐 그를 사랑한 적도 있었겠죠. 하지만 그때도 날 더 사랑했을 거예요. 아시겠어요?」

갑자기 그는 이상한 말을 했다.

「어쨌든, 그건 개인적인 문제예요.」 개츠비가 말했다.

그 말을 어떻게 이해해야 할까? 판단할 수 없는 일에 그가 너무 집착하는 게 아닐까 의심할밖에.

톰과 데이지가 아직 신혼여행을 하는 중에 개츠비는 프랑스에서 돌아왔고, 군대에서 받은 마지막 봉급을 들고 루이빌로 향했다. 비참한, 그러나 하지 않을 수 없는 여행이었다. 거기서 일주일간 머물면서 11월 밤에 데이지와 함께 거닐던 거리를 거닐었고, 데이지의 하얀 차를 타고 달리던 호젓한 장소에도 다시 가보았다. 데이지의 집이 늘 다른 집보다 신비하고 즐거워 보였던 만큼, 그 도시 또한 떠올릴 때마다 우수 어린 아름다움으로 가득했다. 비록 그녀가 떠났다 해도.

더 열심히 찾으면 그녀를 찾을지도 모른다고 생각하며 그는 그곳을 떠났다. 그녀를 남겨 두고 떠나는 기분이었다. 일반 객차는 — 그는 이제 무일푼이었다 — 찜통이었다. 그는 객차 사이 통로의 접이식 의자에 앉았다. 역이 미끄러지듯 멀어지고, 낯선 건물들의 뒷모습이 스쳐 지나갔다. 이윽고 봄의 들판으로 접어들었고, 노란 전차가 잠시 기차와 나란히 달렸다. 그 전차에 탄 승객들이 언젠가, 어느 길에선가, 데이지의 창백하고 매력적인 얼굴을 보았을지도 몰랐다.

선로가 구부러져 이제 태양에서 점점 멀어졌다. 태양은 낮게 기울면서 그녀가 숨 쉬던, 저 멀리 사라지는 도시를 축복하듯 햇빛을 뿌려 대는 것 같았다. 그는 한 줄기 바람을 잡으려는 듯, 그녀 덕분에 아름다웠던 도시를 한 조각이라도 구하려는 듯, 필사적으로 손을 뻗었다. 그러나 눈물로 뿌예진 그의 눈에는 모든 것이 너무 빨리 지나쳐 버렸고, 그는 그곳에서 가장 싱그럽고 가장 근사한 것을 영원히 잃어버렸다는 걸 깨달았다.

아침 식사를 마치고 현관으로 나오니 9시였다. 밤새 날씨가 아주 싸늘해져서 공기 중에는 가을 기운이 감돌았다. 개츠비의 옛 하인 중 유일하게 남은 정원사가 계단 아래로 다가왔다.

「오늘 수영장 물을 뺄까 합니다, 개츠비 씨. 곧 낙엽이 떨어지기 시작할 테고, 그러면 늘 배수관이 말썽이거든요.」

「오늘은 하지 말아요.」 개츠비가 말했다. 그는 사과하듯이 내 쪽으로 몸을 돌렸다. 「친구, 여름 내내 수영장에 한 번도 못 들어간 거 알아요?」

나는 시계를 들여다보고 일어났다.

「기차 시간까지 12분 남았어요.」

나는 시내로 돌아가고 싶지 않았다. 도무지 일할 기분이 안 나기도 했지만 그보다 다른 이유가 있었다. 개츠비를 떠나고 싶지 않았다. 나는 그 기차를 놓치고 다음 기차도 놓치고 나서야 자리에서 일어설 수 있었다.

「전화할게요.」 나는 끝내 그렇게 말했다.

「그래요, 친구.」

「정오경에요.」

우리는 천천히 계단을 걸어 내려갔다.

「데이지도 전화할 거예요.」 그 말을 확증해 주기 바라듯, 개츠비가 나를 걱정스러운 얼굴로 바라보았다.

「그러겠죠.」

「그럼, 잘 가요.」

나는 그와 악수를 나누고 길을 나섰다. 그런데 울타리에 도착하기 전에 뭔가 생각나 다시 돌아섰다.

「그들은 썩어 빠진 족속이에요.」 나는 잔디밭 너머로 소리쳤다. 「당신 한 사람이 그 빌어먹을 족속을 다 합친 것보다 나아요.」

그 말을 해서 나는 지금도 기쁘다. 나는 처음부터 끝까지 그를 인정하지 않았기 때문에, 그게 그에게 해준 유일한 칭찬이었다. 그는 처음에는 점잖게 고개를 끄덕이더니, 나중에는 그 뜻을 이해한 듯 얼굴 가득 밝은 미소가 번졌다. 우리가 그에 대한 비밀을 줄곧 간직해 왔다는 듯이. 그의 화려한 분홍색 정장이 하얀 계단을 배경으로 밝은 점이 되었을 때, 석 달 전 처음으로 그의 고풍스러운 저택에 왔던 날 밤이 떠올랐다. 잔디밭과 차도는 그의 부패한 과거를 의심하는 사람들의 얼굴로 붐볐었다…… 그리고 그는 저 계단에 서서 자신의 순결한 꿈을 감춘 채 그들에게 손을 흔들며 작별 인사를 했었다.

나는 그의 환대에 감사하다고 말했다. 우리는 늘 그의 환대에 대해 감사하다고 말했었다. 나도, 다른 사람들도.

「잘 있어요!」 나는 소리쳤다. 「아침 잘 먹었어요, 개츠비.」

....

뉴욕 시내에서 한동안 끝도 없는 주식 시세표를 작성하려 애쓰던 나는 회전의자에 앉은 채 깜빡 잠이 들었다. 정오 직전 전화 벨소리에 잠이 깼다. 벌떡 일어나 보니 이마에 땀이 흐르고 있었다. 조던 베이커였다. 그녀는 가끔 그 시간에 전화를 걸곤 했다. 호텔과 클럽, 자기 집 사이를 오가는 불규칙한 생활 때문에 다른 방법을 찾기 힘들었기 때문이다. 보통 전화선으로 들리는 그녀의 목소리는 초록색 골프장의 잔디 조각이 사무실 창문으로 날아온 것처럼 신선하고 시원했지만, 그날 아침의 목소리는 거칠고 메마른 느낌이었다.

「데이지 집에서 나왔어요.」 조던이 말했다. 「지금은 햄스테드에 있어요. 오늘 오후에 사우샘프턴으로 내려갈 거예요.」

데이지의 집을 떠난 건 현명한 행동이었다. 하지만 그 행동이 내 기분을 언짢게 했고, 다음 말에 내 몸은 굳어 버렸다.

「어젯밤 제게 별로 친절하지 않던데요.」

「그 상황에서 그게 마음에 걸립니까?」

잠시 침묵이 흘렀다. 이윽고 그녀가 말했다.

「어쨌든…… 당신을 만나고 싶어요.」

「나도 만나고 싶어요.」

「사우샘프턴에 가지 말고, 오늘 오후 시내로 오라는 건가요?」

「아니요……. 오늘 오후엔 안 될 것 같아요.」

「알았어요.」

「오늘 오후에는 불가능해요. 여러 가지……」

우리는 잠시 그런 식으로 이야기를 나누다가, 갑자기 더 는 말을 하지 않았다. 누가 먼저 냉정하게 전화를 끊었는지 기억나지 않지만, 나는 신경 쓰지 않았다. 두 번 다시 이야기 할 수 없다고 해도. 그날은 그녀와 티 테이블에 마주 앉아 이 야기할 기분이 아니었던 것이다.

몇 분 후 개츠비의 저택으로 전화를 걸었지만 통화 중이었 다. 네 번이나 전화를 해대자 짜증이 난 전화 교환 아가씨가 그 전화는 디트로이트에서 걸려 올 장거리 전화를 기다리는 중이라고 말해 주었다. 기차 시간표를 꺼내 3시 50분 기차에 작게 동그라미를 쳤다. 그러고 나서 의자에 깊숙이 앉아 이 런저런 생각을 해보았다. 그때가 바로 정오 무렵이었다.

••••

그날 아침 기차를 타고 재의 골짜기를 지날 때, 일부러 객 차 반대편으로 건너가 보았다. 그 주변은 하루 종일 호기심 에 가득 찬 구경꾼들로 북적일 것이다. 아이들은 먼지 속에 서 검은 얼룩을 찾아낼 테고, 수다스러운 누군가는 무슨 일 이 벌어졌는지 계속, 그 일이 점점 현실성이 없어져 끝내 그 사건에 대해 더는 말할 것이 없어질 때까지 계속 떠들어 댈 것이며, 머틀 윌슨의 비극적인 종말도 잊힐 것이다. 이제 조 금 앞으로 돌아가, 전날 밤 우리가 떠난 뒤 정비소에서 무슨 일이 벌어졌는지 이야기해야겠다.

경찰은 머틀의 여동생인 캐서린의 소재를 파악하는 데 애를 먹었다. 그날 밤 그녀는 술을 마시지 않는다는 자신의 규칙을 깬 것이 분명했다. 경찰이 찾아갔을 때 술에 잔뜩 취해 앰뷸런스가 플러싱으로 떠났다는 말도 제대로 알아듣지 못했으니까. 캐서린은 그 사실을 납득하자, 앰뷸런스가 떠나버린 것이야말로 이 사건에서 가장 견디기 어려운 일인 양 기절해 버렸다. 친절 때문인지 호기심 때문인지 몰라도 누군가 그녀를 차에 태워 언니의 시신이 지나간 길을 따라가 주었다.

정비소 안 소파에 앉아 있던 조지 윌슨은 자정이 한참 지나도록 앞뒤로 몸을 흔들었고, 그사이 정비소 앞에는 새로운 구경꾼들이 밀어닥쳤다. 한동안 사무실 문이 열려 있었던지라 정비소에 들어온 사람은 누구나 그 안을 들여다볼 수밖에 없었다. 마침내 누군가가 남부끄러운 일이라면서 문을 닫아 주었다. 마이클리스와 다른 서너 명이 윌슨 곁에 있었다. 처음에는 네댓 명이었다가 나중에는 두세 명으로 줄어들었다. 조금 뒤에는 마이클리스가 마지막까지 남은 낯선 사람에게 가게에 가서 커피를 한 주전자 만들어 올 테니 15분만 더 기다려 달라고 부탁을 해야 했다. 그 후에는 마이클리스만이 윌슨과 함께 새벽까지 머물렀다.

3시쯤 되자 앞뒤가 안 맞는 윌슨의 중얼거림에 변화가 생겼다. 그는 더 조용해졌고 노란 차 이야기를 하기 시작했다. 그 노란 차가 누구 차인지 알아낼 방도가 있다고 하더니, 두 달 전 자기 부인이 얼굴에 상처가 나고 콧등이 부은 채 시내에서 돌아온 적이 있다고 불쑥 털어놓았다.

월슨은 제 입으로 그렇게 말하고는 움찔하더니 다시 〈아이고, 맙소사!〉 하고 신음하며 울부짖기 시작했다. 마이클리스는 서툴게나마 그의 마음을 딴 데로 돌려보려 애썼다.

「결혼한 지 얼마나 됐어요, 아저씨? 자, 잠깐 가만히 앉아서 제가 묻는 말에 대답해 보세요. 결혼한 지 얼마나 됐지요?」

「12년.」

「아이는 없었고요? 이리 와봐요, 아저씨, 가만히 앉아 봐요……. 제가 묻고 있잖아요. 아이는 없었어요?」

딱딱한 갈색 딱정벌레들이 어두운 불빛에 잇따라 부딪쳤다. 바깥 도로로 자동차 지나가는 소리가 들릴 때마다, 마이클리스는 몇 시간 전에 멈추지도 않았던 바로 그 자동차 소리라 생각했다. 마이클리스는 정비소에 들어가고 싶지 않았다. 시체가 놓여 있던 작업대에 핏자국이 얼룩져 있었던 것이다. 그래서 그는 안절부절못하며 사무실을 돌아다녔고, 아침이 되기도 전에 사무실 안에 있는 물건을 모두 익혔다. 그는 가끔씩 월슨 곁에 앉아 그를 진정시키려 애썼다.

「교회엔 좀 나가 보셨어요, 아저씨? 아마 오랫동안 안 나갔겠죠? 교회에 전화해서 목사님한테 아저씨랑 이야기해 보라고 할까요?」

「아무 데도 안 나가.」

「교회는 다녀야죠, 아저씨, 이럴 때를 대비해서요. 틀림없이 한 번이라도 교회에 가본 적 있을 거예요. 결혼식 교회에

서 안 했어요? 이봐요, 아저씨, 제 말 좀 들어 보세요. 교회
에서 결혼 안 했어요?」

「오래전 일이야.」

대답하려고 애를 쓴 까닭에 몸을 흔들던 리듬이 깨졌다.
윌슨은 잠시 동안 말이 없었다. 그러다 조금 전에 보았던 알
듯 모를 듯한 표정이 그의 흐릿한 눈동자에 되돌아왔다.

「저기 서랍 안 좀 봐.」 그가 책상을 가리키며 말했다.

「어떤 서랍요?」

「저 서랍, 그거.」

마이클리스가 자기 손에서 가장 가까운 서랍을 열었다.
가죽과 은으로 장식된 작고 고급스러운 개 줄 말고는 아무것
도 없었다. 개 줄은 분명 새것이었다.

「이거 말이에요?」 마이클리스가 개 줄을 집으며 물었다.

윌슨이 개 줄을 보고 고개를 끄덕였다.

「어제 오후에 발견했지. 마누라는 둘러대려고 했지만, 뭔
가 수상하다고 생각했어.」

「아저씨 부인이 이걸 샀다고요?」

「크리넥스 종이에 싸서 옷장에 뒀더군.」

마이클리스는 이상한 점을 전혀 찾을 수 없어서 그의 부
인이 그 개 줄을 샀을 만한 이유를 열 개쯤 말해 주었다. 하
지만 윌슨이 다시 〈아이고, 맙소사!〉라고 중얼거리기 시작한
것으로 보아, 전에도 똑같은 변명을 들은 모양이었다. 위로
해 보려던 마이클리스는 허공에 대고 말한 셈이었다.

「그러니까 그놈이 죽인 거야.」 윌슨이 말했다. 그가 갑자

기 입을 벌렸다.

「누가 그랬다고요?」

「찾아낼 방법이 있어.」

「아저씨, 아저씬 제정신이 아니에요.」마이클리스가 말했다.「아저씬 이 일 때문에 완전히 뻗었다고요. 자기가 무슨 말을 하는지도 모르잖아요. 아침까지 조용히 앉아 있는 게 좋겠어요.」

「그놈이 내 마누라를 죽였다고.」

「그건 사고였어요, 아저씨.」

윌슨은 고개를 저었다. 〈흠〉 하고 다 안다는 듯, 두 눈을 가늘게 뜨고 입을 조금 벌렸다.

「난 다 알아.」윌슨은 딱 잘라 말했다.「난 믿을 만한 사람이고 아무한테도 해 끼칠 생각 없어. 근데 내가 뭔가 알게 됐다면 분명한 거야. 그 차를 탔던 놈이야. 마누라는 그놈한테 말을 걸려고 달려갔는데 그놈이 멈추질 않은 거야.」

마이클리스도 그 장면을 목격했지만 무슨 특별한 의미가 있다고는 생각되지 않았다. 부인은 특별히 차를 세우려고 했다기보다 자기 남편한테서 도망치려 한 거라고, 그는 그렇게 생각했던 것이다.

「부인이 왜 그랬겠어요?」

「엉큼한 여자거든.」윌슨이 그게 질문에 대한 답이라는 듯 말했다.「아아아……」

그는 다시 몸을 흔들어 대기 시작했고, 마이클리스는 개 줄을 손으로 비틀면서 서 있었다.

「전화 걸어 볼 친구 있어요, 아저씨?」

헛된 희망이었다. 윌슨에게는 단 한 명의 친구도 없는 게 확실했다. 그에게는 마누라도 버거웠던 것이다. 잠시 후, 푸른빛이 창가에 되살아나 방 안이 환해지자 마이클리스는 마음이 놓였다. 새벽이 가까워진 것이다. 5시경, 바깥은 전등을 꺼도 될 만큼 훤했다.

윌슨은 흐리멍덩한 시선을 잿더미로 돌렸다. 작은 회색 구름이 환상적인 모양으로 희미한 새벽바람에 이리저리 떠돌고 있었다.

「마누라한테 이렇게 말했지.」 윌슨이 한참 만에 침묵을 깨뜨리며 중얼거렸다. 「날 속일 순 있겠지만 하느님은 속일 수 없다고. 난 마누라를 창문으로 데려가서……」 그는 간신히 일어나 뒤쪽 창가로 가서 창문에 얼굴을 기댔다. 「난 이렇게 말했어. 〈하느님은 당신이 무슨 짓을 하고 다녔는지 모조리 다 알고 계셔. 난 속여도, 하느님은 못 속여!〉」

윌슨 뒤에 서 있던 마이클리스는 윌슨이 T. J. 에클버그의 두 눈을 쳐다보고 있다는 사실에 깜짝 놀랐다. 그 눈들은 밤이 물러남과 동시에 희미하고도 거대한 모습을 드러냈다.

「하느님은 모두 다 내려다보고 계신다고.」 윌슨이 되풀이했다.

「저건 광고일 뿐이에요.」 마이클리스는 그를 납득시키려 했다. 그는 무언가에 이끌려 창가에서 몸을 돌려 방 안을 돌아보았다. 그러나 윌슨은 창틀에 얼굴을 바짝 붙이고 동트는 하늘을 향해 고개를 끄덕이며 한동안 그 자리에 서 있었다.

．．．．

　6시경, 마이클리스는 지쳐 나가떨어진 상태였다. 반갑게
도 자동차가 멈추는 소리가 들렸다. 간밤에 함께 정비소를
지키다가 다시 오겠다고 약속한 밤샘꾼 중 하나였다. 마이클
리스는 세 사람분의 아침 식사를 준비했지만, 결국 그 남자
와 단둘이 먹어야 했다. 윌슨은 전보다 더 조용해졌고, 마이
클리스는 집에 돌아가 단잠을 잤다. 네 시간 후, 잠에서 깬
마이클리스가 정비소로 급히 돌아와 보니 윌슨은 이미 사라
지고 없었다.

　윌슨의 발길은 — 그는 내내 걸어 다닌 모양이었다 — 루
스벨트 항구를 거쳐 개즈힐까지 다다랐던 것으로 밝혀졌다.
그는 거기서 샌드위치를 샀지만 먹지는 않았고, 커피도 한
잔 샀던 모양이다. 정오까지도 개즈힐에 도착하지 못한 걸
보니 지쳐서 천천히 걸었던 것 같다. 여기까지는 그가 어떻
게 시간을 보냈는지 그리 어렵지 않게 설명이 된다. 〈미친
사람처럼 행동하는〉 남자를 봤다는 아이들, 길가에서 기이
한 눈초리로 쳐다보는 그의 모습을 보았다는 운전사들이 있
었던 것이다. 그 후 세 시간 동안 그는 시야에서 사라졌다.
마이클리스에게 〈찾아낼 방도가 있다〉고 했던 대로, 경찰은
그 세 시간 동안 윌슨이 노란 차의 행방을 물으면서 근처 정
비소를 뒤지고 다녔을 거라 추측했다. 하지만 정비소에서 그
를 봤다는 사람은 한 명도 없었다. 아마도 그에겐 자신이 알
아내고 싶은 걸 알아낼 더 쉽고 확실한 방법이 있었던 것 같

았다. 그는 2시 반쯤 웨스트에그에 도착했고, 거기서 누군가에게 개츠비의 저택으로 가는 길을 물었다. 그즈음 그는 개츠비의 이름을 알아낸 모양이다.

．．．．

2시, 개츠비는 수영복으로 갈아입고, 누가 전화하면 수영장으로 전해 달라고 집사에게 일렀다. 그는 여름 동안 손님들을 즐겁게 했던 에어 매트리스를 가지러 차고에 들렀고, 기사의 도움을 받아 바람을 채웠다. 그러고 나서는 무슨 일이 있어도 오픈카를 밖에 꺼내 놓지 말라고 지시했다. 이상한 지시였다. 오른쪽 앞 펜더를 수리해야 했는데 말이다.

개츠비는 매트리스를 어깨에 메고 수영장으로 갔다. 그는 잠깐 멈춰 서서 매트리스의 위치를 바로잡았다. 기사가 도움이 필요한지 물었지만, 개츠비는 고개를 젓고 노랗게 물들기 시작한 나무들 사이로 이내 사라졌다.

전화는 한 통도 걸려 오지 않았지만, 집사는 낮잠도 자지 않고 4시까지 기다렸다. 전화가 걸려 와도 받을 사람이 없어진 한참 뒤까지. 개츠비 자신도 전화가 걸려 올 거라 생각지 않았고, 아마 더는 신경 쓰지 않았을 것이다. 그게 사실이라면, 그는 분명 예전의 따뜻한 세상을 잃었을 것이고, 단 하나의 꿈을 너무 오랫동안 품고 살아온 대가라기엔 너무 값비싼 대가를 치렀다 생각했을 것이다. 그는 장미꽃이 얼마나 그로테스크한지, 갓 돋은 잔디에 햇살이 얼마나 가혹하게 내리쬐는지 깨닫고, 무시무시한 나뭇잎 사이로 낯선 하늘을 올려다보며 틀림없이 몸서리를 쳤을 것이다. 새로운 세계, 실체 없이 물질적이며, 가엾은 유령들이 공기처럼 꿈을 마시며 정처 없이 떠도는 세계가 다가왔다…… 형체도 없는 나무들 사이로 그에게 미끄러지듯 다가오는 저 잿빛 환영처럼.

운전기사 ── 울프심의 부하 중 하나였다 ── 가 총소리를 들었다. 그가 나중에 말할 수 있었던 것이라곤 그 총성을 별로 중요하게 생각하지 않았다는 것뿐이었다. 나는 기차역에 내려 곧장 개츠비의 저택으로 차를 몰았는데, 내가 온갖 걱정에 휩싸여 앞 계단으로 급히 달려갔을 때에도 아무도 상황을 알아차리지 못했다. 그러나 그들이 그때 이미 모든 것을 알고 있었을 거라고, 나는 지금도 확신한다. 기사와 집사, 정원사와 나, 이렇게 네 사람은 아무 말 없이 황급히 수영장으로 내려갔다.

한쪽 끝에서 흘러나오는 새 물이 반대쪽 배수구로 밀려가며 물결이 보일 듯 말 듯 찰랑이고 있었다. 거의 물결이라 할 수 없는 잔물결이 개츠비를 태운 매트리스를 수영장 아래로 불규칙하게 이끌었다. 수면에 잔물결 하나 만들지 못할 만큼 잔잔한 한 줄기 바람도, 예상치 못한 짐을 싣고 정처 없이 흐르는 매트리스의 흐름 정도는 충분히 방해할 수 있었다. 매트리스는 한 뭉치 낙엽에 닿아 천천히 돌면서 컴퍼스의 다리처럼 수면에 가늘고 붉은 원을 그렸다.

우리가 개츠비의 시체를 안고 집으로 출발한 뒤에 정원사가 얼마 떨어진 잔디밭에서 윌슨의 시신을 발견했다. 이로써 끔찍한 학살극은 막을 내렸다.

제9장

그로부터 2년이 지난 지금도 그날의 나머지 시간, 그날 밤과 그 이튿날을 생각하면 경찰관과 사진기자, 신문기자들이 개츠비의 집 현관을 무수히 드나든 것만 떠오른다. 정문에 밧줄이 쳐지고 그 옆에서 경찰이 구경꾼들을 막았지만, 아이들은 곧 우리 집 잔디밭을 통해 그 집에 들어갈 수 있다는 걸 알아내 수영장 주변에는 아이들 몇 명이 입을 벌린 채 계속 모여 있었다. 그날 오후 형사처럼 보이는 사람이 몸을 구부려 윌슨의 시체를 살피다가 자신만만한 태도로 〈미친 놈〉이라는 표현을 사용했다. 우발적이며 권위 있는 이 목소리가 이튿날 조간신문의 주조를 이뤘다.

대부분 끔찍한 기사였다. 기이하고 상세하게, 열심히 보도했지만, 사실이 아니었다. 심리에서 마이클리스의 증언으로 윌슨이 아내를 의심했다는 사실이 드러난지라 나는 모든 이야기가 곧 선정적인 스캔들이 될 거라 생각했다. 그러나 뭔가 할 말이 있을 법한 캐서린은 한마디도 하지 않았다. 또한 그녀는 이 사건에서 대단한 성격을 보여 주었다. 그녀는 똑바로 그린 눈썹 아래에서 뿜어 나오는 단호한 눈빛으로 검시관을 바라보았다. 그리고 자기 언니는 개츠비를 만난 적이 없으며 남편과 아주 행복했고, 어쨌든 아무 문제도 없었다고 맹세했던 것이다. 그녀는 자기 맹세에 설득되어 그런 암시만으로도 견딜 수 없다는 듯 손수건에 얼굴을 파묻고 울었다. 그래서 윌슨은 〈슬픔에 빠져 정신이 이상해진〉 사람으로 축소되면서, 그 사건은 가장 단순한 사건으로 정리되었다. 그리고 지금까지 그 상태로 남아 있다.

그러나 이 모든 것은 사건의 본질과 동떨어진 비본질적인 것으로 보였다. 나는 개츠비 편에 서 있는 유일한 사람이었다. 내가 웨스트에그에 전화를 걸어 이 끔찍한 소식을 알린 순간부터 그에 대한 모든 억측과 현실적인 질문들이 내게 쏟아졌다. 처음엔 놀라서 어쩔 줄을 몰랐다. 개츠비가 자기 집에 누워 움직이지도, 숨 쉬지도, 말하지도 않게 되자 점점 더 책임을 느꼈다. 아무도 그 일에 관심을 갖지 않았기 때문이다. 막연하지만 누구든 최후의 순간 가질 권리가 있는, 지극히 개인적인 관심 말이다.

우리가 그를 발견한 지 반 시간 뒤에 나는 본능에 따라 망설임 없이 데이지에게 전화를 걸었다. 그러나 그녀와 톰은 그날 이른 오후에 벌써 떠나 버렸다. 여행 가방까지 챙겨서.

「주소를 남기지 않았나요?」

「아니요.」

「언제 오겠다는 말은?」

「없었어요.」

「어디 있는지 전혀 몰라요? 연락할 방법이 없을까요?」

「몰라요. 말씀드릴 수 없어요.」

나는 개츠비를 위해 누군가 데려오고 싶었다. 그가 누워 있는 방에 들어가 이렇게 안심시켜 주고 싶었다. 〈당신을 위해 누구든 찾아볼게요, 개츠비. 걱정 말아요. 나만 믿어요. 누구든 데려올게요……〉

전화번호부에는 마이어 울프심이라는 이름이 없었다. 집사가 브로드웨이에 있는 그의 사무실 주소를 가르쳐 줘서 안내에 전화했다. 전화번호를 알아낸 것은 5시가 한참 지났을 무렵이라 아무도 전화를 받지 않았다.

「다시 연결해 주시겠어요?」

「세 번이나 연결했잖아요.」

「아주 중요한 일입니다」

「죄송합니다, 아무도 없는 것 같네요.」

응접실로 돌아왔을 때, 이 방을 꽉 채운 이 모든 사람들은 공무를 집행하고 가버릴 사람들이라는 생각이 퍼뜩 스쳤다. 그들이 시트를 걷고 놀란 눈길로 개츠비를 보고 있는 그 순간에도 내 머릿속에서는 그의 항의가 울려 퍼졌다.

「이봐요, 친구, 날 위해 누군가 좀 데려와야 해요. 좀 더 노력해 봐요. 나 혼자 이 일을 다 감당할 순 없어요.」

누군가 내게 질문을 하기 시작했지만, 나는 뿌리치고 2층으로 올라가 잠기지 않은 그의 책상 서랍을 황급히 뒤졌다. 그가 부모님이 돌아가셨다고 확실히 말한 적은 없었다. 하지만 아무것도 없었다. 지나간 폭력을 상징하는 댄 코디의 사진만이 벽에서 아래를 내려다보고 있었다.

이튿날 아침, 나는 울프심 앞으로 쓴 편지를 들려 집사를 뉴욕으로 보냈다. 개츠비에 대한 정보를 요청하면서 다음 기차로 내려와 달라고 부탁하는 편지였다. 그 편지를 쓰는 동안 나는 쓸데없는 짓이라 생각했다. 정오가 되기 전에 데이지가 전화를 걸 거라 확신했던 것처럼, 그가 신문을 보면 바로 출발하리라 믿어 의심치 않았던 것이다. 하지만 전화도, 울프심도 오지 않았다. 더 많은 경찰과 사진기자, 신문기자들만이 도착했을 뿐이다. 집사가 울프심의 답장을 가져왔을 때, 나는 비로소 그들 모두에 대한 반감, 개츠비와 나 사이의 모종의 냉소적인 연대감을 실감했다.

친애하는 캐러웨이 씨. 이번 일은 내 생애에 일어난 가장 끔찍한 일 가운데 하나여서, 전혀 사실이라고 믿을 수가 없군요. 그자가 저지른 미친 짓은 우리 모두로 하여금 많은 생각을 하게 만듭니다. 지금은 아주 중요한 사업에 매여 있어서 내려갈 수가 없고, 현재로서는 이 일에 연루될 수도 없습니다. 내가 할 수 있는 일이 있다면 나중에 에드거를 통해 편지로 알려 주세요. 이 비극적인 소식에 내가 어디 있는지 알 수 없을 정도로 충격을 받아 완전히 쓰러질 지경입니다.

당신의 친구,
마이어 울프심 드림

바로 아래에 추신으로 휘갈겨 쓴 글이 있었다.

　장례식 등에 관해 알려 주세요. 그의 가족에 대해서는
전혀 모릅니다.

　그날 오후, 전화벨이 울리고 시카고에서 장거리 전화가
걸려 왔다는 말을 들었을 때, 드디어 데이지한테서 전화가
왔다고 생각했다. 그러나 전화가 연결되자, 몹시 가느다란
남자의 목소리가 멀게 들려왔다.
「슬레이글입니다……」
「네?」 낯선 이름이었다.
「전화 소리가 왜 이렇죠? 제 전보 받았나요?」
「아무것도 못 받았는데요.」
「파크 녀석한테 문제가 생겼어요.」 그가 재빨리 말했다.
「카운터 너머로 증권을 넘기다가 잡혔어요. 바로 5분 전에 번
호가 표시된 회람장을 뉴욕에서 받았어요. 그 일에 대해 뭐
좀 아는 거 있어요? 이 시골 촌구석에선 뭘 알 수가 있……」
　「이봐요!」 나는 다급히 그의 말을 가로막았다. 「이봐요,
난 개츠비 씨가 아니에요. 개츠비 씨는 죽었어요.」
　전화기 저편에서 짧막한 외침이 들리더니 긴 침묵이 흘렀
다…… 이윽고 짧은 투덜거림과 함께 전화가 끊겼다.
　사흘째 되는 날에 미네소타의 시골에서 헨리 C. 개츠라고
서명된 전보가 도착했던 것 같다. 그 전보에서는 발신자가
곧 떠날 테니 도착할 때까지 장례식을 연기해 달라고만 쓰여

있었다.

그 사람은 개츠비의 아버지였다. 침울해 보이는 노인으로, 아주 무력하고 낙담한 상태로, 따뜻한 9월인데도 긴 싸구려 외투를 입고 왔다. 흥분한 그의 눈에서는 쉴 새 없이 눈물이 흘러내렸다. 손에서 가방과 우산을 받아들자, 숱 없는 회색 수염을 계속 쓸어내리기 시작해서 외투를 벗기기가 힘들었다. 노인은 금방이라도 쓰러질 것만 같아서 음식을 가져오는 동안 음악실로 데려가 앉혔다. 그러나 그는 아무것도 먹으려 하지 않았고, 손을 떠는 바람에 컵에 든 우유가 쏟아지고 말았다.

「시카고 신문에서 봤소.」 노인이 말했다. 「시카고 신문에 전부 났더군. 곧장 출발했어.」

「연락할 방법을 몰랐어요.」

그는 아무것도 보지 못하는 눈으로 방 주위를 끊임없이 두리번거렸다.

「미친놈.」 그가 말했다. 「미친 게 분명해.」

「커피 좀 드시겠어요?」 내가 물었다.

「됐소. 이제 괜찮아. 이름이……」

「캐러웨이입니다.」

「그래, 이제 괜찮소. 지미는 어디 있지?」

나는 그를 아들이 누워 있는 응접실로 데려가서 그를 남겨 두고 밖으로 나왔다. 아이들 몇이 계단을 올라와 홀 안을 기웃거렸다. 지금 도착한 사람이 누구인지 알려 주자 아이들은 마지못해 돌아갔다.

잠시 후에 개츠 씨가 문을 열고 나왔다. 입이 약간 벌어지고 얼굴은 약간 달아올랐고, 눈에서는 이따금 눈물이 방울방울 흘러내렸다. 그는 죽음의 공포에 더는 놀라지 않을 나이였다. 처음으로 주변을 둘러보고, 높고 화려한 홀, 여러 방으로 연결된 커다란 방들을 보고 나자, 그의 슬픔에는 경외심에 가까운 자부심이 섞이기 시작했다. 나는 그를 2층 침실로 안내했다. 그가 외투와 조끼를 벗는 동안, 그가 올 때까지 모든 일정을 연기했다고 일러 주었다.

「어떻게 하실지 몰라서요, 개츠비 씨……」

「내 이름은 개츠요.」

「……개츠 씨. 시신을 서부로 옮기고 싶어 하실지도 모르니까요.」

노인이 고개를 저었다.

「지미는 언제나 동부를 더 좋아했어. 동부에서 자리를 잡았고. 아들 친구였는가, 선생……?」

「친한 사이였습니다.」

「알다시피 전도유망한 청년이었지. 아직 젊었지만, 여기가, 아주 똑똑했어.」

개츠 씨는 자기 머리를 인상적으로 두드렸고, 나는 고개를 끄덕였다.

「살았다면, 위대한 인물이 됐을 거요. 제임스 J. 힐[58] 같은 인물 말이야. 이 나라 건국에 한몫했을 거라고.」

58 James J. Hill(1838~1916). 피츠제럴드의 고향인 미네소타 주의 세인트폴에 살았던 철도계의 거물. 위의 책, 〈주석〉에서 인용.

「맞습니다.」 좀 거북했지만 나는 그렇게 말했다.

개츠 씨는 수놓인 침대보를 더듬어 침대에서 벗기려다가 뻣뻣하게 누웠다. 그러더니 곧 잠들어 버렸다.

그날 밤 분명 겁에 질린 누군가가 전화를 걸었는데, 자기 이름을 대기도 전에 내가 누구냐고 물었다.

「캐러웨이입니다.」 내가 말했다.

「아!」 그는 안도한 듯했다. 「클립스프링어입니다.」

나 또한 마음이 놓였다. 개츠비의 장례식에 또 한 명의 친구가 올 것 같았기 때문이다. 신문에 부고를 내면 구경꾼이 꼬일까 봐 몇몇 사람에게 직접 전화를 걸고 있던 참이었다. 하지만 올 만한 사람을 찾아내기가 힘들었다.

「장례식은 내일입니다.」 내가 말했다. 「3시에 이 집에서요. 누구든 관심 가질 만한 사람 있으면 연락해 주세요.」

「아, 그럴게요.」 그가 성급히 대답했다. 「물론 아무도 만날 것 같진 않지만, 만나게 되면요.」

말하는 투가 의심스러웠다.

「물론 당신은 오시겠죠.」

「글쎄, 노력은 해보죠. 제가 전화를 한 건……」

「잠깐만요.」 내가 말을 막았다.

「오겠다고 말씀해 주시죠?」

「글쎄요, 실은…… 솔직히 아는 사람들과 그리니치에 머물고 있어요. 그 사람들이 내일 저랑 함께 있고 싶어 해서요. 실은 야유회 같은 게 있거든요. 물론 빠져나가 보려고 최선을 다해 보겠습니다.」

나는 참을 수가 없어 〈허!〉 하는 소리를 냈고, 그의 신경질적인 말투로 보아 내 말을 들은 것이 분명했다.

「제가 전화를 건 이유는 그 집에 신발 한 켤레를 두고 와서예요. 지나친 실례가 아니라면 집사 편에 그 신발을 좀 보내 주셨으면 해서요. 아시다시피 테니스화예요. 그 신발이 없으면 아무것도 못 합니다. 제 주소는 B. F 씨 댁……」

수화기를 내려놨기 때문에, 나머지 주소는 듣지 못했다.

그 뒤에 나는 개츠비에게 좀 부끄러워졌다. 내가 전화를 걸었던 신사 한 명은 그런 죽음을 당해 마땅하다는 식으로 말했다. 하지만 그건 내 잘못이었다. 왜냐하면 그는 개츠비가 제공해 준 술을 마시고 술기운에 개츠비를 아주 심하게 비웃던 사람들 중 하나였던 것이다. 그에게 전화를 걸기 전에 그에 대해 좀 더 알았어야 했다.

장례식 날 아침, 나는 마이어 울프심을 만나러 뉴욕으로 갔다. 그에게 연락할 다른 방도가 없어 보였기 때문이다. 엘리베이터 안내원이 일러 준 대로 열고 들어간 문에는 〈스와스티카[59] 지주 회사〉라고 쓰여 있었다. 처음에는 아무도 보이지 않았다. 그러나 내가 여러 번, 공중에다 〈계세요〉라고 외치자, 칸막이 뒤에서 말다툼하는 소리가 났다. 곧 예쁘장하게 생긴 유대 여자가 안쪽 문에서 나타나더니 적대적인 검은 눈으로 나를 훑어보았다.

---

59 스와스티카(만자문, 卍)가 울프심이 나치스 당원이라는 암시는 아니다. 피츠제럴드가 소설을 쓰던 당시에는 이것이 나치스의 상징으로 널리 알려지지 않았다. 위의 책, 〈주석〉에서 인용.

「안에 아무도 안 계세요.」그녀가 말했다. 「울프심 씨는 시카고에 가셨어요.」

이 말의 첫 문장은 분명 거짓이었다. 안쪽에서 누군가가 음정에 맞지 않는 「로사리오」를 휘파람으로 불기 시작했기 때문이다.

「캐러웨이 씨가 뵙고 싶어 한다고 전해 주세요.」

「시카고에서 그분을 불러들일 순 없잖아요?」

그 순간 문의 다른 쪽에서 울프심의 것이 분명한 목소리가 〈스텔라!〉 하고 외쳤다.

「책상에 이름을 남기세요.」그녀가 잽싸게 말했다. 「돌아오시면 말씀드릴게요.」

「하지만 저기 계신 거 압니다.」

그녀는 내 쪽으로 한 걸음 다가서더니 씩씩거리며 손으로 자기 엉덩이를 문질러 대기 시작했다.

「젊은 사람들은 아무 때나 마음대로 들어올 수 있다고 생각하죠.」그녀가 쏘아붙였다. 「우린 그런 데 질렸어, 시카고에 있다면, 시카고에 있는 거예요.」

나는 개츠비 얘기를 했다.

「아!」그녀는 나를 다시 쳐다보았다. 「잠깐…… 이름이 뭐죠?」

그녀가 사라졌다. 잠시 후 마이어 울프심이 문간에 엄숙하게 서서 두 손을 내밀었다. 그는 나를 사무실로 데려가더니 〈우리 모두에게 슬픈 때〉라고 근엄한 목소리로 말하면서 담배를 권했다.

「그를 처음 만났을 때가 생각나는군.」울프심이 말했다. 「군대에서 막 제대한 젊은 소령이었는데 전쟁 때 받은 메달을 잔뜩 달고 있었지. 생활이 너무 어려워서 군복을 계속 입어야 했어. 평상복을 살 수가 없었던 거지. 그를 처음 본 건 43번가의 와인브래너 당구장에 들어와 일자리를 달라고 했을 때였어. 이틀 동안 아무것도 못 먹은 상태였어. 난 〈들어와 점심이나 같이 먹지〉라고 했어. 반 시간 만에 4달러어치도 넘게 먹어 치우더군.」

「그가 사업을 시작하게 도와줬나요?」내가 물었다.

「시작하게 도와주다니! 내가 키웠는데.」

「아.」

「내가 그를 아무것도 없는 데서, 밑바닥에서 일으켜 세웠어. 그가 잘생기고 신사다운 청년이라는 걸 즉시 알아봤지. 오그스퍼드 출신이라고 했을 때 쓸모가 많겠다 싶었어. 그래서 미국 재향 군인회 총연맹에 가입시켰고, 그는 거기서 높은 자리를 맡게 됐지. 그는 곧 알바니로 올라가 내 고객을 위해 일했어. 우린 매사에 아주 가까운 사이였네.」울프심이 통통한 손가락 두 개를 들어올렸다. 「늘 함께였지.」

나는 이 협력 관계에 1919년의 월드 시리즈 조작 사건이 포함되는지 궁금해졌다.

「이제 그는 죽었어요.」나는 말했다. 「그와 둘도 없는 친구였으니, 오늘 오후 그의 장례식에 참석하시는 걸로 알겠습니다.」

「나도 가고 싶네.」

「그럼, 이따 오세요.」

그의 코털이 살짝 떨렸고, 고개를 저을 때는 눈물이 그렁거렸다.

「그럴 수 없네. 그 일에 연루될 수 없어.」 그가 말했다.

「연루될 건 하나도 없어요. 이제 다 끝났어요.」

「누군가 살해당한 일, 그 일에 어떤 식으로든 연루되고 싶지 않아. 난 빠지겠네. 젊었을 땐 이러지 않았지. 친구가 죽는다면 무슨 일이 있어도 끝까지 함께했어. 감상적이라 생각하겠지만, 죽을 때까지 함께했다고.」

그가 자기 나름의 이유로 오지 않기로 결심했다는 걸 알고 나는 자리에서 일어섰다.

「대학 나왔나?」 그가 불쑥 물었다. 잠깐 그가 〈연줄〉 얘길 꺼내려나 싶었지만, 그는 고개만 끄덕이고 나와 악수를 나누었다.

「죽은 뒤가 아니라 살아 있을 때 우정을 보여 주는 법을 배우자고.」 울프심이 말했다. 「그 후엔 만사를 내버려 두는 게 나만의 원칙이야.」

그의 사무실을 떠날 때 하늘은 어둑어둑했고, 나는 가랑비를 맞으며 웨스트에그로 돌아왔다. 옷을 갈아입고 옆집에 갔더니 개츠 씨가 흥분한 상태로 홀을 오가고 있었다. 자기 아들과 아들이 소유한 재산에 대한 그의 자부심은 계속 불어나서 이제 나에게 뭔가 보여 주기에 이르렀다.

「지미가 나한테 이 사진을 보냈었어.」 그는 떨리는 손가락으로 지갑을 꺼냈다. 「이걸 봐.」

그것은 그 집을 찍은 사진이었는데, 여러 사람의 손때가 묻어 사진 귀퉁이가 닳고 더러웠다. 그는 나에게 모든 것을 하나하나 열심히 가리켰다. 「여길 봐!」 그러고는 내 눈에서 감탄의 기색을 찾으려 했다. 사진을 너무나 자주 보여 줘서 이제는 사진이 실제 집보다 더 진짜 같은 모양이었다.

「지미가 이 사진을 보냈어. 정말 멋진 사진이지. 아주 잘 나왔어.」

「잘 나왔네요. 최근에 아드님을 만나 보셨나요?」

「그애가 2년 전에 날 만나러 와서는, 지금 내가 살고 있는 집을 사줬네. 물론 그애가 집을 나갔을 땐 의가 상했지만 이젠 그럴 만한 이유가 있었다는 걸 알겠어. 그앤 자기 앞에 멋진 장래가 있다는 걸 알았던 거야. 그리고 성공한 다음에는 나한테 아주 잘해 줬어.」

개츠 씨는 사진을 집어넣기 싫은 듯 한참이나 내게 보여 주었다. 이윽고 그는 사진을 지갑에 도로 넣고는 주머니에서 〈호펄롱 캐시디〉[60]라는 제목의 다 떨어진 낡은 책 한 권을 꺼냈다.

「이거 봐, 그애가 어렸을 때 읽던 책인데. 보면 알 거야.」

그는 뒷장을 펼치고 내가 볼 수 있게 방향을 돌렸다. 마지막 백지에 〈스케줄〉이라는 글씨와 〈1906년 9월 12일〉이라는 날짜가 쓰여 있었다. 그 아래에는 이렇게 적혀 있었다.

---

60 *Hopalong Cassidy*. 미국 작가 클래런스 E. 멀포드Clarence E. Mulford 가 동명의 카우보이를 주인공으로 쓴 소설. 실제 출간 연도는 1910년으로 1906년과는 연도가 맞지 않는다. 위의 책, 〈주석〉에서 인용.

기상	오전 6:00
아령 들기, 벽 타기	오전 6:15~6:30
전기학, 기타 공부	오전 7:15~8:15
일	오전 8:30~오후 4:30
야구, 운동	오후 4:30~5:00
웅변과 자세 연습, 실전 훈련	오후 5:00~6:00
발명을 위한 공부	오후 7:00~9:00

일반적인 결심

새프터스나 □〔읽을 수 없는 장소 이름〕에서 시간 낭비
하지 않기

담배를 피우거나 씹지 않기

이틀에 한 번 목욕하기

매주 교양 서적이나 잡지 한 권 읽기

매주 5달러〔줄을 그어 지움〕 3달러씩 저금하기

부모님께 더 잘하기

「이 책을 우연히 발견했네.」 노인이 말했다. 「뭔가 말해 주
지 않나?」

「그러네요.」

「지미는 출세할 운명이었어. 그앤 늘 이런 식의 결심을 하
곤 했지. 그애가 계속 자기 계발에 힘쓴다는 걸 알고 있었
나? 그쪽으론 늘 완벽했어. 한번은 그애가 나더러 돼지처럼
먹는다고 해서 때려 준 적도 있었지.」

229

그는 책을 덮기 싫은 듯 내용을 하나하나 큰 소리로 읽더니 나를 빤히 쳐다보았다. 내가 나를 위해 그 목록을 그대로 베끼고 따라 하기를 기대했던 게 아닌가 싶다.

3시가 좀 안 되어 플러싱에서 루터교 목사가 도착했고, 나는 나도 모르게 다른 차가 오지 않는지 창밖을 내다보았다. 개츠비의 아버지도 그랬다. 시간이 지나 하인들이 들어와 홀에서 기다리자, 그의 눈이 걱정스레 깜빡이기 시작했다. 그는 걱정스러운 태도로 애먼 비를 탓했다. 목사가 몇 번이나 자기 시계를 들여다봐서 그를 한쪽으로 데려가 반 시간만 더 기다려 달라고 부탁했다. 하지만 소용이 없었다. 아무도 오지 않았던 것이다.

. . . .

5시쯤 자동차 세 대가 줄지어 묘지에 도착했고, 이슬비가 내리는 가운데 정문 옆에 멈춰 섰다. 맨 앞은 끔찍하게 검은 비에 젖은 영구차, 다음은 개츠 씨와 목사님, 내가 탄 리무진, 그 뒤로는 하인 네댓 명과 웨스트에그에서 온 우편배달부를 태운 개츠비의 스테이션왜건. 모두 비에 흠뻑 젖어 있었다. 우리가 입구를 지나 묘지로 들어갈 때였다. 자동차 한 대가 멈췄고, 누군가가 물에 흠뻑 젖은 땅에 내려 물을 튀기며 우리 뒤를 쫓아오는 소리가 들렸다. 나는 주위를 돌아봤다. 석 달 전 어느 날 밤 서재에서 개츠비의 책들에 경탄하던 올빼미 안경을 쓴 남자였다.

그 후로는 그 남자를 본 적이 없다. 그가 장례식을 어떻게 알았는지, 그의 이름이 뭔지도 모른다. 그의 두꺼운 안경으로 비가 쏟아졌고, 개츠비의 무덤에 가린 천막이 벗겨지는 걸 보기 위해 그는 안경을 벗어 닦았다.

나는 잠시 개츠비 생각을 해보려 했지만, 그는 이미 너무나 먼 곳에 있었다. 데이지가 한 마디 조문도, 한 송이 꽃도 보내지 않았다는 사실만큼은 원망의 감정 없이 기억할 수 있다. 누군가 〈죽은 자에게 비가 내리니 복이 있도다〉라고 중얼거리는 소리가 희미하게 들렸고, 잠시 후 올빼미 눈의 남자가 힘찬 목소리로 〈아멘〉 하고 말했다.

우리는 재빨리 빗속으로 흩어져 차 있는 곳으로 내려갔다. 올빼미 눈이 입구에서 내게 말을 건넸다.

「그 집에는 못 가봤어요.」 그가 말했다.

「아무도 안 왔어요.」

「무슨 소립니까!」 그가 놀라 소리쳤다. 「저런, 세상에! 몇백 명씩 그 집에 드나들었는데.」

그가 안경을 벗어 다시 안팎으로 닦았다.

「불쌍한 녀석 같으니라고.」 그가 말했다.

....

무엇보다 생생하게 기억나는 일 중 하나가 크리스마스 무렵이면 고등학교에서 서부로, 나중에는 대학에서 서부로 돌아오던 일이다. 시카고보다 멀리 가는 사람들은 12월의 어느 저녁 6시에 낡고 침침한 유니언 역에 몇몇 시카고 친구들과 모여, 서둘러 작별 인사를 나누며 벌써부터 즐거운 휴가

기분에 사로잡히곤 했다. 이런저런 여학교에서 돌아오는 여학생들의 털코트, 찬 입김을 내뿜으며 떠들던 잡담, 옛 친구들이 보이면 머리 위로 손을 흔들던 것도 기억난다. 더불어 〈모드웨인네 갈 거야? 허시네는? 슐츠네는?〉 하면서 서로 초대 일정을 맞춰 보던 일도, 장갑 낀 손에 꼭 쥐고 있던 긴 초록색 차표도 생각난다. 역 입구 옆 선로에 서 있던 〈시카고, 밀워키앤세인트폴〉 철도 회사의 음울한 노란색 기차들이 바로 크리스마스나 되는 양 즐거워 보이던 것도.

기차가 겨울밤 속으로 들어서면 진짜 눈다운 눈, 우리 눈 풍경이 우리 옆으로 펼쳐지면서 창문에 반사되어 반짝이기 시작했고, 위스콘신의 작은 역들의 희미한 불빛이 스쳐 지나가면 갑자기 날카롭고 거친 기운이 대기 중에 감돌았다. 우리는 저녁을 먹고 싸늘한 통로를 지나 돌아오다가 그 공기를 깊이 들이마셨다. 다시 그 공기 속에 하나로 녹아들기 전의 그 낯선 한 시간 동안, 이 지방과 우리가 하나임을 말없이 느끼는 것이었다.

그곳이 바로 나의 중서부다. 그곳은 밀밭이나 초원, 사라져 버린 스웨덴 사람들의 마을이 아니라, 내 젊은 시절 가슴 떨리던 귀향 기차, 서리 내린 밤의 가로등과 썰매 종소리, 불켜진 창이 눈밭 위에 던지는 크리스마스 화환의 그림자다. 나는 그곳의 일부였다. 그 기나긴 겨울을 체험하며 다소 엄숙해지고, 몇십 년 동안 가문의 이름이 주소를 대신하는 도시에서 캐러웨이 가문의 일원으로 성장했다는 사실에 다소 만족해했다. 이제야 나는 그 모두가 결국 서부의 이야기였다는 사실을 깨달았다. 톰과 개츠비, 데이지와 조던과 나는 모두 서부 사람이었고, 우리에게는 다같이 뭔가 부족한 점이 있어서 묘하게 동부 생활에 적응하지 못한 모양이다.

동부가 나를 가장 흥분시켰을 때조차, 지루하게 뻗은 오만하게 솟은 곳들, 아이들과 아주 연로한 노인들만 빼고 끝없이 캐묻기 좋아하는 오하이오 주 너머의 서부보다 동부가 훨씬 낫다는 것을 아주 똑똑히 알았을 때조차 동부는 늘 뒤틀린 구석이 있어 보였다. 특히나 웨스트에그는 내가 기이한 꿈을 꿀 때면 아직도 나타난다. 그곳은 엘 그레코[61]가 그린 밤 풍경처럼 보인다. 평범하면서도 그로테스크한 집 백여 채가 그 위의 음산한 하늘과 흐린 달 아래 웅크리고 있는 풍경이다. 그림의 전경에는 연미복을 입은 엄숙한 네 명의 남자가 흰 이브닝드레스를 입은 만취한 여자를 들것에 싣고 보도를 따라 걸어간다. 들것 옆에 늘어진 여자의 손에서는 보석들이 차갑게 빛난다. 남자들은 심각한 얼굴로 어느 집에 들어가지만 찾던 집이 아니다. 아무도 여자의 이름을 모르고, 아무도 개의치 않는다.

개츠비가 죽은 뒤 동부는 계속 그런 식으로 떠올랐다. 내 눈으로 바로잡기에는 역부족이었다. 그래서, 마른 낙엽을 태우는 푸른 연기가 하늘로 올라가고 빨랫줄에 걸린 젖은 빨래가 바람에 뻣뻣하게 얼 무렵, 나는 고향에 돌아가기로 마음먹었다.

61 El Greco(1541~1614). 스페인에서 살았던 그리스인 화가. 종교적 환희를 소재로 강렬한 화풍의 그림을 많이 그렸다.

떠나기 전에 처리할 일이 하나 있었다. 어쩌면 내버려 두는 게 더 나았을지도 모를, 좀체 하고 싶지 않은 거북한 일이었다. 그러나 나는 일을 정리하고 싶었다. 저 친절하고 무심한 바다가 내 쓰레기를 쓸어가 버릴 거라고 믿을 수는 없었던 것이다. 나는 조던 베이커를 만나 우리 모두에게 일어났던 일과 그 후 내게 일어났던 일을 이야기했다. 그녀는 큰 의자에 누워 꼼짝하지 않고 내 얘기를 들었다.

그녀는 골프복 차림이었다. 그녀가 멋진 삽화처럼 보인다고 생각했던 것을 기억한다. 경쾌하게 살짝 들어 올린 턱, 가을 낙엽 빛깔의 머리카락, 무릎 위에 놓인 벙어리장갑처럼 그을린 갈색 얼굴. 내가 이야기를 마치자, 그녀는 아무 설명도 없이 다른 남자와 약혼했다는 소식을 전해 주었다. 그녀가 고개만 끄덕이면 결혼할 남자가 몇 있긴 했지만, 그 말은 좀 의심스러웠다. 하지만 나는 짐짓 놀란 척했다. 잠깐 동안 실수를 한 게 아닌가 싶었지만 모든 문제를 재빨리 되짚어 보고는 일어나서 작별 인사를 했다.

「하지만 당신이 날 차버린 거예요.」 조던이 불쑥 말했다. 「전화로 날 찼어요. 당신한테 아무 미련도 없지만, 나로선 처음 겪는 일이라 한동안 머리가 좀 아팠죠.」

우리는 악수를 나눴다.

「아, 기억하세요?」 그녀는 이렇게 덧붙였다. 「언젠가 운전에 대해 얘기했던 거요.」

「그럼요……. 정확하진 않지만.」

「고약한 기사는 다른 고약한 기사를 만나기 전까지만 안

전하다고 했죠? 글쎄, 그런 고약한 기사를 만났던 거죠, 안 그래요? 경솔하게도 그런 억측을 하고 있었다는 거예요. 당신은 꽤 정직하고 솔직한 사람이라고 생각했죠. 그게 당신의 은밀한 자부심이라고요.」

「난 서른이에요.」 내가 말했다. 「자신을 속이고 뿌듯해하기엔 당신보다 다섯 살이나 많아요.」

그녀는 아무 대답도 하지 않았다. 분노, 어렴풋이 그녀를 사랑하는 마음과 엄청난 후회로 범벅이 된 채 나는 그녀에게서 돌아섰다.

10월의 어느 날, 나는 오후 늦게 톰 뷰캐넌을 만났다. 그는 내 앞에서 민첩하고 공격적인 자세로 5번가를 따라 걷고 있었다. 방해물이 있으면 때려누일 것처럼 두 손을 조금 앞으로 내밀고, 불안정한 눈빛에 맞춰 머리를 이리저리 날렵하게 돌리고 있었다. 그를 따라잡지 않으려고 속도를 늦췄을 때, 그가 발걸음을 멈추더니 찡그린 얼굴로 보석 가게의 진열장을 들여다보기 시작했다. 그러다 갑자기 나를 발견하고는 가던 길을 돌이켜 손을 내밀었다.

「웬일이야, 닉? 나랑 악수하기 싫다는 건가?」

「그래, 내가 자네를 어떻게 생각하는지 알잖나.」

「미쳤군, 닉.」 톰이 재빨리 말했다. 「이만저만 미친 게 아니야. 무슨 생각인지 모르겠네.」

「톰, 그날 오후에 윌슨한테 뭐라고 한 거야?」 나는 물었다.

톰은 말없이 나를 응시했고, 나는 윌슨이 사라졌던 시간에 대한 내 추측이 맞았다는 걸 알았다. 몸을 돌려 걷기 시작하자, 그가 따라와 내 팔을 잡았다.

「그에게 진실을 말해 줬어.」 그가 말했다. 「우리가 떠날 채
비를 할 때 그자가 문간에 나타났어. 안에 없다고 전했는데
도 막무가내로 2층으로 올라오려는 거야. 그 차가 누구 차인
지 말해 주지 않으면 나를 죽이려고 했을 거야. 완전 미쳐 있
었다고. 집에 있는 내내 주머니에 있는 권총에 손을 대고 있
었다니까…… 」 그는 갑자기 발끈한 듯 말을 멈췄다. 「좀 말
했으면 어때? 자업자득이야. 그자는 데이지를 속인 것처럼
자네 눈을 속였어. 근데 정말 끝내주는 놈이야. 개 치듯 머틀
을 치고도 멈추질 않았으니 말이야. 」

그게 사실이 아니라는, 차마 입으로 말할 수 없는 사실 말
고는 아무 말도 할 수 없었다.

「내겐 고통이 없었다고 생각하겠지…… 근데 말이야, 그
아파트를 팔러 가서 찬장에 놓인 그 빌어먹을 개 비스킷 상
자를 본 거야. 그 자리에 주저앉아서 애처럼 엉엉 울었다고.
맙소사, 끔찍했어…… 」

그를 용서하거나 좋아할 수는 없었지만, 그에게는 그 행
동이 전적으로 옳았다는 것을 깨달았다. 모든 게 너무나 엉
망이었고 혼란스러웠다. 톰과 데이지, 그들은 무심한 사람들
이었다. 물건이든 생물이든 다 부수고 나서 돈이든, 엄청난
무관심이든, 그들을 함께 지켜 줄 만한 것이라면 그게 무엇
이든 그 안으로 몸을 피해, 그들이 버린 쓰레기를 다른 사람
들이 치우게 했던 것이다……

나는 톰과 악수했다. 악수하지 않는 게 어리석어 보였다.

갑자기 어린아이와 얘기하는 것처럼 느껴졌기 때문이다. 그러고 나서 그는 진주 목걸이를 사기 위해 — 어쩌면 그저 커프스단추 한 쌍을 사려 했을지도 모른다 — 보석 가게로 들어갔고, 나는 촌스러운 결벽증에서 영원히 벗어났다.

....

내가 떠날 때 개츠비의 집은 아직 비어 있었다. 그의 잔디밭은 내 잔디밭만큼이나 무성했다. 마을의 택시 기사 하나는 그 집 입구를 지나 요금을 받을 때마다 잠시 멈춰 서서 안을 가리키곤 했다. 바로 그가 사고가 나던 날 밤 데이지와 개츠비를 이스트에그에 태워다 준 사람인지도 모른다. 그가 그 사건에 관한 이야기를 마음대로 지어냈는지도 모른다. 나는 그 이야기를 듣고 싶지 않아 기차에서 내릴 때마다 그를 피했다.

나는 토요일 밤마다 뉴욕에서 보냈다. 개츠비가 열었던 그 빛나고 눈부신 파티가 너무나 생생해서, 그의 정원에서 들리는 희미한 음악과 웃음소리, 그의 도로를 오르내리던 자동차 소리가 끊임없이 들려와서 말이다. 어느 날 밤에는 그 집에서 진짜 자동차 소리를 들었고 집 앞 계단에서 자동차 불빛이 멈춘 것도 보았다. 그러나 누구인지 알아보지는 않았다. 아마 지구 끝으로 떠났다가 파티가 끝난 줄도 모르고 찾아온 마지막 손님이었을 것이다.

마지막 날 밤, 차를 식료품 가게에 팔고 트렁크를 꾸려 다시 그 집으로 가서 그 집의 엄청나고 어처구니없는 몰락을 바라보았다. 흰 계단 위로는 어떤 아이가 벽돌 조각으로 갈겨 쓴 음란한 낙서가 달빛에 또렷이 떠올랐고, 나는 신발로 그것을 문질러 지웠다. 그러고 나서 어슬렁어슬렁 해변으로 내려가서 모래 위에 드러누웠다.

이제 해변의 큰 집들은 대부분 문이 닫혔고, 해협을 건너가는 연락선의 희미하게 움직이는 불빛을 제외하면 불빛이라곤 없었다. 그리고 달이 더 높이 떠오르자, 별 의미 없는 집들이 녹아내리기 시작했다. 한때는 네덜란드 선원들 눈에 꽃처럼 만개했던 여기 이 오래된 섬은 갈수록 유명해졌다. 이 섬은 신세계의 싱그럽고 푸른 젖가슴이었던 것이다. 이 섬에서 사라진 나무들, 개츠비의 저택에 길을 만들어 주었던 그 나무들이 어느 때인가 모든 인간의 꿈 중에서 가장 궁극적이며 위대한 꿈을 속삭이며 부추겼던 것이다. 마음을 빼앗긴 덧없는 순간, 인간은 틀림없이 이 대륙을 바라보며 숨죽였을 것이다. 역사상 마지막으로 경이로움에 대한 자신의 능력에 필적하는 그 무엇을 직면하고 이해할 수도 바랄 수도 없는 심미적 명상에 빠져들어야 했던 것이다.

그리고 나는 그곳에 앉아 그 오래된 미지의 세계에 대해 깊이 생각하면서 개츠비가 데이지의 선착장 끝에서 빛나는 초록 불빛을 처음 찾아냈을 때 느꼈을 경이로움을 떠올려 보았다. 그는 이 푸른 잔디밭까지 먼 길을 왔고, 그의 꿈은 너무나 가까이, 틀림없이 손에 잡힐 것처럼 보였을 것이다. 그는 알지 못했다. 그 꿈이 그가 지나온 곳, 도시 너머의 광막한 어둠 속 어딘가, 밤하늘 아래 공화국의 어두운 벌판들이 펼쳐진 그곳에 있다는 사실을.

개츠비는 초록 불빛을 믿었다. 해가 갈수록 우리 앞에서 물러나는 환희의 미래를 믿었다. 그것은 우리를 피했지만, 그건 중요하지 않다. 내일이면 우리는 더 빨리 달릴 것이며, 더 멀리 팔을 뻗을 것이다……. 그러면 어느 맑은 날 아침에는……

그래서 우리는 조류를 거슬러 가는 배처럼, 끊임없이 과거로 밀려나면서도 계속 앞으로 나아가는 것이다.

〈개츠비〉처럼 살고 〈닉〉처럼 쓰다

1. 장편 5권, 단편 160편으로 남은 생애

피츠제럴드는 1896년 9월 24일 미국 중서부 미네소타 주 세인트폴에서 태어났다. 그의 아버지는 세인트폴에서 가구 제조업 일을 하다 실패한 뒤 뉴욕의 비누 제조 회사인 프록터앤갬블사의 영업 사원이 되었다. 10년 후 그 회사에서 해고를 당해 세인트폴로 돌아온 뒤에는 식료품 도매로 큰돈을 번 장인에게 상속받은 돈으로 편히 살았다. 피츠제럴드는 같은 주에 있는 프린스턴 대학교에 입학하려고 뉴저지 주의 가톨릭계 뉴먼 고등학교에 다니면서 글을 쓰기 시작했지만, 당시에는 이렇다 할 두각을 나타내지 못했다. 이곳에서 그의 문학적 재능을 발견하고 격려해 준 시거니 페이Sigourney Fay 신부와 셰인 레슬리Shane Leslie라는 작가를 만나게 된다. 1913년 프린스턴에 입학한 뒤에는 평생 친구가 된 에드먼드 윌슨Edmund Wilson과 존 필 비숍John Peale Bishop, 존 빅스 2세John Biggs, Jr.를 만났다. 연극 모임인 〈트라이앵글 클럽〉에서 활동하면서 유머 잡지인 『프린스턴 타이거 *The Princeton Tiger*』와 『나소 문학 매거진 *Nassau Literary Magazine*』에 뮤지컬을 쓰기도 했지만, 성적 불량과 좋지 않은 건강 때문에 1915년부터 1년간 학교를 쉬었다. 『나소 문학 매거진』의 주간이었던 월슨의 호의로 이 잡지에 단편소설과 시를 발표했고, 존 필 비숍의 개인 지도로 셰익스피어와 키츠 등의 시를 읽었다.

그는 1917년 1차 세계 대전에 참전하기 위해 입대했지만, 전쟁이 끝나는 바람에 참전하지 못했다. 자신이 전쟁에서 죽을까 봐 군대에서도 시간을 쪼개 『낭만적 이기주의자 *The Romantic Egoist*』라는 소설을 쓴다. 미국 앨라배마 주의 몽고메리에서 훈련을 받던 피츠제럴드는 앨라배마 주 대법원 판사의 막내 딸인 열여덟 살의 젤다 세이어 Zelda Sayre를 만나 운명적인 사랑에 빠진다. 그는 남부 명문가의 딸이자 몽고메리의 미인인 젤다와 약혼한 뒤 뉴욕의 광고 회사에 일자리를 얻었으나, 장래가 불투명하다는 이유로 파혼을 당한다. 젤다와 결혼하려면 소설가로서 성공해야 한다고 믿은 그는 다니던 광고 회사를 그만두고 1920년 3월 첫 소설 『낙원의 이쪽 *This Side of Paradise*』을 출판했다. 이 책의 성공으로 하루아침에 돈과 명성, 사랑을 동시에 거머쥐게 된 그는 책이 출판된 지 일주일 뒤인 1920년 4월 3일 마침내 젤다와 결혼한다. 하지만 젊은 나이에 유명 인사가 된 두 사람은 인세로 벌어들인 막대한 돈을 사치스러운 생활로 금방 탕진해 버리고 만다.

1921년에 피츠제럴드는 딸 스코티Scottie가 태어나자 뉴욕 근교의 부촌인 롱아일랜드의 그레이트넥으로 이사한다. 화려한 삶을 추구하는 젤다를 부양하기 위해서는 작품성 있는 장편소설보다 대중잡지에 실릴 상업적인 단편소설을 써야 했다. 1922년, 그는 어느 부부의 몰락을 그린 두 번째 소설 『저주받은 아름다운 사람들The Beautiful and Damned』을 발표한다. 이듬해 기대를 걸었던 「채소The Vegetable」라는 희곡이 시험 공연에서 실패하자, 그는 빚을 갚기 위해 수많은 단편을 썼다. 프랑스에서 쓴 세 번째 장편소설 『위대한 개츠비The Great Gatsby』는 이전보다 기법 면에서 진일보하여 찬사가 쏟아졌지만, 독자들의 반응은 기대 이하였다. 네 번째 장편 『밤은 부드러워Tender Is the Night』는 그의 최대 야심작이었지만 역시 상업적으로는 실패했다. 프랑스를 배경으로 전도유망한 젊은 정신과 의사의 성공과 몰락을 그린 이 작품의 출판 이후 그의 인생은 서서히 무너지기 시작한다. 건강을 해친 데다 그간 겪은 고통으로 인해 창조력과 금전 모두 고갈되었던 것이다. 1930년대 중반, 그의 생활은 1936년에 쓴 자신의 에세이 제목처럼, 〈크랙업Crack-Up〉이 되었다 하겠다. 질병과 음주, 빚 등으로 작품 활동을 하지 못하고 아내가 입원한 하일랜드 병원 근처 노스캐롤라이나 주 애슈빌의 호텔에서 요양하며 지낸 것이다. 이 무렵 외동딸인 스코티를 부양할 수 없게 된 그는 열네 살 된 딸을 동부의 기숙 학교에 보내야 했으며, 방학에는 오랜 에이전트인 해럴드 오버Harold Ober가 부모 대신 스코티를 돌봐 주었다. 그런 상황에서도 피츠제럴드는 딸의 교육과 장래에 자상한 관심을 갖고 종종 편지를 보냈을 뿐 아니라, 딸을 바사 대학 Vassar College에 입학시켰다.

1937년에는 빚 때문에 할리우드에 가서 MGM사와 시나리오 작가로 계약하고 활동했지만 성공작은 거의 없었다. 1939년 MGM과의 계약 기간이 끝난 후에는 동부로 귀향했는데, 음주벽이 더욱 심해지고 신경 쇠약에 시달리기도 했다. 1940년 12월 21일, MGM 제작소를 운영하던 어빙 솔버그Irving Thalberg를 그린 할리우드 배경의 소설 『마지막 거물The Last Tycoon』을 쓰던 중 친구인 실라 그레이엄 Sheilah Graham의 아파트에서 급작스러운 심장마비로 사망했다. 그로부터 8년 뒤 노스캐롤라나 주의 정신 병원에 입원해 있던 젤다가 그 병원에 일어난 화재로 굴곡 많은 생을 마감하게 된다.

피츠제럴드의 동시대 작가로는 윌리엄 포크너와 어니스트 헤밍웨이가 있다. 그들이 진지한 작가라면, 피츠제럴드는 플레이보이라는 이미지가 강했다. 또한 음주벽 때문에 행동이 경박하고 무책임한 작가로 간주되기도 했다. 하지만 그는 완성된 원고를 수차례 수정하는 근면한 노력가이자 진지한 예술가였다. 그의 명쾌하고 시적이며 위트 있는 문체는 이런 노력의 소산인 것이다. 아울러 작품에 재미를, 예술성에 대중성을 가미하려는 그의 노력으로 인해 그의 작품에는 깊이가 더해졌다. 작품에서 남녀의 애정과 물질적 성공만 다뤘다고 평자들의 비난을 사기도 했지만, 그런 주제야말로 〈내가 다뤄야 하는 전부〉라고 반박했다. 그는 실제 경험으로 깊이 이해하는 세계를 작품 속에 담아냈던 것이다.

〈미국인의 삶에 2막은 없다〉라는 『마지막 거물』의 메모처럼, 그는 말년에 자기 인생을 실패라고 생각했으며, 실제로 문학사 속에서 자취를 감추는 듯했다. 그러나 사후 두 세대에 걸쳐 사회에 대한 날카로운 통찰력과 정교함, 놀라운 서정성을 갖춘 최고의 작가로 부활했다. 그의 성공과 실패는 1920~1930년대 미국 사회의 승리와 몰락을 반영하며, 그의 작품은 미국인이 겪는 경험, 즉 야심과 실망, 이상과 환멸, 성공과 실패 및 구원을 이야기한다. 그는 무한한 가능성을 꿈꾸는 아메리칸드림을 최초로 인식한 작가로, 개츠비를 통해 인생에 대한 낭만적 믿음과 희망을 버리지 않는 비범한 능력에 방점을 찍었다. 1960년에 이르러 그는 20세기 전반에 걸쳐 가장 중요한 미국 작가 중 하나가 되었으며, 『위대한 개츠비』는 20세기에 가장 널리 읽히는 미국의 고전이 되었다. 또한 평자는 물론 영화 제작자와 연출자, 안무가와 음악가들이 그의 작품에 큰 관심을 보였다. 일례로 『위대한 개츠비』는 지금까지 네 편의 영화(1926년, 1949년, 1974년, 2000년)로 제작된 바 있다. 최근에도 바즈 루어만 감독이 리어나도 디캐프리오와 케리 멀리건 주연으로 새로운 영화를 제작 중이라고 한다.

그런데 미국 문학사에서 바로 앞 세대의 윌리엄 딘 하우얼스나 헨리 제임스는 물론 동시대의 헤밍웨이나 포크너에 비해, 피츠제럴드가 쓴 장편은 총 다섯 편으로 매우 적은 편이다. 45세의 나이로 비교적 일찍 죽은 데다 돈을 벌기 위해 주로 단편을 썼기 때문이다(『새터데이 이브닝 포스트*The Saturday Evening Post*』 같은 잡지에 20년 동안 160편의 상업적인 단편소설을 발표했다). 하지만 상업적인 단편이라고 다 무시할 것은 아니어서, 그의 단편 가운데는 훌륭한 작품도 적지 않다. 오늘날은 피츠제럴드가 장편소설로 유명하지만, 살아 있을 때는 미국에서 가장 재능 있는 단편소설 작가로 이름을 날렸다. 저명한 피츠제럴드 학자이자 전기 작가인 매슈 J. 브루콜리 교수는 그의 단편집을 출간하면서 「부잣집 아이The Rich Boy」나 「메이데이May Day」, 「리츠칼튼 호텔만 한 다이아몬드The Diamond as Big as the Ritz」 같은 주옥같은 단편들과 『새터데이 이브닝 포스트』 등의 잡지에 실린 상업적 작품 중 43편을 선별해 수록한 바 있다. 전성기인 1929년 『새터데이 이브닝 포스트』에서 받은 4천 달러의 고료는 1994년 기준으로 4만 달러 정도였다고 한다. 그는 당시 최고 대우를 받는 작가가 아니었으며, 장편소설보다 160편 정도 되는 단편의 고료가 주수입원이었다. 최고일 때는 연 3만 6천 달러 이상 번 적도 있었다. 1920년대에 연 2만 5천 달러의 수입은 1천 299달러였던 교사의 연봉에 비하면 많은 것이지만, 그렇다고 큰 재산은 못 되었다. 꽤 많은 돈을 벌었지만 그만큼 많이 지출했던 것이다. 작품 속 인물에게 돈이 미치는 영향에 대해 그렇게 잘 표현한 작가가 자기 돈을 잘 관리하지 못했다는 것은 참으로 웃지 못할 아이러니라 하겠다.

그의 장편 다섯 편 중 『낙원의 이쪽』, 『저주받은 아름다운 사람들』, 『위대한 개츠비』, 『밤은 부드러워』가 그의 생전에 출판되었고, 미완성의 『마지막 거물』은 유작으로 출판되었다. 수필집 『크랙업』은 1945년에 출간되었다.

2. 〈위대한〉 위대한 개츠비

『위대한 개츠비』는 피츠제럴드의 세 번째 장편소설로 1925년에 출간되었다. 프랑스 리비에라Riviera에서 초고를 완성하고 로마와 카프리 섬에서 교정을 본 작품으로, 미국에서 시작해 프랑스에서 완성된 셈이다. 피츠제럴드는 1924년 뉴욕 찰스 스크리브너스 선스Charles Scribner's Sons 출판사의 편집자인 맥스웰 퍼킨스Maxwell Perkins에게 보낸 편지에서 이 소설은 〈지금까지 나온 미국 소설 중 가장 훌륭한 소설〉이 될 것이라 장담했다. 〈지금 새롭고 아름답고 단순한 것 이상의 정교하게 꾸며진 그 무엇〉을 쓰고 있다고 말이다. 이 작품에 대해 T. S. 엘리엇은 〈헨리 제임스 이후 미국 소설이 내디딘 첫걸음〉이라고 호평했고, 소설가 거트루드 스타인은 〈당신은 『펜데니스Pendennis』와 『허영의 시장Vanity Fair』에서의 새커리처럼 사회를 창조〉했다고 칭찬했다. 또한 이디스 워튼은 〈내가 개츠비를, 아니, 그의 책을 얼마나 좋아하는지…… 당신이 이번에…… 얼마나 큰 도약을 했는지 즉시 말하게 해달라〉며 열광적인 반응을 보였다. 하지만 그가 세상을 떠나기까지 기껏 2만 5천 부 정도만이 팔린 것에서 알 수 있듯, 당대 독자들의 반응은 차가웠다. 그러나 그의 죽음 이후 오랜 세월이 흐른 지금은 피츠제럴드의 대표작으로서 미국 중, 고등학교는 물론 대학 영문과의 필독서가 되었다. 판매 부수를 보면 미국에서만 해마다 30만 권 이상 팔린다고 한다. 우리나라에서도 1950년대에 처음 번역된 후 대부분의 출판사에서 발간하는 〈세계문학〉 시리즈의 대표 주자로서 꾸준히 인기를 모으고 있다.

이런 인기의 비결은 무엇일까? 여러 가지 요인이 있겠지만, 가장 대표적인 것으로는 닉 캐러웨이라는 1인칭 화자에 의한 독특한 서술 기법(형식), 동서고금 언제나 인기 있는 사랑 이야기(주제), 이 주제에 맞닿아 있는 〈아메리칸드림〉, 1차 세계 대전 이후 1920년대 재즈 시대의 충실한 재현을 들 수 있을 것이다.

먼저 이 작품의 형식을 살펴보면, 닉이라는 1인칭 화자가 서술하는 형식으로 되어 있다. 피츠제럴드가 큰 영향을 받았다는 조셉 콘래드의 『어둠의 속Heart of Darkness』의 1인칭 화자인 말로 선장처럼, 닉 캐러웨이는 관찰자이자 화자로서 톰과 데이지, 개츠비의 이야기를 서술한다. 그러나 좀 더 자세히 들여다보면, 콘래드가 주로 서술자의 입을 통해 사건을 전달하는 반면, 피츠제럴드는 주로 서술자의 글을 통해 사건을 전달한다. 즉 『위대한 개츠비』는 닉이 집필하는 책이며, 독자는 닉이 쓴 책을 읽는 셈이다. 이처럼 닉은 〈이야기의 안과 밖〉을 드나들며 서술하고 있다. 이런 화법은 졸부라며 개츠비를 싫어하던 닉이 그에 대해 차츰 알아 가면서 그에게 연민과 공감을 느끼고, 이에 따라 독자도 새로운 의미를 발견해 나가는 이 소설에 대단히 적합한 형식이라 평가받고 있다.

또한 이 작품은 사랑 이야기, 통속적이라 할 수 있는 삼각 관계를 다루고 있다. 톰과 데이지와 개츠비, 윌슨과 머틀과 톰이라는 두 쌍의 삼각관계가 있고, 이 둘을 연결하는 톰으로 인해 톰과 데이지, 머틀의 삼각관계가 다시 형성된다. 또한 닉과 조던, 그리고 닉이 과거 고향에서 만난 여자의 삼각관계도 있다. 켄터키 주 캠프 테일러에서 장교로 근무하다 데이지를 만나 신분을 뛰어넘는 사랑을 하던 개츠비가 프랑스 전선으로 떠나자, 개츠비를 기다리다 지친 데이지는 시카고 출신의 갑부인 톰 뷰캐넌과 결혼한다. 전쟁에서 돌아와 이 사실을 알게 된 개츠비는 1920년대 초반부터 대공황 시기까지 금주법이 시행되던 시대에 밀주와 도박, 석유와 주식 투기 등 온갖 수단을 동원하여 엄청난 돈을 벌어들인 뒤 첫사랑을 찾아 5년 전의 과거를 돌이키려 한다. 우연히 데이지가 톰의 정부인 머틀을 차로 치어 죽이자, 머틀의 남편인 윌슨은 (톰이 일러 준 대로) 개츠비가 아내의 정부라 믿고 개츠비의 집으로 찾아가 개츠비를 죽이고 자신도 자살하고 만다. 이로써 개츠비의 위대한 꿈은 비극으로 끝나 버린다. 자칫 진부한 이야기일 수 있지만, 자신의 전 존재를 걸고 한 사람을 끝까지 사랑한 개츠비의 순수하고 낭만적인 사랑이 우리를 감동시킨다.

흔한 사랑 이야기가 많은 독자들에게 호소력을 갖는 이유는 그것이 〈아메리칸드림〉이라는 주제와 맞닿아 있기 때문이다. 〈아메리칸드림〉은 원래 허레이쇼 앨저나 벤저민 프랭클린처럼 정직하고 근면 성실하게 일하면 누구나 성공할 수 있다는 꿈이었다. 신대륙에 〈새로운 가나안 땅〉이나 〈새로운 예루살렘〉을 건설하려던 청교도들은 물질적 풍요보다 하느님을 섬기는 종교적 자유를 추구했으며, 미국 땅에 지상 낙원을 건설하려 했다. 그러나 이 꿈은 청교도 정신이 빛을 잃으면서 수단을 가리지 않는 성공과 신분 상승의 욕망, 윌리엄 제임스가 〈성공이라는 비치 가디스*bitch-goddess, success*〉라고 부른 물질적인 성공 신화로 왜곡되고 만다. 메이플라워호를 타고 뉴잉글랜드에 도착한 윌리엄 브래드퍼드의 〈위대한 계획〉은 세상 사람이 모두 바라볼 수 있게 미국이라는 신대륙에 멋진 도시를 세우는 것이었지만, 그 꿈은 빛을 잃고 만다. 토머스 제퍼슨이 미국 독립 선언문에서 천명한바, 누구나 평등하게 행복을 추구할 권리에의 꿈은 끝내 좌절되었던 것이다.

개츠비는 이 변질된 〈아메리칸드림〉을 잘 보여 주는 인물이다. 부자가 되어 가난 때문에 잃은 데이지의 사랑을 되찾으려는 그의 꿈은 순진하고 낭만적인 것이지만, 그의 낭만적인 환상과 이상은 현실에서의 타락과 대치된다. 그는 부자가 되는 과정에서 마이어 울프심 같은 조직 폭력계 두목과 손잡고 불법 밀주나 훔친 증권의 불법 판매, 도박, 주식 투기 등 온갖 불법 수단을 동원해 막대한 재산을 모은다. 청교도들의 〈아메리칸드림〉이 물질주의와 손잡으면서 변질된 것처럼, 개츠비의 이상주의가 물질주의로 인해 타락해 버린 것이다. 한편 데이지는 톰의 무수한 방탕과 여성 편력에 지쳤지만,

그의 부와 상류 계급이라는 신분이 주는 물질적 풍요 때문에 남편을 떠나지 못한다. 그래서 개츠비와 과거로 돌아갈 수 없다. 가장 기막힌 것은 개츠비가 그렇게나 사랑하는, 개츠비의 무한한 꿈과 이상인 데이지가 그의 사랑을 받을 만한 가치가 없는 여자라는 사실이다. 그녀는 개츠비의 순수한 사랑보다 그가 보여 주는 저택과 영국에서 수입한 여러 벌의 고급 셔츠에 감동해서 울 정도로 세속적, 속물적이며, 톰처럼 자신이 저지른 무책임한 행동의 결과를 다른 사람에게 떠넘기는 비겁한 여자였던 것이다.

그러나 개츠비는 자신의 꿈에 끝까지 집착한다. 초기 네덜란드 상인이 신대륙을 바라보며 희망에 부풀었듯이, 만 건너 초록 불빛을 바라보는 개츠비의 모습은 타락한 〈아메리칸드림〉에 대한 향수를 버리지 못한 대다수 미국인의 자화상이다.

이 작품의 시대적 배경이나 공간적 배경도 큰 의미를 지닌다. 우선 이 작품은 1차 세계 대전 직후 광란의 〈재즈 시대〉의 초상화 내지 풍속도라 할 만큼 1920년대의 미국 사회를 잘 그려 내고 있다. 〈재즈 시대〉란 1차 세계 대전의 종전부터 1929년 경제 대공황 이전까지, 미국의 1920년대를 가리키는 용어다. 이 시기는 대전을 겪고 살아남았다는 기쁨과, 인류 역사상 유례없는 전쟁의 참상과 수많은 젊은이들의 죽음을 목격함에 따른 깊은 회의와 허무감이 교차하던 시대였다. 우리나라에서도 일부는 IMF 때 큰돈을 벌어들였듯이, 미국 상류층은 이 급격한 경제 성장의 시기에 엄청난 부를 축적했다. 그들은 술과 재즈, 반짝이는 신형 자동차와 찰스턴 춤의 향락에 빠져 흥청망청 돈을 써댔다.

〈다시 찾아온 바빌론〉이라는 피츠제럴드의 단편 제목처럼, 이런 경제 성장의 이면에는 도덕적 타락과 부패가 도사리고 있었다. 겉으로는 고상하고 화려했지만 그 이면에는 탐욕과 이기심, 정신적 공허감이 깃들어 있었던 것이다. 급격한 경제 성장으로 인한 물질적 풍요는 도덕적 마비 상태와 대비되는데, 개츠비 저택에서 열리는 소모적인 파티와 거기 모인 사람들이 이를 대변한다. 톰과 데이지의 도덕적 타락과 부패, 무책임은 전후 허무감과 상실감에 몸부림치며 방황하던 당시의 분위기와 따로 떼어 생각할 수 없다. 가령 톰과 데이지는 도덕적 마비 상태에 있으며, 개츠비의 후견인인 마이어 울프심은 1919년 월드 시리즈를 조작한 조직 폭력계의 거물이고, 데이지의 친구인 조던 베이커는 프로 골프 경기에서 부정한 경기를 하고도 뉘우치지 않을 정도로 도덕적 불감증에 빠져 있다. 그런 까닭에 닉은 이 세계가 제복을 입고 〈도덕적 차렷〉 자세를 취하길 바랐던 것이다.

뉴욕 시 근교의 롱아일랜드를 배경으로 한 공간적 배경도 흥미롭다. 웨스트에그와 이스트에그는 피츠제럴드가 한때 살았던 그레이트넥과 그 근처를 모델로 한 곳인데, 웨스트에그에는 〈어디 출신인지 모르는〉 개츠비 같은 신흥 부자들이 살고 이스트에그에는 폴로용 말 떼를 거느리고 동부에 나타난 톰 뷰캐넌처럼 조상에게 재산을 물려받은 유서 깊은 가문의 귀족들이 산다. 이 두 지역은 지리적 차이뿐 아니라 경제

적 차이 및 사회적 차이로도 설명되는데, 이런 차이는 미국 동부와 중서부 간의 차이와 연결된다. 흔히 동부 사람은 부유하고 세련되었지만 도덕적으로 타락하고 무책임하며, 중서부 사람은 촌스럽고 물질적으로 넉넉하지는 않으나 도덕적 순수성과 청교도적 가치관을 지닌 것으로 그려진다. 따라서 이 두 지역을 대변하는 톰과 개츠비는 충돌할 수밖에 없는 운명이다. 결국 개츠비가 어떻게 거부가 되었는지 알게 된 데이지는 남편에게 돌아서서, 자신이 저지른 온갖 부도덕한 죄를 개츠비에게 덮어씌우는 남편과 공모하며 남편의 악행을 수수방관한다. 그러므로 개츠비의 죽음에는 억울한 누명을 쓰고 살해당하는 개인적인 죽음 외에 동부인에 의한 서부인의 죽음이라는 상징적인 의미가 담겨 있는 것이다.

이런 맥락에서 조던과의 관계를 정리하고 부패하고 부도덕한 동부를 떠나 자기가 태어난 중서부로 돌아가는 닉의 귀향에는 중대한 의미가 담겨 있다. 톰은 북부 시카고 출신이며 데이지와 조던은 남부 루이빌 출신이므로 엄밀히 동부인은 아니지만, 이들 모두 동부 뉴욕에 와서 타락한다. 닉은 개츠비의 비극적 죽음을 보고 환멸을 느낀 나머지, 동부의 타락한 세계를 떠나 순박한 중서부로 돌아간 것이다.

그렇다면 왜 〈위대한〉 개츠비인가? 표면상 개츠비는 막대한 부를 일군 것 외에는 별로 이룬 것이 없다. 부도 부정한 방법으로 이뤘고, 그렇게 바라고 소망하던 데이지의 사랑도 얻지 못했다. 톰이 저지른 혼외정사의 죄를 대신 뒤집어쓰고 윌슨에게 〈개죽음〉을 당했을 뿐이다. 그럼에도 아랑곳없이 개츠비를 실패자의 운명에서 구원하는 것은 다름 아닌 화자 닉이다. 닉은 개츠비가 품은 독특한 낭만적 꿈과 환상 때문에 그를 〈괜찮은〉 사람으로 평가한다. 다시 말해 그는 화려하게 성공한 자기 모습을 거듭 상상하다가 그것을 현실로 믿어 버리는 〈자신에 대한 플라톤적 환상Platonic conception of himself〉에 있어서 위대하며, 환상이지만 이 낭만적 꿈이나 환상을 성취하기 위해 온갖 희생을 무릅쓴다는 점에서 〈위대〉하다고 하겠다. 끊임없이 좌절하면서도 삶의 낭만적 가능성을 믿고 〈환희의 미래〉를 향해 나아가는 끈질긴 희망과 용기 때문에 위대하다는 것이다. 변덕스럽고 신중하지 못하며 사랑할 가치가 없는 여자를 끝까지 온몸을 바쳐 사랑하고 더 나아가 그 여자를 사랑하는 자신을 사랑한다는 점에서도, 도덕적으로 타락하고 맹목적으로 돈과 출세를 추구하던 시대에 바보처럼 순수했다는 사실만으로도 개츠비는 위대하다.

예전 대학원 시절에 『위대한 개츠비』를 읽고 〈뭐, 별거 아니네!〉 하고 실망했던 기억이 있다. 〈지금까지 영어로 쓰인 최고의 소설〉이라는 미국인의 주장이나 그 명성에 비해, 줄거리는 단순해 보이고 기껏 삼각관계 러브 스토리인데 왜 이렇게 야단들인가 싶었던 것이다.

그런데 이번에 번역을 하면서 꼼꼼히 읽어 보니 정말 그 명성에 값하는 대단한 걸작이라는 것을 느낄 수 있었다. 아무렇지도 않은 듯 툭툭 내뱉는 말과 문장 속에 인생에 대한 작가의 깊은 성찰이 들어 있음을 거듭 확인할 수 있었다. 역시 대다수 평자들의 평대로 〈20세기 초 미국 문학을 대표하는 소설〉이라는 평가가 빈말이 아님을 몸소 깨닫는 좋은 기회였다.

그러나 번역은 그리 만만치 않았다. 번역자는 언제나 가독성과 원문에의 충실성이라는 두 가지 요구 사이에서 끊임없이 고뇌에 찬 줄다리기를 하게 마련이다. 이런 갈등 가운데 너무 긴 문장은 뜻을 해치지 않는 범위에서 나누어 번역하였다. 원문의 뜻을 손상시키지 않는다면, 굳이 길게 번역할 필요가 없다고 생각했기 때문이다. 원문의 맛을 살리는 작업 또한 쉽지 않았다. 원문은 산문시처럼 아름답게 읽히는데, 번역문은 그렇지 못했던 것이다. 영어로 읽으면서 느낀 감정을 독자에게 고스란히 전할 수 없는 것이 가장 안타까운 일이었다. 이는 영어와 한글의 차이에서 오는 간극이기도 하지만 역자의 부족함 때문이기도 하다. 부족한 어휘와 우리말 실력을 절감하지 않을 수 없었다. 아울러 이 번역본은 주석본이 아니므로, 책의 흐름을 끊지 않도록 주를 최소화했다. Penguin Modern Classics을 판본으로 삼고, 매슈 J. 브루콜리 교수의 1991년판 *The Great Gatsby*를 함께 활용했다. 부족하지만 독자들이 이 번역본을 통해 이 작품의 위대함을 가까이 느끼고 경험하기를 진심으로 바라는 바이다.

한애경

프랜시스 스콧 피츠제럴드 연보

1896년 ^{출생} 9월 24일 미국 미네소타 주 세인트폴Saint Paul의 로럴 애비뉴Laurel Avenue 481번지에서 프랜시스 스콧 키 피츠제럴드 Francis Scott Key Fitzgerald 태어남.

1898년 ^{2세} 4월 세인트폴에서 가구 사업에 실패한 뒤, 아버지 에드 워드가 뉴욕 주 버펄로Buffalo의 비누 제조 회사 프록터앤갬블Procter & Gamble사에 영업 사원으로 취직함. 피츠제럴드 가족은 1908년 7월 까지 뉴욕 주의 버펄로와 시러큐스Syracuse에서 살게 됨.

1900년 ^{4세} 7월 24일 훗날 스콧 피츠제럴드의 아내가 될 젤다 세이 어Zelda Sayre가 앨라배마 주 몽고메리 카운티 사우스 스트리트South Street에서 태어남.

1901년 ^{5세} 피츠제럴드 가족이 뉴욕 주 시러큐스로 이사함. 7월 21일 스콧의 여동생인 애너벨Annabel 태어남.

1903년 ^{7세} 9월 가족이 다시 버펄로로 돌아옴.

1907년 ^{11세} 세이어 가족이 플레즌트 애비뉴Pleasant Avenue 6번지 로 이사함. 젤다는 스콧과 결혼할 때까지 그곳에 살게 됨.

1908년 ^{12세} 3월 아버지 에드워드가 직장에서 해고당함. 7월 가족이 다시 세인트폴로 돌아옴. 스콧은 그날 일을 이렇게 회고함.〈그날 아침

집을 나설 때까지만 해도 아버지는 젊고 자신감에 가득 차 있었다. 그러나 저녁에 집으로 돌아온 아버지는 늙고 완전히 낙담해 있었다. 그는 그 후 평생 실패자로 살았다.〉 9월 그 지역 명문 학교인 세인트폴 아카데미St. Paul Academy에 입학함. 스콧은 운동을 잘하고 싶어 했지만, 글쓰기에 더 소질을 보임.

1909년 ¹³세 10월 세인트폴 아카데미에서 발행하는 잡지 『지금과 그 때 Now and Then』에 자신의 첫 단편이자 탐정 소설인 「레이먼드 저당의 신비 The Mystery of the Raymond Mortgage」 발표.

1911년 ¹⁵세 9월 뉴저지 주 해컨색Hackensack에 있는 가톨릭계 고등학교 뉴먼 스쿨Newman School에 입학함. 11월 이 학교에서 앞으로 그에게 큰 영향을 미치게 될 시거니 페이Sigourney Fay 신부와 아일랜드 작가 셰인 레슬리Shane Leslie를 만남. 8월부터 1913년까지 「뉴먼 뉴스Newman News」에 세 편의 희곡 「레이지 J에서 온 소녀The Girl from Lazy J」, 「붙잡힌 그림자The Captured Shadow」, 「겁쟁이 Coward」 발표. 입학 첫해에는 외로운 나날을 보내게 되는데, 자기가 너무 잘난 체했기 때문이라고 회고함.

1913년 ¹⁷세 9월 프린스턴 대학교에 입학함. 그곳에서 후에 미국 문단에서 크게 활약할 비평가 에드먼드 윌슨Edmund Wilson, 법을 전공하면서 소설을 쓰는 룸메이트 존 빅스 2세John Biggs Jr., 시인 존 필비숍John Peale Bishop을 사귐. 학교 공부보다 문학과 연극 활동에 더 적극적으로 참여함.

1914년 ¹⁸세 9월 네 번째 희곡 「어소티드 스피리츠Assorted Spirits」가 세인트폴에서 공연됨. 12월 프린스턴 대학의 극단 〈트라이앵글 클럽The Princeton Triangle Club〉의 첫 번째 쇼로 스콧이 대본과 곡을 쓴 「피! 피! 피-피!Fie! Fie! Fi-Fi!」가 공연됨. 존 빅스와 함께 프린스턴 대학교의 유머 잡지 『프린스턴 타이거 The Princeton Tiger』를 편집하고 트라이앵글 클럽 쇼를 제작함. 스콧은 훗날 윌슨에 대해 〈20년간 어떤 사람이 내 지적인 양심이었다〉고 묘사함. 재학 중 시를 발표하는 등 활발한 창작기를 보냈고, 몇 편의 뮤지컬 코미디를 써서 프린스턴 대학의 연극 동아리 공연에서 선보임.

1915년 ¹⁹세 4월 『나소 문학 매거진*Nassau Literary Magazine*』에 희곡 「그림자 월계관Shadow Laurels」 발표. 6월 같은 잡지에 후에 「축복Benediction」으로 개작한 단편 「시련The Ordeal」 발표. 12월 트라이앵글 클럽에서 공연된 「사악한 시선The Evil Eye」이라는 희곡에 삽입할 시를 씀. 11월 28일 학점 미달로 낙제하여 학교를 떠나 귀향함(당시 대학 3학년이었음). 공식적으로는 몸이 아프다는 이유였지만, 실제로는 과외 활동에 치중하느라 성적이 좋지 않았음. 12월 일리노이 주 레이크 포리스트Lake Forest의 부유한 사교계 출신 지네브러 킹Ginevra King(당시 16세)을 파티에서 만나 사랑에 빠짐. 훗날 그는 가난하다는 이유로 그녀에게 거절당함. 이때의 경험은 그의 이후 작품에 중요한 모티프가 되며, 그녀는 많은 소설에서 등장인물의 모델이 됨. 스콧은 킹에게 끝없이 연애편지를 보냈으나, 그녀는 〈엄청나게 따분하고 지겹다〉는 이유로 그를 차버림.

1916년 ²⁰세 9월 1918년에 졸업할 계획으로 다시 학교로 돌아가지만 학점 미달로 재차 중퇴함. 12월 트라이앵글 클럽에서 공연된 희곡 「안전 우선Safety First」에 삽입할 시를 씀.

1917년 ²¹세 1월 지네브러 킹이 다른 남자와 약혼하면서 두 사람의 관계가 끝남. 10월 육군 보병 소위로 임관함. 11월 캔자스 주 포트레번워스Fort Leavenworth에서 『낭만적 이기주의자*The Romantic Egoist*』를 집필하기 시작함. 숨 가쁜 군대 생활 중에도 주말마다 글쓰기에 전념함.

1918년 ²²세 2월 말에 휴가를 나와 프린스턴으로 가서 『낭만적 이기주의자』의 초고를 탈고, 셰인 레슬리에게 보냄. 레슬리는 5월에 원고를 뉴욕의 찰스 스크리브너스 선스Charles Scribner's Sons 출판사로 보냄. 3월 켄터키 주 루이빌Louisville에 있는 캠프 테일러Camp Taylor로 옮겨 감. 4월 조지아 주 캠프 고든Camp Gordon을 거쳐 6월 앨라배마 주 몽고메리 근교 캠프 셰리던Camp Sheridan에 배치됨. 7월 몽고메리의 컨트리클럽 댄스파티에서 앨라배마 주 대법원 판사 앤서니 세이어의 막내딸인 젤다 세이어(당시 18세)를 만나 사귐. 8월 『낭만적 이기주의자』의 원고가 출판사로부터 반송되어 돌아옴. 10월 고쳐 보낸 수정고도 반송됨. 11월 뉴욕 주 롱아일랜드에 있는 캠프 밀스Camp Mills에 전속되어 해외 파병을 기다리던 중 1차 세계 대전이 끝남. 캠프 셰리던으로 돌아옴.

1919년 23세 2월 제대하여 젤다와 몰래 약혼하고 뉴욕의 광고 회사 배런 콜리어Barron Collier에 취직함. 스콧은 후에 그 시절을 〈소용돌이에 휘말린 듯 격렬한 사랑에 빠진〉 시기였다고 회고함. 4~6월 매달 몽고메리를 방문했으나, 젤다는 스콧의 미래가 불확실하다는 이유로 6월에 파혼을 선언함. 7~8월 광고 회사를 그만 두고 세인트폴로 돌아와 부모의 집에 머물며 『낭만적 이기주의자』를 다시 고치기 시작함. 9월 16일, 스크리브너스 출판사의 편집자 맥스웰 퍼킨스Maxwell Perkins가 〈낙원의 이쪽*This Side of Paradise*〉으로 제목을 바꾸어 그의 원고를 출간하기로 결정함. 대중 잡지 『새터데이 이브닝 포스트*The Saturday Evening Post*』에서 그의 단편 「머리와 어깨Head and Shoulders」를 4백 달러에 구매함. 11월부터 이듬해 2월까지 단편 「데뷰탄트The Debutante」(1919), 「도자기와 분홍Porcelain and Pink」(1920), 「축복Benediction」(1920), 「델리림플 잘못되다Dalyrimple Goes Wrong」(1920)를 잡지 『스마트 세트*The Smart Set*』에 팔고 폴 R. 레이놀즈 문학 에이전시Paul R. Reynolds Literary Agency와 계약함. 몽고메리로 젤다를 찾아감.

1920년 24세 1월 젤다를 찾아가 다시 약혼함. 3~5월 『새터데이 이브닝 포스트』에 단편 「마이어러, 가족을 만나다Myra Meets His Family」(3월 20일 자), 「낙타 엉덩이The Carmel's Back」(4월 24일 자), 「버니스 단발머리를 하다Bernice Bobs Her Hair」(5월 1일 자), 「얼음 궁전The Ice Palace」(5월 22일 자), 「해변의 해적The Offshore Pirate」(5월 29일 자) 발표. 3월 26일 두 번이나 거절당했던 원고가 『낙원의 이쪽』으로 출판됨. 그의 첫 장편소설인 이 책은 준수한 외모에 자기도취에 빠진 프린스턴 대학생 애모리 블레인이 성공을 추구하다 사랑에 실패하는 과정을 그린 이야기로 스콧의 반(半)자서전적 이야기임. 비평가들로부터 재즈 시대의 〈로스트 제너레이션Lost Generation〉을 잘 그려 냈다고 격찬받음. 스콧은 말 그대로 〈벼락 스타〉가 되었고,

책을 낸 지 일주일 뒤인 4월 3일 뉴욕의 세인트 패트릭Saint Patrick 성당에서 젤다와 결혼함. 5~9월 코넷티컷 주 웨스트포트Westport에 집을 얻어 『저주받은 아름다운 사람들The Beautiful and Damned』을 집필하기 시작함. 그러나 피츠제럴드 부부는 인세로 받은 돈을 연말이 되기도 전에 다 써버림. 스콧은 스크리브너스 출판사에서 10권의 책을 내는 조건으로 1천 6백 달러를 빌림. 이와 같이 돈을 빌려 사는 생활은 평생 되풀이됨. 7월 『스마트 세트』에 단편 「메이데이May Day」 발표. 9월 10일 그동안 쓴 단편을 모아 첫 번째 단편집 『말괄량이 아가씨들 과 철학자들Flappers and Philosophers』 출간. 이 무렵 16편의 단편과 2편의 기고문을 『스마트 세트』에 팔아 2만 달러가 넘는 고료를 받음. 10월 젤다와 뉴욕 시 59번가 38번지에 아파트를 얻음.

1921년 25세 젤다가 임신함. 처음으로 유럽 여행을 떠남. 5~7월 프랑스 세르부르에서 사우샘프턴으로 가는 호화로운 배를 타고 영국, 프랑스, 이탈리아를 여행하고 돌아옴. 8월 세인트폴로 이사함. 9월 『메트로 폴리탄 매거진Metropolitan Magazine』에 장편소설 『저주받은 아름다운 사람들』을 연재하기 시작함. 젤다 역시 잡지 『뉴욕 트리뷴The New York Tribune』의 북 섹션에 『저주받은 아름다운 사람들』에 대한 리뷰 「친구 남편의 근황Friend Husband's Latest」을 기고함. 10월 26일 딸 프랜시스 스콧Frances Scott(애칭 〈스코티Scottie〉) 태어남.

1922년 26세 3월 4일 첫 소설 『낙원의 이쪽』의 성공에 이어 두 번째 소설 『저주받은 아름다운 사람들』 출간. 이 작품은 영화사 워너브라더 스에 판권이 팔려 영화화됨. 조부의 유산을 기대하던 젊은 부부 앤서니 와 글로리아가 쾌락을 추구하며 청춘을 낭비하다 도덕적, 금전적으로 파멸하는 이야기. 자기도취와 관능의 충족, 금전적 성공 등 재즈 시대 에 팽배한 분위기를 잘 묘사해 냈으며, 재즈 시대의 어두운 면뿐 아니 라 극적인 흥분도 잘 그려 낸 것이 특징. 주인공 부부의 자기도취 및 우 연한 폭력에 연루되어 파멸하는 과정은 스콧 부부의 비극적 삶과 겹쳐 짐. 6월 『스마트 세트』에 단편 「리츠칼튼 호텔만 한 다이아몬드The Diamond as Big as the Ritz」 발표. 9월 두 번째 단편집 『재즈 시대의 이야기들Tales of the Jazz Age』 출간. 10월 롱아일랜드의 부촌 그레이트넥Great Neck으로 이사함. 이곳에서 소설가 겸 저널리스트 링 라드 너Ring Lardner를 만남. 12월 『메트로폴리탄 매거진』에 단편 「겨울 꿈 Winter Dreams」 발표. 집을 빌리고 중고 롤스로이스를 구입해 뉴욕을 오가는 호화로운 생활을 시작함. 끝없는 파티와 술로 이어지는 자신의 생활에서 『위대한 개츠비The Great Gatsby』의 아이디어를 얻음.

1923년 27세 4월 희곡 「채소The Vegetable」 발표. 11월 뉴저지 주 애틀랜틱시티에서 「채소」의 시험 공연이 있었으나 흥행에는 실패함.

1924년 28세 4월 『새터데이 이브닝 포스트』에 에세이 「1년에 3만 6천 달러로 사는 법How to Live on \$36,000 a Year」 기고. 5월 가족과 함께 두 번째 유럽 여행을 떠남. 프랑스의 파리와 니스를 떠돌다 여름 무렵 칸 당티브Cap d'Antibes에서 부유한 미국인 부부 제럴드 머피Gerald Murphy와 사라 머피Sara Murphy를 만남. 머피 부부는 이후 『밤은 부드러워Tender Is the Night』의 주인공 딕과 니콜의 모델이 됨. 7월 잡지 『아메리칸 머큐리The American Mercury』에 단편 「면죄Absolution」, 『리버티Liberty』에 단편 「감각적인 것The Sensible Thing」 발표. 스콧 이 『위대한 개츠비』에 매달려 있는 사이, 젤다는 프랑스 조종사 에두아 르 조장Edouard Jozan과 사랑에 빠짐. 그녀는 곧 관계를 정리하지만, 훗날 스콧은 〈되돌릴 수 없는 무언가가 그때 일어났다는 걸 알았다〉고 고백함. 여름에서 가을 사이에 『위대한 개츠비』의 초고인 〈황금 모자를 쓴 개츠비Gold-Hatted Gatsby〉를 탈고함. 편집자인 맥스웰 퍼킨스에 게 원고를 보내고 가족이 이탈리아와 스페인에서 겨울을 나는 동안 원고를 고침.

1925년 29세 4월 10일 세 번째 장편소설 『위대한 개츠비』 출간. 복잡한 구조와 화법 등 기법 면에서 진일보함으로써 엄청난 호평이 쏟아지지만 판매는 잘 되지 않음. 『위대한 개츠비』 이후 스콧의 인기가 점차 약화됨. 5월 프랑스 몽파르나스Montparnasse에서 어니스트 헤밍웨이 Ernest Hemingway를 처음 만나 절친한 친구가 됨(훗날 헤밍웨이의 경쟁심과 질투로 관계가 소원해짐). 또한 파리 근교에서 미국의 여류 소설가 이디스 워튼Edith Wharton을 만남. 이를 계기로 국외 추방 미국인 작가 모임의 일원이 됨. 여름 동안 장편소설 『밤은 부드러워』 구상에 착수함.

1926년 ³⁰세 1~2월 잡지 『레드북 매거진*Redbook Magazine*』에 단편 「부잣집 아이The Rich Boy」 발표. 2월 2일 『위대한 개츠비』가 오웬 데이비스Owen Davis의 연출로 브로드웨이 무대에 오름. 연극은 성공을 거두며 113회나 공연되었고, 같은 해 이 연극을 토대로 무성 영화가 제작됨. 2월 세 번째 단편집 『모든 슬픈 청년들*All the Sad Young Men*』 출간. 5월 잡지 『북맨*The Bookman*』에 에세이 「자원을 낭비하는 법: 우리 세대에 관한 메모How to Waste Material: A Note on My Generation」 기고. 3월부터 프랑스의 휴양지인 리비에라Riviera에서 지내다 12월에 미국으로 돌아옴.

1927년 ³¹세 1~2월 할리우드 영화사에서 일함. 열일곱 살의 여배우 로이스 모런Lois Moran과 사귀고 이 때문에 젤다와 여러 차례 큰 싸움을 벌임. 3월 델라웨어 주 윌밍턴Wilmington 근교 엘러슬리Ellerslie로 이사함. 젤다는 발레리나가 되려고 발레 레슨을 받기 시작함.

1928년 ³²세 4월 세 번째로 유럽을 여행함. 4월 『새터데이 이브닝 포스트』에 단편 「스캔들 탐정들The Scandal Detectives」 발표. 파리에서 여름과 가을을 보냄. 10월 7일 다시 미국 엘러슬리로 돌아옴.

1929년 ³³세 3월 『새터데이 이브닝 포스트』에 단편 「미녀의 최후The Last of the Belles」 발표. 3월 젤다와 격한 싸움을 벌임. 프랑스와 이탈리아로 네 번째 유럽 여행을 떠남. 7월 젤다가 「정말 바보 같은 소녀The Original Follies Girl」를 비롯한 다섯 편의 단편을 잡지 『칼리지 유머*College Humor*』에 게재하지만 남편과 공저자로 이름이 오름. 이후에도 젤다는 많은 단편을 잡지에 게재했는데 번번이 공저로 표기되거나 남편 스콧의 이름으로 실림.

1930년 ³⁴세 2월 북아프리카를 여행함. 4월 『새터데이 이브닝 포스트』에 젤다의 단편 「첫 번째 피First Blood」가 실림. 그저 스콧의 아내가 아니라 독자적 삶을 살기 위한 젤다는 심한 발레 연습으로 건강을 해치고, 지나친 스트레스로 정신 질환까지 일으킴. 4월 말 젤다가 파리에서 첫 번째 발작을 일으킴. 스콧이 그녀를 파리 교외의 정신 요양원인 말메종 클리닉Malmaison Clinic에 입원시켰다가 2주 뒤에 데려옴. 5월 22일 젤다가 스위스 글리옹Glion의 발몽 요양원 Val-Mont Clinic에 신경 쇠약 진단을 받고 입원함. 6월 젤다가 니옹Nyon의 프랑쟁Prangins 병원에 입원. 여름에서 가을 사이에 젤다의 병을 치료하기 위해 스위스에 거주하며 파리와 스위스를 오감. 11월 『새터데이 이브닝 포스트』에 유럽에서 몰락한 미국인 부부를 그린 단편 「해외여행One Trip Abroad」 발표.

1931년 35세 1월 말 아버지의 사망으로 혼자 미국으로 돌아옴. 2월 『새터데이 이브닝 포스트』에 단편 「다시 찾아온 바빌론 Babylon Revisited」 발표. 4월 『새터데이 이브닝 포스트』에 단편 「감정적 파산 Emotional Bankruptcy」 발표. 11~12월 할리우드 MGM 영화사의 시나리오 작업에 참여하지만 그의 대본은 채택되지 않음. 9월 젤다가 퇴원하여 미국으로 영구 귀국. 젤다와 함께 훗날 〈F. 스콧 피츠제럴드와 젤다 피츠제럴드 박물관〉이 될 몽고메리의 펠더 애버뉴Felder Avenue 819번지로 이사함.

1932년 36세 1월 젤다, 딸 스코티와 함께 플로리다 주의 세인트피터즈버그St. Petersburg로 여행을 떠남. 그곳에서 젤다가 두 번째 발작을 일으킴. 2월 젤다는 메릴랜드 주의 존스 홉킨스 대학 정신 병원에 입원하여 자전적 장편소설을 쓰기 시작, 6주 만에 완성함. 6월 젤다가 퇴원하여 스콧의 편집자인 맥스웰에게 자신의 원고를 보냄. 격노한 스콧은 그것이 자신의 소설을 베낀 것이라고 주장하면서 젤다에게 그 작품을 뜯어 고치라고 요구함. 10월 7일 젤다가 자신의 첫 장편소설 『나를 위해 왈츠를 남겨 줘요*Save Me the Waltz*』 출간. 10월 『아메리칸 머큐리』에 단편 「광란의 일요일Crazy Sunday」 발표.

1933년 37세 10월 링 라드너를 추모하는 글 「링Ring」을 잡지 『뉴 리퍼블릭*The New Republic*』에 게재. 12월 메릴랜드 주 볼티모어Baltimore의 파크 애비뉴Park Avenue 1307번지로 이사함.

1934년 38세 젤다의 증상이 더욱 심해져 집을 방화하기에 이름. 2월 젤다가 세 번째 발작을 일으켜 메릴랜드의 정신 병원에 입원, 3월에 뉴욕으로 옮김(5월에 다시 메릴랜드의 병원으로 옮김). 4월 12일 네 번째 장편소설 『밤은 부드러워』 출간. 9년 이상 매달렸던 최대 야심작이 상업적으로 실패하자 크게 실망함. 입원해 있던 병원에서 『밤은 부드러워』를 읽은 젤다는 소설 속에 자기 모습이 잔인하게 반영되었다는 사실에 충격을 받음. 이 책은 그해에 가장 많이 회자된 책 중 하나로, 헤밍웨이는 맥스웰 퍼킨스에게 〈이 책의 많은 부분이 너무나 훌륭하여 놀랍다〉고 말함. 『밤은 부드러워』는 1920년대 후반 프랑스의 리비에라를 배경으로 젊은 여배우 로즈메리 호이트와 딕, 니콜 다이버라는 미국인 부부 간의 비극적 로맨스를 다룬 작품. 장래가 촉망되는 총명한 정신과 의사 딕 다이버는 대부호의 딸인 니콜 워렌의 정신 질환을 치료하다가 그녀와 결혼하나 결혼 후 워렌 가의 막대한 부에 매혹되어 의사로서의 재능을 잃게 됨. 이들 부부 앞에 건강미 넘치는 18세의 영화배우 로즈메리가 나타나 딕은 그녀와 사랑에 빠짐. 건강을 되찾은 니콜은 자신을 사랑하는 토미 바르방과 재혼하고 버림받은 딕은 비참한 종말을 맞이함. 이 작품의 집필 당시 아내의 질병과 자신의 알코올 의존으로 고통받던 스콧은 스위스 병원에 입원했던 젤다의 15개월과 자신의 경험을 이 작품에 반영함. 예술계의 후원자로 유명한 마벨 도지 루핸 Mabel Dodge Luhan은 이 작품 덕분에 스콧이 〈현대의 오르페우스〉로 격상되었다고 호평함.

1935년 39세 3월 네 번째 단편집 『기상나팔 소리Taps at Reveille』 출간. 스콧의 음주벽은 갈수록 심해져서 하루에 맥주를 30캔 이상 마심. 여름 동안 노스캐롤라이나 주 애슈빌Asheville에 머물며 요양하다가 9월에 볼티모어로 이사함. 11월 에세이집 『크랙업The Crack-Up』에 실릴 글을 쓰기 시작함.

1936년 40세 감정적 파산 상태에 처함. 그는 자신의 상태를 〈과녁은 내려지고 손에는 탄환 없는 라이플총을 든 채 해 질 녘 황폐한 사격 연습장에 서 있는〉 것으로 묘사함. 2~4월 『크랙업』의 에세이들을 잡지 『에스콰이어Esquire』에 발표. 4월 젤다와 함께 애슈빌에 머무름. 9월 어머니 사망.

1937년 [41세] 3월 『새터데이 이브닝 포스트』에 마지막 단편 「문제 Trouble」 발표. 7월 엄청난 빚을 해결하기 위해 MGM과 주급 1천 달러에 6개월간 계약을 맺고 여러 편의 시나리오를 발표(세 번째 할리우드 행이었음). 12월 주급 1250달러로 1년간 계약을 연장함. MGM에서 받은 9만 1천 달러는 시보레Chevrolet의 쿠페 한 대 가격이 619달러였던 1937년 당시 상당한 금액이었음. 그러나 그는 스크리브너스 출판사와 레이놀즈 에이전시의 대표 해럴드 오버Harold Ober에게 진 빚만 갚았을 뿐 돈을 모으지는 못함. 7월 할리우드에서 젊은 시절의 젤다와 꼭 닮은 배우이자 영화 칼럼니스트인 실라 그레이엄Sheilah Graham을 만나 사귐. 그레이엄과의 관계는 그의 알코올 의존증에도 불구하고 그가 사망할 때까지 계속됨.

1938년 [42세] 12월 MGM과의 계약 갱신에 실패함.

1939년 [43세] 1월 데이비드 셀즈닉David Selznick이 제작을 맡은 영화 「바람과 함께 사라지다Gone With the Wind」 작업에 잠시 참여함. 2월 대본 작가 버드 슐버그Budd Schulberg와 함께 영화 각본 「겨울 카니발Winter Carnival」로 다트머스 칼리지Dartmouth College에 일자리를 구하지만 둘 다 음주 때문에 해고당함. 스콧은 뉴욕의 병원에 입원함. 3월부터 할리우드에서 프리랜서 일을 시작해 이듬해 10월까지 계속함. 유니버설, 파라마운트, 20세기 폭스사 등에서 다섯 편이 넘는 시나리오 작업에 착수하지만 영화화되지는 않음. MGM과의 계약이 만료되어 동부로 귀향. 4월 가족과 함께 잠시 쿠바로 여행을 떠남. 여행에서 술에 취해 난동을 부리는 바람에 젤다가 여동생인 클로틸드 Clotilde의 집으로 피신하는 등 음주벽이 갈수록 심해지고 결핵과 신경 쇠약에 시달림. 스콧의 용태를 살핀 의사는 술을 끊지 않으면 1년 내에 사망할 것이라고 경고함. 7월 오랜 에이전트인 해럴드 오버와 결별. 할리우드를 소재로 마지막 장편소설이 될 『마지막 거물The Last Tycoon』의 집필에 착수함.

1940년 [44세] 1월 잡지 『에스콰이어』에 단편 「패트 호비의 크리스마

스 소원Pat Hobby's Christmas Wish」 발표. 3~8월 단편 「다시 찾아
온 바빌론」을 〈코스모폴리탄Cosmopolitan〉이라는 제목의 희곡으로
고쳐 썼으나 공연되지 않음. 4월 젤다가 몽고메리의 하일랜드 병원에
서 퇴원함. 그녀는 이후 가끔 하일랜드 병원에 입원하며 어머니와 함께
지냄. 젤다와 별거 중이던 스콧은 5월에 할리우드로 이사함. 11월 첫
심장 발작으로 쓰러짐. 12월 21일 44세의 나이로 할리우드에 있는 실
라 그레이엄의 아파트에서 심장마비로 세상을 떠남. 12월 27일 메릴랜
드 주 록빌 유니언Rockville Union 묘지에 묻힘. 젤다는 장례식에 참
석하지 못함.

1941년 10월 27일 스콧의 친구인 에드먼드 윌슨이 편집한 미완성
장편소설 『마지막 거물』이 출간됨. 원래 스콧이 생각하던 제목은 〈마지
막 거물의 사랑/서부극The Love of the Last Tycoon/A Western〉이
었지만, 윌슨이 편집하면서 제목을 〈마지막 거물The Last Tycoon〉로
바꿈. 이 소설은 마지막 서부 개척지인 할리우드에서 아메리칸드림을
추구한 미국의 최후 개척자들과 이민자, 그 후손들에 관한 이야기로,
스콧은 영화 제목처럼 들리면서 책의 비극적이고도 영웅적인 내용을
감출 수 있는 제목을 원했음. 윌슨은 이 작품을 스콧의 가장 성숙한 작
품이라 생각함. 스콧은 이 작품에서 실존 인물이자 영화 제작자인 어빙
솔버그Irving Thalberg를 모델로 하여, 젊은 할리우드 거물 먼로 스타
의 자전적 이야기를 써냄. 스튜디오의 우두머리인 패트 브래디(역시
실존 인물이자 영화 제작자인 루이 B. 메이어Louis B. Mayer를 모델
로 함)라는 라이벌과 갈등하다가 몰락하는 먼로 스타의 이야기를 통해
다른 대본 작가와의 공동 작업을 요구하는, 당시 한창 유행하던 스튜디
오 제도의 이면을 폭로함. 이 작품에서 스콧은 자신의 문학과 삶에 근
거, 로맨스와 현실을 독특하게 뒤섞어 39세의 주인공이 잘 나가는 성
공적 삶에서 갑자기 공허한 절망의 상태로 몰락하는 과정을 그려 냄.

1945년 8월 12일 윌슨이 스콧의 편지와 에세이들을 모아 유작 에세
이집 『크랙업』을 출간함. 9월 『휴대용 F. 스콧 피츠제럴드*The Portable
F. Scott Fitzgerald*』가 바이킹 Viking 출판사에서 출간됨.

1948년 3월 10일 젤다가 입원해 있던 하일랜드 정신 병원에 화재가 발생해 젤다와 여덟 명의 여성 환자가 사망함. 3월 17일 젤다가 스콧이 묻힌 록빌 유니언 묘지에 묻힘.

1950년 11월 딸 스코티 피츠제럴드 래너핸Scottie Fitzgerald Lanahan 이 피츠제럴드에 관한 자료를 프린스턴 대학교에 기부함.

1975년 11월 7일 피츠제럴드 부부가 메릴랜드 주 록빌Rockville의 세인트메리St. Mary 교회 묘지로 함께 이장됨.

1986년 6월 18일 딸 스콧 피츠제럴드 래너핸 스미스가 세상을 떠남. 그녀 역시 록빌의 세인트메리 교회 묘지에 부모와 함께 묻힘.

열린책들 세계문학 161 위대한 개츠비

옮긴이 한애경 이화여자대학교 영문과를 졸업하고, 서울대학교 영문과에서 석사와 박사 학위를 받았다. 미국 코네티컷 대학교, 예일 대학교, 퍼듀 대학교, 노스캐롤라이나(채플힐) 대학교 등에서 연구했고, 현재 한국기술교육대학교 교수로 재직 중이다. 지은 책으로는 『19세기 영국 소설과 영화』, 『19세기 영국 여성작가 읽기』, 『영미문학의 길잡이 1』(공저), 『페미니즘 시각에서 영미소설 읽기』(공저), 『영미명작, 좋은 번역을 찾아서』(공저) 등이 있고, 옮긴 책으로는 『미들마치』, 『사일러스 마너』, 『육체와 예술』(공역), 『플로스 강의 물방앗간』(공역) 등이 있다. 그 밖에 조지 엘리엇, 제인 오스틴, 메리 셸리 등에 대한 다수의 논문이 있다.

지은이 프랜시스 스콧 피츠제럴드 옮긴이 한애경 발행인 홍예빈
발행처 주식회사 열린책들 주소 경기도 파주시 문발로 253 파주출판도시
전화 031-955-4000 **팩스** 031-955-4004
홈페이지 www.openbooks.co.kr **이메일** literature@openbooks.co.kr
Copyright (C) 주식회사 열린책들, 2011, *Printed in Korea.*
ISBN 978-89-329-1161-8 04840 **ISBN** 978-89-329-1499-2 (세트)
발행일 2011년 2월 20일 세계문학판 1쇄 2025년 2월 15일 세계문학판 12쇄

이 도서의 국립중앙도서관 출판예정도서목록(CIP)은 서지정보유통지원시스템 홈페이지(http://seoji.nl.go.kr)와 국가자료공동목록시스템(http://www.nl.go.kr/kolisnet)에서 이용하실 수 있습니다.(CIP제어번호 : CIP2011000507)

열린책들 세계문학
Open Books World Literature